魔王学院の不適合者10 下
MAOH GAKUIN NO FUTEKIGOUSHA
～史上最強の魔王の始祖、
転生して子孫たちの
学校へ通う～
著 秋
illustration しずまよしのり

Keyword

MAOH GAKUIN NO FUTEKIGOUSHA

七魔皇老

二千年前、アノスが転生する器となる血族を後の世に残すため、その血から生み出した七人の魔族。一時は勇者カノンの策に乗り、アノスと敵対する道を選んだ。

四邪王族

《神話の時代》に名をはせた"熾死王""冥王""詛王""緋碑王"の異名を持つ四人の魔族の総称。アノスに次ぐ勢力を誇り、過去幾度も矛を交えている。

アゼシオン

魔族の国ディルヘイドとは別に、人間たちが住まう大陸。いくつもの国が寄りあつまった連合国であり、《神話の時代》には人間の勇者を擁して魔族と熾烈な大戦を繰り広げた。

神竜の国ジオルダル

地底世界に存在する３つの大国のひとつで、教皇を頂点とするジオルダル教団によって治められる。神への信仰を国是とし、神族が敵とみなすアノスにも良い感情を抱いていなかった。

王竜の国アガハ

地底世界に存在する３つの大国のひとつ。預言者にして剣帝によって治められる騎士の国。預言を信じるが故に、それと相容れぬアノスとは一時、袂を分かつ道を選んだ。

覇竜の国ガデイシオラ

地底世界に存在する３つの大国のひとつで、まつろわぬ神を信奉する謎多き国。魔王の父を称する男と、彼により傀儡とされた覇王によって、アノスに牙を向けたこともある。

魔王学院の不適合者10〈下〉

MAOH GAKUIN NO FUTEKIGOUSHA

〜史上最強の魔王の始祖、転生して子孫たちの学校へ通う〜

著†秋
illustration†しずまよしのり

魔王学院の不適合者

登場人物紹介

レイ・グランズドリィ

かつて幾度となく魔王と死闘を繰り広げた勇者が転生した姿。

ミサ・レグリア

大精霊レノと魔王の右腕シンのあいだに生まれた半霊半魔の少女。

シン・レグリア

二千年前、《暴虐の魔王》の右腕として傍に控えた魔族最強の剣士。

イザベラ

転生したアノスを生んだ、思い込みが激しくも優しく強い母親。

グスタ

そそっかしくも思いやりに溢れる、転生したアノスの父親。

エールドメード・ディティジョン

《神話の時代》に君臨した大魔族で、通称“熾死王”。

【勇者学院】

ガイラディーテに建つ、勇者を育てる学院の教師と生徒たち。

【地底勢力】

アゼシオンとディルヘイドの地下深く、巨大な大空洞に存在する三大国に住まう者たち。

Maoh Gakuin no Futekigousha

Characters introduction

【魔王学院】

アノス・ヴォルディゴード

泰然にして不敵、絶対の力と自信を備え、《暴虐の魔王》と恐れられた男が転生した姿。

ミーシャ・ネクロン

寡黙でおとなしいアノスの同級生で、彼の転生後最初にできた友人。

サーシャ・ネクロン

ちょっぴり攻撃的で自信家、でも妹と仲間想いなミーシャの双子の姉。

エレオノール・ビアンカ

母性に溢れた面倒見の良い、アノスの配下のひとり。

ゼシア・ビアンカ

《根源母胎》によって生み出された一万人のゼシアの内、もっとも若い個体。

エンネスオーネ

神界の門の向こう側でアノスたちを待っていた謎の少女。

【七魔皇老】

二千年前、アノスが転生する直前に自らの血から生み出した七人の魔族。

【アノス・ファンユニオン】

アノスに心酔し、彼に従う者たちで構成された愛と狂気の集団。

§30.【界門】

光の深淵《しんえん》に潜んでいたそいつを《滅紫《めっし》の魔眼《まがん》》で睨《にら》みつけながら、右手で強引に引きずり出す。目映《まばゆ》い輝きが縦に引き裂かれ、その隙間から更に煌々《こうこう》とした瞬《また》きが溢《あふ》れた。同時に、あらわになったものがあった。

光の歯車だ。ぎちり……ぎちり……と不気味な音を立てながら回転し、互いに嚙《か》み合《あ》っている無数の歯車は、そいつの手であり、足であり、胴体であり、頭だった。グラハムが改造した選定審判が、神々に埋め込まれていた歯車を集め、《母胎転生《ギジェリカ》》により、その集合体が生み出されたのだろう。

「ようやく会えたな、エクエス。まさか、姿形まで本当に歯車仕掛《じか》けとは思わなかったぞ」

そう告げれば、人型の歯車が口を開く。

「――言ったはずだ、世界の異物よ――」

ガタガタと歯車を回転させながら、ノイズ交じりの肉声が響く。

「まもなく扉が開く。絶望の扉が。汝《なんじ》らが手にした平和の代償を支払うときがやってきた」

「ほう」

俺に首をつかみあげられ、だらりと両手両足を下げながらも、奴《やつ》は不気味な歯車の神眼《め》を光らせる。

「誰の前にいると思っている?」

　右手を黒き《根源死殺《ベブズド》》に染める。そのまま、歯車の首をぐっと締めつければ、ミシミシと軋《きし》んだ。直後、その手応えが消え、奴《やつ》はまるですり抜けるように俺の背後にいた。

「ふむ。つかんでいたはずだが」

　滅紫《けしむらさき》に染まった魔眼にて、エクエスを見やる。

「狂乱神《きょうらんしん》アガンゾンの権能だな、それは」

　事象を改竄《かいざん》し、因果を狂わせた。あの選定審判より後に滅びた神々の力が、恐らくすべて奴《やつ》に宿っていると見て間違いあるまい。どうやらその制御も、思いのままのようだ。

「世界《わたし》と異物《なんじ》の戦いは、ここに至るまでにすでに終わっている」

　エクエスが足を揃《そろ》えて、両手を伸ばす。その姿は十字架を彷彿《ほうふつ》させた。

「常に歯車が回っていたのだ。その矮小《わいしょう》な歯車は、ほんの少し大きな歯車を回す。その歯車が更に大きな歯車を回す。次々と回り始める無数の運命が、やがて絶望という名の車輪を回し始める。それは、地上の命を踏み潰すだろう」

　ぎちり、ぎちり、とエクエスの歯車が回る。奴《やつ》は言った。

「汝《なんじ》は歯車を止める異物だ。だが、その矮小《わいしょう》さゆえに、回ってしまった絶望を止めることはできない」

　ザザッザザッとノイズが響く。

「地上を見るがいい。汝《なんじ》の国、その中心たるミッドヘイズを」

　エクエスの背後に光が満ち、中から巨大な歯車が出現した。《遠隔透視《リムネト》》の魔法によって、そこに映し出されたのはディルヘイドの風景。ミッドヘイズの南方である。緑に溢《あふ》れていたはずのその大地が途中から枯れ果て、砂漠と化している。それも、ただの砂漠ではない。白いのだ。異様なほどに。火の粉が舞い、白き炎が立ち上るその光景には見覚えがあった。

「枯焉砂漠《こえんさばく》か」

「界門《かいもん》は開かれ、今、地上と神界がつながった。樹理四神《じゅりししん》は滅び、そして世界の意思と同化したのだ」

終焉の砂漠に、無数の歯車が見えた。それはエクエス同様、人型を象《かたど》っている。ぎちり、ぎちり、と歯車が回り出せば、次第にそいつは姿を変えていく。

現れたのはターバンを巻き、マントを羽織った神――終焉神《しゅうえんしん》アナヘムである。滅びた神がエクエスに集められるならば、アナヘム本人の意思などは最早《もはや》なく、すでに奴《やつ》の手足と化しているだろう。文字通り、歯車仕掛《じか》けの操り人形だ。

終焉神の背後には剣兵神《けんぺいしん》や術兵神《じゅつへいしん》など、神の軍勢が姿を現した。

「行けい。魔族どもを終焉に没せ」

「承知」

アナヘムの命令で、軍神ペルペドロ率いる神の軍勢は進撃を開始した。かなりの兵力ではあるものの、その程度ではミッドヘイズは落とせぬ。ということは――

「――界門は一つではない」

俺の考えを見透かしたように、エクエスが言った。もう一つの歯車がエクエスの背後に現れ、先の歯車と噛《か》み合《あ》った。《遠隔透視《リムネト》》に、今度はミッドヘイズの東側が映し出される。

三角錐《さんかくすい》の門があった。一面だけを見れば、三角錐《さんかくすい》の神殿にあったあの頑強な門と同じだ。その場所は草原――しかし、次の瞬間、まるで絵の具で塗り潰されるかのように鬱蒼《うっそう》とした森に変わっていく。蒼《あお》き葉が螺旋《らせん》を描くその神域は、深層森羅《しんそうしんら》。人型の歯車が現れたかと思えば、それは深化神《しんかしん》ディルフレッドに変わる。その前方では神の扉が開き、神の兵たちが続々と森へやってくる。

「殲滅《せんめつ》するのだ。秩序に恭順し、戦火をもたらせ」

エクエスの背後に再び歯車が追加され、それが回り始める。《遠隔透視《リムネト》》に映し出されたのは、同じくミッドヘイズの西の風景だ。三角錐《さんかくすい》の門が現れると、そこに大樹が出現する。みるみる大樹が成長するにつれ、土が水に、草が珊瑚《さんご》に、動物が魚へと変わっていき、大地が大海と化していた。

その神域は大樹母海《たいじゅぼかい》。先程同様に人型の歯車が現れ、今度は生誕神《せいたんしん》ウェンゼルと化す。海底からは、無数の神族の兵が上がってきた。

「さあ、行きましょう。可愛《かわい》い我が子。世界を戦火に飲み込み、魔族を根絶やしに」

エクエスの背後に、更に四つめの歯車が出現した。《遠隔透視《リムネト》》が映し出したのは、空である。ミッドヘイズの上空だった。三角錐《さんかくすい》の門が現れ、無数の枝葉が冠のように、大空を覆いつくす。

転変の空、樹冠天球《じゅかんてんきゅう》。人型の歯車が現れ、そいつは転変神《てんぺんしん》ギェテナロスに変わった。同じく神の扉からは大量の神の兵たちが現れ、翠緑《すいりょく》の風に乗る。

「アハハッ、歌おう、踊ろう。戦火の音を、魔族の国に届けに来たさー」

包囲したミッドヘイズに向かい、神々は進軍を始めた。駐屯する魔王軍は兵数も多くそれなりの手練《てだ》れだが、樹理四神全員を相手にできるほどではない。その上、神の軍勢はこれまで以上の数であり、部隊長として軍神ペルペドロが四体いた。

《終滅《しゅうめつ》の日蝕《にっしょく》》で地上を滅ぼせるとは最初から奴《やつ》も思ってはいなかった、か。たとえ失敗したとして、レイとミサ、ニギットらを誘《おび》き寄《よ》せ、ミッドヘイズが手薄になれば、それで構わなかったというわけだ。

『カッカッカ、珍しく一本取られたようだな、暴虐の魔王』

魔法線を通じ、エールドメードの声が聞こえてくる。

『首都ミッドヘイズの危機、急ぎ戻りたいところだが、どうやら《転移《ガトム》》と《飛行《フレス》》を封じられたようだぞ』

樹冠天球と深層森羅の秩序、か。恐らくそれが、ディルヘイド全域に及んでいる。現れた神域から離れることで影響力は弱まり多少のムラはあるだろうが、ミッドヘイズに直接転移することはできまい。

『それと《思念通信《リークス》》もか。魔法線がつながっていれば、どうにか届くようだが。勇者学院にもつながらないところを見ると、かなり広範囲で妨害されている』

エールドメードが言う。恐らく《思念通信《リークス》》については、大樹母海の秩序か。《思念通信《リークス》》の進路上にあの海があれば、遮断されてしまうのだろう。

ならば、枯焉《こえん》砂漠の影響で、回復魔法もろくに働かぬはずだ。使えたとしても、気休め程度といったところか。

神の軍討伐のため、ディルヘイド各地へ派遣した兵を戻すことができない。エクエスはこの状況を狙っていたのだろう。樹理四神は神々の蒼穹《そうきゅう》から動けぬ。当然、神域も動かせぬはず、と俺に思い込ませていたのだ。

「築城主《ガーディアン》による魔王城の建築準備完了っ！　メルヘイス様、指揮をっ！」

「うむ」

敵の進軍を察知した魔王軍が、素早く出撃して、最も敵部隊が街に近づいている南方に布陣していた。七魔皇老《しちまこうろう》メルヘイス、アイヴィス、ガイオス、イドル。そして、魔皇《まおう》エリオが率いるミッドヘイズ部隊だ。

ぎちり、ぎちり、と歯車が回る音が聞こえた。悪い予感が、頭から離れぬ。白き砂漠と化したそこに、見知った魔力があるのだ。

「敵前衛部隊、目視で確認できますっ！　あ……あれはっ……!?」

エリオの部隊で、遠目の利《き》くものが声を上げた。

「どうした？　報告しろ！」

「に、ニギット様ですっ！　ニギット様、デビドラ様、ルーシェ様が、まっ、魔族の部隊を率いて、こちらへ進軍してきますっ!!」

「……なん……だと………!?」

ノイズがザッと鳴り、終焉神の声が響いた。

「終焉の砂漠に、転変はない。滅びた骸は僕《しもべ》と化す。骸傀儡《むくろくぐつ》」

ニギット、デビドラ、ルーシェ以下、彼らの部隊の魔族に、白き火の粉がまとわりついている。終滅の光から地上を守った彼らは滅びる寸前、最後の望みを託して《転生《シリカ》》の魔法を使った。しかし、アナヘムの権能がそれを妨げたのだ。彼らの根源を終焉に留《とど》め、生まれ変わることのない自らの傀儡《かいらい》としたのである。

「魔族の意思など、このアナヘムの前では砂の一粒。進軍せよ、骸の兵。貴様たちが守ろうとしたその国を、貴様たちの手で攻め落とせ」

ニギットたちは、ミッドヘイズへ進軍していく。二千年前の魔族だ。速い。瞬《またた》く間《ま》にミッドヘイズ部隊と接触するだろう。

「メルヘイス様っ！　ご指示を」

「……彼らはすでに死人《しびと》。完全に屠《ほふ》ってやることが、せめてもの手向けとなりましょう……」

メルヘイスは骸傀儡の深淵《しんえん》を覗《のぞ》き、ニギットたちが最早《もはや》この世にないと悟った。

「アイヴィス、ガイオス、イドルはわしとともに。ニギット、デビドラ、ルーシェを押さえましょう。ミッドヘイズ部隊は残りの骸傀儡と神の軍勢を。倒す必要はありませぬ。時間を稼げば、ディルヘイド各地から援軍が訪れましょう」

「承知いたしました！」

エリオは部下たちを鼓舞するように、大声を上げた。

「我が隊はここに防衛戦を敷く！　一兵たりとも街へは入れるな。ここはミッドヘイズ。我らが始祖が求めた、平和の象徴なりっ！」

《創造建築《アイリス》》の魔法が発動し、その場に次々と魔王城が建てられていく。防衛線が敷かれるや否《いな》や、開戦の合図とばかりに《獄炎殲滅砲《ジオ・グレイズ》》が一斉に放たれた。それは迫りくる敵部隊に着弾し、派手な爆発を引き起こす。

だが、あちらも黙ってやられているばかりではない。襲いかかる漆黒の太陽を、その魔剣にて切り裂きながら、ニギットはまっすぐミッドヘイズ部隊へと近づいていく。その後ろにルーシエ、デビドラが続いた。

「《風滅斬烈尽《リガ・シュレイド》》」

荒れ狂う疾風の刃が砂埃《すなぼこり》を上げながら、ミッドヘイズ部隊の魔王城を切り裂こうとする。だが、それは途中で次元に飲まれたかのように消え去った。《次元牢獄《アゼイシス》》の魔法だ。ルーシェが足を止め、周囲を警戒した。

「命を賭《と》して、あなた方はこのディルヘイドをお守りになりました。その無念、その怒り、痛いほどにわかります。あなた方の誇りを嘲笑《あざわら》う不敬な所業。断じて、許せることではありますまい」

白髭《しらひげ》の老人が行く手を遮るように、ルーシェの前に姿を現す。《次元牢獄《アゼイシス》》内を移動したメルヘイスだ。大剣を担《かつ》いだ巨漢のガイオス、長髪の双剣使いイドルが、ニギットの前に立つ。デビドラとは、骨の体を持つ不死者《アンデッド》のアイヴィスが対峙《たいじ》していた。

「どうか、ご安心ください、ルーシェ様。あなた方はミッドヘイズに足を踏み入れることなく、ここで安らかな眠りにつくでしょう」

§31. 【奪われる世界で、魔王は一人】

剣戟《けんげき》と爆音が幾度となく響き渡る。その間隔は次第に短く、激しさを増していく。

戦いが、繰り広げられていた。七魔皇老とニギットたち、ミッドヘイズ部隊と二千年前の配下。両者は互いに剣を打ち交わし、魔法砲撃を交換する。数で優《まさ》るミッドヘイズ部隊は、《創造建築《アイリス》》で構築した魔王城を拠点に、その地形効果にて能力を増す。更にはメルヘイスの《魔王軍《ガイズ》》により魔力を分け与えられ、能力を底上げされていた。

一方のニギットたちの部隊は精鋭中の精鋭。その一騎当千の力をもって、ミッドヘイズを防衛する兵を蹴散らし、魔王城を落としにかかる。

「《風滅《リガ・》》――」

魔力の粒子が渦を巻き、剣と杖《つえ》から、同時に風が吹《ふ》き荒《すさ》ぶ。

「――《斬烈尽《シュレイド》》ッ!!」

左右から二つの疾風が衝突し、周囲の大気を切り裂いていく。不用意に暴風域へ踏み入れば、たちまちに切り刻まれ、肉片一つ残らず霧散したであろう。魔法を放った術者は、風の担《にな》い手《て》と謳《うた》われたルーシェ。そして、七魔皇老最強のメルヘイス・ボランだった。

「さすがは暴虐の魔王が生み出した七魔皇老。《魔王軍《ガイズ》》の魔法を使いながら、それだけの《風滅斬烈尽《リガ・シュレイド》》を放つとはな」

ルーシェがそう口にしながら、切っ先をメルヘイスへ向ける。

「――骸傀儡と申していましたか。かつての味方が生前同様に振る舞うことで、戦意を削《そ》ぐといったところでございましょうな」

王笏《おうしゃく》を構えながら、メルヘイスは言う。

「代わり映えのしない手でございます。アヴォス・ディルヘヴィアのときに、それが通用しましたか？」

王笏《おうしゃく》に黒き稲妻が集う。バチバチと激しい雷鳴を轟《とどろ》かせながら、メルヘイスは《魔黒雷帝《ジラスド》》を放った。

「《風壁流道《シエリア》》ッ！」

ルーシェの前に魔力を伴った風の壁が現れ、それが空気の流れを作る。漆黒の稲妻は《風壁流道《シエリア》》に誘導されるように、彼女の体を逸《そ》れていった。地面を蹴り、一足飛びにメルヘイスに接近したルーシェは魔剣を振り下ろす。メルヘイスはそれを王笏《おうしゃく》で受け止めた。

「一緒に操られていた者が大層な口を叩《たた》くものだな」

「記憶も残っているようでございますね。なんと哀れな」

「ほざけっ！」

押し合いでは地力の差に加え、魔王《キング》のクラスにて弱体化しているメルヘイスに分が悪く、彼は弾《はじ》き飛《と》ばされた。後退しながらも、メルヘイスは体勢を立て直す。

「操られていたからこそ、わかるのでございます。我が君に弓を引く恥辱は、たとえ滅びたとしても耐え難《がた》きこと。あの御方は笑って許してくれましょう。ゆえに、尚更《なおさら》自らが許せないのでございます」

その魔眼《め》を光らせながら、メルヘイスはルーシェの深淵《しんえん》を覗《のぞ》く。

「本当のあなた様は一刻も早く滅びることを願っております」

その杖《つえ》が魔法陣を描き、砲門から《獄炎殲滅砲《ジオ・グレイズ》》が発射される。ルーシェはそれを斬り裂き、あるいはかわし、みるみる間合いを詰めていく。

「《風滅斬烈尽《リガ・シュレイド》》」

「《次元牢獄《アゼイシス》》」

ルーシェが放った疾風の刃を、メルヘイスは《次元牢獄《アゼイシス》》に飲み込んでいく。

「お返ししましょう」

魔法の門が現れ、そこからルーシェの《風滅斬烈尽《リガ・シュレイド》》が放たれた。その場には罠《わな》のように、所々に《次元牢獄《アゼイシス》》が展開されている。通常空間に異空間が混ざっているのだ。しかも、それが移動を続けている。異空間を通ったあらゆるものを飲み込み、貯蔵し、そして吐き出す。魔剣大会のときよりも、いっそう精密となった魔法制御であった。

「ちぃっ……‼」

反魔法を切り刻まれ、全身から血を流しながらも、構わずルーシェは突撃した。渦を巻く《風滅斬烈尽《リガ・シュレイド》》、その中心へ飛び込み、駆け抜ける。逃げ場のない彼女へ、メルヘイスは杖《つえ》を向けた。

「《魔黒雷帝《ジラスド》》」

メルヘイスが放った漆黒の稲妻に、ルーシェは魔剣を突き出し、そして《風壁流道《シエリア》》で受け流す。軌道を変えられた《魔黒雷帝《ジラスド》》が、渦を巻く《風滅斬烈尽《リガ・シュレイド》》に衝突し、ジジジジジと轟《ごう》音《おん》を鳴らしながら、それを相殺《そうさい》した。

「……ぬうっ……!?」

弾《はじ》けた雷光にて、一瞬ルーシェを見失ったメルヘイス。彼女は跳躍していた。風の如《ごと》くメルヘイスの胴体を魔剣にて貫く。

「……く……かっ……」

どくどくと血が溢《あふ》れ、魔剣に伝う。

「終わりだ」

更に深くルーシェは魔剣をメルヘイスに押し込む。口から血を吐きながら、彼は手にした杖《つえ》を地面に落とす。

「……ええ、これにて……」

魔法の門がルーシェの背後に現れたかと思えば、漆黒のオーロラが彼女を包み込んだ。

「……終わりでございます、ルーシェ様……!」

「私を封じられるとでもっ!」

漆黒のオーロラにルーシェが勢いよく魔剣を突き出す。その魔法に触れた途端、彼女の魔力に包まれた剣身がいとも容易《たやす》く砕け散った。

「……な…………!? これ……は……? ま、さか…………?」

驚愕《きょうがく》の表情で、ルーシェはその魔力の深淵《しんえん》を覗《のぞ》く。

「ええ。こちらは二千年前から貯蔵していた《四界牆壁《ベノ・イエヴン》》と、魔剣大会にて恐れ多くもいただいたアノス様の魔力でございます」

黒きオーロラが凝縮されるように、ルーシェを押し潰していく。魔剣は粉砕され、纏《まと》った反魔法も魔法障壁も粉々に砕け散った。ボロボロと彼女の体が崩れ始める。神の秩序を阻《はば》む《四界牆壁《ベノ・イエヴン》》によって、骸傀儡の権能が無効化されていくのだ。

「おの……れ……いや…………！　いや、違う……」

困惑したように、けれども、彼女は言った。

「メル、ヘイス……？」

彼女の瞳から、一滴の涙がこぼれ落ちる。絞り出すような声で、彼女は言った。

「……頼……む……滅……して、くれ……私は、この街を…………」

うやうやしくメルヘイスはうなずく。

「承りましょう。せめて最後は我が君の力にて、お眠りくださ――」

とどめを刺そうとしたメルヘイスが、その場に崩れ落ちる。一瞬にして、彼は背後を取られ、根源を斬り裂かれていた。

「……ニギット………」

地面に伏したメルヘイスの前に、ニギットが立つ。周囲を見渡せば、ガイオスとイドルが同じく根源を斬り裂かれ、地面に伏している。アイヴィスは膝を折り、デビドラに追い詰められていた。

大きな音が聞こえた。ミッドヘイズ部隊が建てた魔王城が一つ、崩れ落ちたのだ。

「エリオ様が……負傷をなされたっ……!!　応援をっ！」

「くそっ、だめだっ。回復魔法が効かないっ!!　このままでは……!?」

「狼狽《うろた》えるなっ！　ここで我らが怯《ひる》めば、敵の思うつぼだっ！」

ミッドヘイズ部隊は、まだ戦意を失ってはいない。とはいえ、メルヘイス、ガイオス、イドル、アイヴィス、そして魔皇エリオが負傷したとあっては、指揮系統は総崩れ。戦力はあちらが圧倒的に上だ。神の軍勢に加え、まだ終焉神アナヘムが控えている。他の樹理四神も進軍してくる以上、他の部隊はここへは回せぬ。

《飛行《フレス》》と《転移《ガトム》》が使えぬため、ミッドヘイズ以外からの援軍もすぐには望めない。急いではいるだろうが、もたぬな。彼らが駆けつけるより先に、ミッドヘイズは戦火に飲まれるだろう。となれば、押さえるべきは――

「汝《なんじ》の結論は正しい」

歯車仕掛《じか》けの神が言った。エクエスの後ろでは、四つの歯車が回り、そこにミッドヘイズの状況が映し出されている。俺はエレオノール、エンネスオーネを経由してつながっているありとあらゆる魔眼《め》にて、地上の状況を把握しながら、目の前のそいつを睨《にら》む。

「ミッドヘイズを囲む四つの界門が、神々の蒼穹《そうきゅう》に位置する樹理廻庭園《じゅりかいていえん》を地上へ降ろしている。あの門を閉ざせば、ディルヘイドを戦火から救うことが叶《かな》うだろう」

本来、樹理四神はダ・ク・カダーテに座する神。界門を閉ざせば、地上にはいられぬ。

「そして、世界の異物よ。汝《なんじ》はこの場にいながらも、地上に出現した界門を塞ぐ手段を隠している」

俺の手札を見透かしたように、エクエスが言う。

「かつて世界を四つに分けた壁、《四界牆壁《ベノ・イエヴン》》の魔法術式は今なお地上に刻まれているのだ」

驚くには値せぬ。神々であれば、それぐらいはとうに見抜いていただろう。神族に埋め込まれた歯車の集合体である奴《やつ》が気がつかぬはずもない。ゆえに、起動するための魔法陣があるミッドヘイズに攻め込んでいるとも言える。いざというときの最後の護《まも》りを破壊するために。

『ミーシャ。サーシャ』

《思念通信《リークス》》にて呼びかける。

ぎちり、ぎちり、と歯車が回った。

――やめて、壊さないで、これ以上……

サーシャの絶望が聞こえ、

――わたしが、創った。滅びゆく世界を。わたしが……

ミーシャの嘆きが溢《あふ》れ出《だ》す。

「ふむ。まだ戦っているところか」

ギ、ギギ、と鈍い歯車の音を響かせながら、エクエスがノイズまみれの声を発す。

「期待するだけ無駄だ。世界の意思には逆らえない。誰もが汝《なんじ》と同じではないのだ、不適合者よ。すでに絶望の車輪は回り始めた」

エクエスの神眼《め》が怪しく光った。

「二千年前、創造神ミリティア、大精霊レノ、勇者カノン、魔王城デルゾゲードと化した破壊神アベルニユー、そして霊神人剣《れいしんじんけん》エヴァンスマナ。これだけの魔力をかき集めてなお、あの壁を作るには汝《なんじ》の命が代償だった」

レイ、ミーシャ、サーシャ、レノ。俺の味方を一人ずつ、削《そ》いでいったとでも言いたげだな。

「それがどうした？」

「今、汝《なんじ》にはいずれの魔力も存在しない。その身一つ、たった一人だ。二千年前とは違う」

軽く手を上げ、奴《やつ》に言った。

「この身一つで十分だ。貴様を滅ぼすにはな」

「私を滅ぼせば世界を救えると思うのならば、やってみるがいいだろう」

ぎちり、ぎちり、と歯車を回し、エクエスは身を差し出すように自らの反魔法を解いた。

「できまい？　汝《なんじ》はわかっているのだ。数多《あまた》の神の集合体である私を滅ぼせば、世界は秩序を失い、瞬《また》く間《ま》に崩壊する。汝《なんじ》は世界を救いたいと思っている。だが、その救うべき世界とは、私なのだ」

「世界は救う。お前は滅ぼす」

「ディルヘイドが滅亡する方が早い」

ザ、ザザーッとノイズが言葉と同時にこぼれ落ちる。

「それが世界だ、暴虐の魔王。誰も彼もが肝心なものを奪われる。優しい世界を願ったミリティアは、その願いを。笑っている世界を見つめることを望んだアベルニユーは、その穏やかな神眼《め》を奪われた。不適合者の汝《なんじ》とて、例外ではない」

歯車のその顔が、嘲笑しているように見えた。

「なにもかもを滅ぼせる力を持ちながらも、暴虐の魔王よ、汝《なんじ》の望みは穏やかな平和だ。その力を振るうほどにそれは遠のく。汝《なんじ》は本当に守りたいものを守ることだけはできない。それが世界《わたし》の意思だ」

ガラガラとなにかが崩れ落ちる音が聞こえた。歯車の《遠隔透視《リムネト》》に映った魔王城がまた一つ、崩れ落ちたのだ。

「さあ、《四界牆壁《ベノ・イエヴン》》を使え。二千年前と違い、お前の味方はここにはいない。だが、来世の力を手放せば、界門を塞げる。そうだな？」

俺は黙って奴《やつ》をただ見据える。

「二千年前は記憶を奪った。今度は汝《なんじ》のその力を奪おう。二千年後か、三千年後、再び生まれ変わった汝《なんじ》を待っているのは、平和ではなく地獄だ。力を失った汝《なんじ》は、その地獄でただひたすらに嘆くこととなる。次は私に辿《たど》り着《つ》くことさえできない」

不気味な音を立てながら、エクエスの歯車が回転する。

「ゆっくりと、一つずつ、汝《なんじ》は奪われていく」

けたたましい音が鳴り響き、ミッドヘイズの南方では、三つめの魔王城が崩壊した。

「……こっ、これ以上はもちませんっ‼」

「エリオ様、一時退却をっ！」

「どこへ退くというのだっ！　援軍はない。我らの後ろには民がいる。ミッドヘイズは魔王様より預かった街、我が身可愛《かわい》さにここで逃げては、二度と合わせる顔はないっ！」

ミッドヘイズ部隊は、刻一刻と追い詰められていく。滅びた者から、終焉神の秩序にて骸傀儡と化し、かつての味方を襲う。それはまさに地獄絵図だ。

消耗戦では、ひたすら向こうの戦力を増大させるだけだろう。せめて、シンとエールドメードが間に合えばと思ったが、どうやらここまでか。これ以上は、戦う術をもたぬ民が痛みを強いられることとなる。

平和な時代を生きる彼らに、そんな想《おも》いをさせるわけにはいかぬ。

「ふむ。仕方あるまい。お前の思惑に乗ってやる」

歯車仕《じ》掛《か》けの集合神へ俺は言った。

「来世の力と今世の命まではくれてやる。だが――」

右手を黒き《根源死殺《ベブズド》》に染める。造作もないことだ。この根源を貫くと同時に、滅びへ近づく力を利用して、ミッドヘイズに残した術式を起動し、《四界牆壁《ベノ・イエヴン》》を展開する。かつて世界を四つに分けた壁、その真の力を解放し、界門を閉ざす。神界との関わりを完全に遮断すれば、樹理四神は消えるだろう。

そして――

「平和は渡さぬ。地獄を見ることになるのは貴様の方だ、エクエス――」

そう口にし、《根源死殺《ベブズド》》の指先を自らの体に突き刺そうとした瞬間だった。

「……うららららら………」

間の抜けた声が、遠くに響く。

「うあああああああああああぁぁぁっっっ！！！」

ふむ？　なんだ？

歯車の《遠隔透視《リムネト》》から聞こえているようだが、これは？

防衛線を敷くように建てられた魔王城。その目の前へと突如、上空から降ってきたのは聖水の砲弾。ぜんぶで一〇と八。それらは地上に着弾すると、ミッドへイズ部隊と魔王城を護《まも》るかのように結界を構築した。

長距離結界魔法《聖刻十八星《レイアカネッツ》》。いや、それだけではない。結界の中、霧雨《きりさめ》と水飛沫《みずしぶき》が晴れていく毎《ごと》に、そこに着弾した人影と巨大な城があらわになった。

アルクランイスカ城。そして、その門前には緋色《ひいろ》の制服を纏《まと》った勇者学院の生徒たちがいた。

《飛行《フレス》》も《転移《ガトム》》も使えぬこの場所まで、《聖刻十八星《レイアカネッツ》》で城を撃ち出してやってきたのだ。

「……あー、しっかし、やっちまったよな。ディルへイドを助けるのにこの隠し球を使っちまったら、お偉いさんが怒るぜ」

聖炎熾剣《せいえいしけん》ガリュフォードを担《かつ》ぎ上《あ》げ、ラオスが言う。

「さて。怒られるだけで済めばいいのですが、わたしの見たてでは良くて裁判ですかね」

聖海護剣《せいかいごけん》ベイラメンテを携えながら、レドリアーノがメガネのつるにそっと手をやる。

「そんなことよりさ、ここで生きて帰れる保証もないいんじゃないの？」

大聖土剣《だいせいどけん》ゼレオ、大聖地剣《だいせいちけん》ゼーレを両手に持ちながら、ハイネは目の前にいる骸傀儡を睨《にら》む。

軽口から一転、彼らは気勢を発し、レドリアーノが大声で言った。

「ミッドへイズ部隊へ。我らは勇者学院アルクランイスカ。我が師エミリア・ルードウェル、そして暴虐の魔王アノス・ヴォルディゴードの恩義に報い、貴軍を援護します！」

§32.【空を覆う歯車】

全身から聖なる炎を噴出させ、ラオスは聖剣をぐっと握る。

「やるぜっ、レドリアーノッ!!」

「ええ」

その場にそびえ立つ城、アルクランイスカから、聖水が霧雨《きりさめ》のように降り注ぐ。レドリアーノが眼鏡を外し、ベイラメンテを掲げた。

「ミッドヘイズ部隊は下がっててよ。魔族が結界内に入ると、やばいからさ」

ハイネの聖剣が大地を斬り裂き、それは土の魔法陣を描く。同じくラオスは火、レドリアーノは水。足りない風の魔法陣は、勇者学院の生徒たちが補った。地、水、火、風、四つの属性の結界が、ニギットらの部隊を閉じ込めるような形で展開される。

「「「《四属結界封滅陣《デ・イジエリメント》》」」」

それは、かつて学院別対抗試験で使用された《四属結界封《デ・イジエリア》》と同じ効果を有する結界だ。魔族の力を削《そ》ぎ、その魔力を弱める。しかも、あのときエレオノールが張っていたものよりも、上位の術式か。

《四属結界封滅陣《デ・イジエリメント》》の内側では、並の魔族ならば戦わずして無力化されるだろう。レドリアーノたちの言う通り、勇議会は怒るだろうな。どう考えてもこれは、魔族との戦闘を見越して習得した魔法だ。ディルヘイドに比べ、圧倒的に戦力の劣るアゼシオンが、防衛力を欲《ほっ》したとしても不思議はない。力を持つのは重要なことだ。願わくば、戦わぬために手に入れた力であることを祈りたいものだが、上はともかく、少なくとも彼らについては心配あるまい。

「失礼。多勢に無勢ではありますが」

ニギットの前に、レドリアーノが立つ。その隣で、ハイネとラオスが聖剣を構えた。

「二千年前の魔族は皆化け物ばかり。どんな手を使ってでも、勝たせていただきます」

元ジェルガカノンの生徒たちは、デビドラに追い詰められているアイヴィスの援護に向かった。ニギットは魔剣を正眼《せいがん》に構え、その魔眼《め》を光らせる。三人の勇者と、王城アルクランイスカ、そして勇者学院の生徒たちの戦力を測っているのだろう。睨《にら》み合《あ》いの最中、使い魔のフクロウがレドリアーノの肩に止まる。

『勇者学院アルクランイスカへ。加勢を感謝する。だが、戦局は著しく劣勢だ』

魔皇エリオからの《思念通信《リークス》》であった。フクロウには魔法線がつながっているのだろう。

『骸傀儡の兵を撃退しても、あちらには神の軍勢が残っている。それを指揮しているのは、ニギット殿よりも更に強大な魔力を持った神だ』

『ええ。わかっております。残念ながら、地力では万に一つの勝ち目もありません。ですが、わたしどもにも一つだけ勝機が』

『それは？』

『《聖刻十八星《レイアカネッツ》》によって、聖水の魔法線がガイラディーテとつながっています。これは本来、広いアゼシオンを我々が守るための策。本国からの《聖域《アスク》》が届けば、更に我々に有利な結界を張ることができます』

『……それで神を滅ぼせると？』

『いいえ。我々人間が想《おも》いを振り絞っても、神族に伍《ご》することができるのは、せいぜい一秒がいいところでしょう。しかし、その一秒間、《転移《ガトム》》を妨げている奴《やつ》らの結界に、僅かな穴を作ることぐらいはできるはず』

エリオが唸《うな》るように息を漏らす。

『……《転移《ガトム》》が使えれば、確かにディルヘイドの援軍も来るが、僅か一秒では《思念通信《リークス》》で伝える隙も……』

『いいえ、来ます』

はっきりとレドリアーノが断言した。

『必ず来ます、彼の配下ならば。わたしたちにとってはあまりにも短い時間。ですが、彼らにとっては神につけいる十分すぎる隙かと』

一瞬の沈黙、先に決断したのはニギットだった。

「全隊、城を落とせ。あれが敵の要だ」

骸傀儡の兵たちが、《四属結界封滅陣《デ・イジエリメント》》をものともせず、勇者学院の城アルクランイスカへ突撃していく。結界を重ねるように、局所的に展開された集団魔法による《四属結界封《デ・イジエリア》》が、骸傀儡を封じようとするが、魔力任せに突破された。

一瞬、そちらを警戒したレドリアーノが目を見開く。さっきまで離れた位置にいたニギットが、彼の眼前に突如現れたのだ。雷の如《ごと》く走った魔剣に反応したのは彼ではなく、聖剣ベイラメンテ。レドリアーノの勇気に呼応するように、それは水の結界を構築し、目にも止まらぬ斬撃を防ぐ。遅れてレドリアーノは剣身にて、ニギットの剣を受け止めた。

『勇者学院を全力で援護する。結界を構築してくれ！』

「「了解！」」

エリオからの通信に、ラオスとハイネが口を揃《そろ》えて言い、ニギットを左右から挟み撃ちにする。炎に包まれたガリュフォードと大地を揺らすゼレオ、ゼーレが同時に振り下ろされた。

「がっ……!!」

「……こっ、の……!!」

レドリアーノ、ラオス、ハイネの体が同時に斬り裂かれていた。三対一。《四属結界封滅陣《デ・イジエリメント》》。

聖剣の加護。それでもなお、ニギットの力は圧倒的だった。


――奇跡が起きるとでも思っているのか？


ノイズ交じりの声が響く。

「……ちっ……きしょう……！　ディルヘイドには何人化け物がいるんだよっ……！」

ラオスが放った聖なる爆炎を、いとも容易《たやす》くニギットは斬り裂き、背後に迫ったハイネの聖剣を、振り向きもせずに魔剣で払う。そうして、レドリアーノの結界を貫き、彼の腹に魔剣を突き刺した。

「……敵《かな》わないのは、最初からわかっています……。あと少し、時間を稼げれば…………」

――希望があるとでも思っているのか？

ぎちり、ぎちり、と歯車が回る。

「エミリア……早く……!!　このままじゃ、アルクランイスカは……！」

ハイネの《思念通信《リークス》》は《聖刻十八星《レイアカネッツ》》で作られた魔法線を辿《たど》り、ガイラディーテへと届けられる。

だが、未《いま》だ応答がない。

――見るがいい。世界《わたし》はそれを望まない

その刹那――輝く黒炎が勢いよく立ち上り、爆発するように弾《はじ》けた。黒炎に包まれたのは彼らではなく、彼らを映し出している《遠隔透視《リムネト》》の歯車である。

「ふむ」

俺の眼下には、三角錐《さんかくすい》の神殿がある。その外壁にめり込み、歯車仕掛《じか》けの集合神エクエスは、瓦礫《がれき》に埋まっていた。地上へ話しかけている途中に、弾《はじ》き飛《と》ばしてやったものの、その声は止まる気配もなく、僅かに震えることさえなかった。

「まあ、そうだろうな」

すべての神は《全能なる煌輝《ぜんのうこうき》》エクエスの手である、というのは竜人たちの考え出した概念らしいが、その通りの存在になったようだな。ディルヘイドへ差し向けた樹理四神や、その声などは、見えぬ歯車でつながる奴《やつ》の手足。多少殴ってやったところで、どうこうなるわけではない。

それを止めるには、奴《やつ》本体の歯車を止めればいいはずだが――

「試してみるか？　それはすなわち、世界が回るのを止めるということだ」

瓦礫《がれき》に埋まっていたはずのエクエスが、空に浮かぶ俺の後ろに転移していた。反魔法を纏《まと》っていないところを、《根源死殺《ベブズド》》、《魔黒雷帝《ジラスド》》、《焦死焼滅燦火焚炎《アヴィアスタン・ジアラ》》を重ねがけし、弾《はじ》き飛《と》ばしたというに、その神体にはかすり傷一つついていない。

あの三角錐《さんかくすい》の神殿の門より脆《もろ》いとは思っていなかったがな。なかなかどうして、ろくに守りもせずにこれとは、本気で滅ぼすつもりでなければ、攻撃も通らぬか。

「《獄炎鎖縛魔法陣《ソーラ・エ・デイブト》》」

黒き炎が極炎鎖となりて、エクエスの歯車仕掛《じか》けの体に絡《から》みつく。

「《四界牆壁《ベノ・イエヴン》》」

更に黒きオーロラを絡《から》みつかせ、その秩序を封じる。

「《時間操作《レバイド》》」

俺が知っている限りの神々、エクエスのその起源に働きかけ、その時間を停止させる。そうして、滅紫に染まった魔眼《めめ》にて、奴《やつ》を強く睨《にら》みつけた。

「今更なにをあがく？」

ぎちり、とエクエスの体の歯車が僅かに回れば、鎖はいとも容易《たやす》く千切れ、《四界牆壁《ベノ・イエヴン》》は消し飛んだ。魔法も神の権能も使ってはいない。歯車一つで、《獄炎鎖縛魔法陣《ソーラ・エ・デイブト》》と

《四界牆壁《ベノ・イエヴン》》、《時間操作《レバイド》》、《滅紫の魔眼》を弾《はじ》き飛《と》ばした。

「世界を縛りつけることも、封じることも、汝《なんじ》にはできない。ゆえに、その命と力を手放すと決めたはずだ。希望がその魔眼《め》を曇らせたか？」

エクエスがまっすぐ間合いを詰めてくる。突き出された右の指先を左手で受け止めた瞬間、俺は頭上から殴り飛ばされていた。狂乱神アガンゾンの権能。事象を改竄《かいざん》した無秩序な打撃により、体が地面に叩《たた》きつけられる。受け身を取り、空にいるエクエスを睨《にら》んだ。

「あの人間どもにすがっているというのならば、汝《なんじ》は再びその矮小《わいしょう》さを突きつけられるだろう」

エクエスの歯車が一つ回転すれば、目の前に炎が渦を巻く。いかなる神の権能か。そこに神々《こうごう》しい光が集い、炎は大砲のような形状に変わった。

神の猛火が俺に向かって放出される。《滅紫の魔眼》にてそれを睨《にら》み、《破滅《はめつ》の魔眼》にて減衰させる。《焦死焼滅燦火焚炎《アヴィアスタン・ジアラ》》の指先にて、その神の猛火を握りつぶし、灰燼《かいじん》に帰す。しかし、その魔力は無尽蔵とばかりに空には炎の大砲がずらりと並べられ、数千もの神の猛火が大地に向かって放たれた。

「《四界牆壁《ベノ・イエヴン》》」

広範囲に闇のオーロラを展開し、その神炎《しんえん》を悉《ことごと》く封殺していく。この蒼穹《そうきゅう》の深淵《しんえん》の底は、さほど頑丈とも言えぬ。火露《ほろ》を奪われ、崩壊しつつあるダ・ク・カダーテで派手に暴れれば、神域は破壊され、秩序に傷ができるやもしれぬ。

秩序そのものであるエクエスには大した影響がなくとも、《笑わない世界の終わり《エイン・エイアール・ナヴエルヴア》》にて崩れかけた世界には、致命傷ともなりかねない。

「《灰燼紫滅雷火電界《ラヴイア・ギーグ・ガヴエリイズド》》」

ぐっと紫電を凝縮し、十の魔法陣をつなげて放つ。中空に放たれた圧倒的な破壊の紫電は、その滅びの力にて降り注ぐ数多《あまた》の神炎を相殺《そうさい》した。

奴《やつ》は徹底して俺に守ることを強いている。エクエスを滅ぼせば、世界が滅びる。この蒼穹《そうきゆう》の底が壊れれば、秩序が壊れ、やはり多くの人が死に至る。ディルヘイドが侵略されれば、魔族の民が蹂躪《じゆうりん》されるだろう。

それらすべてを一人で守ろうとする限り、奴《やつ》を滅ぼすのは確かに簡単なことではない。

「見るがいい、世界の異物よ。今、新たな絶望が回り始める」

神炎を乱射しながらも、エクエスの神体が十字を描く。その背後に五つ目の歯車が現れる。

《遠隔透視《リムネト》》に映し出されたのは、ガイラディーテ――円卓の議場である。エミリアと、勇議会の議員たちがそこにいた。

彼らは窓から、空を見上げている。視線の先にあるのは、半分まで日蝕《につしょく》の進んだ《破滅の太陽》。その太陽が右眼《みぎめ》となったような、巨大な顔が空に出現していた。歯車仕掛《じか》けの顔が。

更に、ぬっと巨大な歯車が現れる。否。現れたというより、空が変化したといった方が正しい。歯車の胴体は、世界を覆いつくさんばかりに天に広がっていた。

そうして、そいつは言った。

『アゼシオンを牛耳る、矮小《わいしょう》なる人間どもへ告ぐ。私は、この世界の意思である』

§33.【血の契約】

ぎちり……ぎちり……と、不気味な歯車の音が鳴っていた。

空に浮かぶ巨大な歯車の化け物を見つめながら、勇議会の議員たちは青ざめた表情でそいつの言葉に耳を傾けている。

『世界の秩序に背き、汝《なんじ》らは私のもとへ勇者カノンを差し向けた』

エクエスの声が大気を震わし、アゼシオンの大地に響き渡る。それに揺さぶられるが如《ごと》く、議員たちは、ガタガタと体を震え上がらせた。

『見るがいい、その崩れゆく大地を。これが汝《なんじ》らが犯した蛮行の末路だ』

激しい地震が起こり、議員たちは咄嗟《とっさ》に建物にしがみつく。終滅の光により、世界の大地は四つに割れた。それらは時折起こる激しい地震とともに、少しずつ離れているのだ。

『勇者カノンは、世界《わたし》の瞬《まばた》きにより光に灼《や》かれ、地上へ落ちた。汝《なんじ》らの英雄はもういない。大地に刻んだ十字の傷は広がり続ける。やがて世界は完全に四つに分かれ、崩壊するだろう』

大気を劈《つんざ》くような不気味な声が、アゼシオン全土に響き渡っていた。

『これは、世界の敵である暴虐の魔王に与《くみ》した汝《なんじ》らへの罰だ』

声が暴風となり、建物という建物が激しく揺れた。勇議会の殆《ほとん》どの者が、恐怖で体を縮み上がらせる。《破滅の太陽》の魔力を感じられずとも、世界を四つに割った終滅の光は、つい先刻、まざまざと見せつけられたばかりだ。今なおアゼシオンでは断続的に地震が続き、大地の崩壊は収まる気配もない。深淵《しんえん》を覗《のぞ》くことのできぬ彼らとて、否《いや》が応《おう》でも、敵の強大さを思い知るほかなかった。

『生きたいか？　世界の民よ』

ノイズ交じりの声が響く。

『助けたいか？　自らの友を、恋人を、家族を』

まるで救いの手を差し伸べるかのように。

『かつて、汝《なんじ》らの祖先は、正義の名のもとに悪《あ》しき魔王へ挑んだ。神話の時代、世界と人間はともに正しき秩序を目指していた』

まるでそれが最後の機会とばかりに、エクエスは言う。

『悔い改めるならば、その罪を許そう。今一度、私に——世界の意思に従え、矮小《わいしょう》なる人間よ。《聖域《アスク》》の祈りを。その愛と優しさをもって、世界に逆らう悪《あ》しき国を滅ぼし、愚かなる不適合者、暴虐の魔王を討つ。正しき道を選べば、汝《なんじ》ら人間は生きながらえるだろう』

世界が滅びゆく中、それは甘い囁《ささや》きだったのやもしれぬ。正しき道を選べば、救われる。正義を行えば、どんな危機にあろうとも道は開ける。いつの世も、誰もがそれを願い、誰もがそれを信じたがっている。

ガイラディーテの人々は、その多くが呆然《ぼうぜん》と空を眺めていた。突然の事態に思考が追いつかぬのだろう。

『決断するがいい。アゼシオンを統《す》べる、か弱き議員たちよ。これは世界と汝《なんじ》ら人間の、その子々孫々に至るまで、未来永劫《えいごう》違えられぬ契約——《全世契約《ソグナクト》》である』

空に巨大な《全世契約《ゾグナクト》》の魔法陣が描かれた。今後、生まれる子孫にまで同じ契約の魔法を強制する術式だろう。それに調印すれば、人間という種族は永遠に魔族を倒すための《聖域《アスク》》を世界に捧《ささ》げ続ける。

『猶予は時計の針が一周するまでだ。祈りを捧《ささ》げれば、《全世契約《ゾグナクト》》は結ばれ、お前たち人間は救われる。勇者となり、正義を示せ』

《全世契約《ゾグナクト》》の魔法陣に時計が現れ、その針が動き始める。数分も経《た》たずに一周するだろう。国の命運を決める決断をするには短すぎる猶予だ。

「祈れば……」

議員の一人が呟《つぶや》いた。

「助かる、のか……」

「愛と優しさが、我らを救う……」

ダンッと激しい音が響き渡った。議員たちが一斉に振り向く。エミリアが円卓に両手を叩《たた》きつけていた。

「戦時に、なにを寝ぼけたことを言ってるんですか」

怒気を込め、鋭い口調で彼女は言った。

「状況を考えてください。あれはただの敵です。敵の脅しに屈してどうするんです？　今、ディルヘイドで勇者学院が神の軍勢と交戦中なんですよ。わたしたちのすべきことは、一刻も早く、民にこの状況を伝え、彼らに《聖域《アスク》》を届けることです！」

「しかし、敵と言うが……」

ちらり、とロイドは窓を覗《のぞ》いた。あまりにもスケールの違いすぎるものが、そこにあった。今まで感じとれもしなかった魔力が、目の前に具象化されたことにより、圧倒され、畏怖しているのだろう。手を出してはならぬものに手を出してしまったことを、ようやく理解できたのだ。

それも、最悪のタイミングで。

「あれが、本当に世界の意思だと思っているんですか？　ディルヘイドが悪《あ》しき国だって、あんなものに決められて、冗談じゃありませんよっ」

「……もっともだ。しかし、少なくとも、世界を滅ぼすだけの力を持っているのは確かなようだがね……」

議員の一人、ルグラン王シヴァルが言った。

「だから、屈するんですか？」

「屈するというわけではないかと」

ポルトスを治めるエンリケが答える。

「しかし、なにをさしおいても国は守らねばならない。世界を四つに割くような超越的な存在を相手にしては……」

「世界を四つに割く？　違うでしょう。脅しじゃありませんでしたよ。アレは、わたしたちを滅亡させようとして、撃ってきたんです。それを止めたのは誰ですか？」

問い詰めるように、エミリアは言う。

「勇者カノンとディルヘイドでしょう。彼らは地上を守った。アゼシオンを守ったんです。守られたわたしたちが、撃ってきたあの化け物の言いなりになって、守ったディルヘイドを滅ぼそうっていうんですか？　そんな馬鹿な話がどこにあるんですっ！」

エンリケが押し黙る。すると、今度はネブラヒリエ王カテナスが口を開く。

「義理や人情も確かに重要。私とて心苦しいものです。しかしときには、より強い方につかねばならないこともあるでしょう。意に沿わぬ要求を飲まねばならないことも」

「勘違いしないでください」

ぴしゃり、とエミリアは言い放つ。

「あの太陽からの魔法砲撃。あれを撃ったのが暴虐の魔王でしたら、世界はとっくに滅びています。誰にも止められはしませんよ。あの歯車の化け物にだって」

全身から魔力を発するエミリアに、カテナスは怯《ひる》む。彼女はその魔眼《め》で、議場にいる議員たちを睨《にら》んだ。

「最も恐るべき力を有しているのは、暴虐の魔王アノス・ヴォルディゴードが治めるディルヘイドです。あの歯車の化け物は、独力で彼を倒せないから、わたしたちに力を貸せと脅しているんでしょう。もしも魔王がその気だったなら、アゼシオンは二千年前に滅びています。わたしたちが今この場で議論を交わすことさえありませんでした」

追及するように彼女は言う。

「滅ぼさなかった彼と、滅ぼせなかったあの歯車。なんの要求もせず、平和を願った彼と、その彼を悪《あ》しき魔王として滅ぼせと脅すあの化け物。いったい、どちらがより悪で、そしてどちらがより恐ろしいのか。あなたたちには考える頭もないんですか？」

シヴァル、カテナス、エンリケ、ロイド。そして、議員たち全員の顔を見て、エミリアは訴える。

「どうして、わたしたちを支配する力を持ちながら、そうしなかったのか。どうして強大な力を持ちながら、困難な対話の道を選んだのか。彼の理想が、あなたたちにはほんの少しも理解できないんですか？」

議員たちは、答えられない。

《全世界契約《ソグナクト》》の時計が進む。すでに半周に迫ろうとしていた。

「二千年前、彼は世界に壁を作り、魔族と人間を隔てることで平和を築きました。違う種族であるわたしたちが関わることがなければ、争いは生まれません。だけど、それは本当の平和ではありません」

丁寧に、懸命に、エミリアは彼らに言葉を投げかける。

「彼の願いに反し、かつての大勇者ジェルガは勇者学院に悪意の種を蒔《ま》きました。その結果が、あのディルヘイドとアゼシオンの戦争。アゼシオン中の人間を絶望の闇に落とした深き暗黒です。それでも、彼は人間とわかり合うことを諦めようとはしませんでした」

議員たちは、皆、重苦しい表情を浮かべている。

「……確かに、それは、そうかもしれません……」

カテナスが、ゆっくりと口を開く。

「しかし、エミリア学院長。アゼシオンのために、あなたに魔族が、同胞が撃てますか？」

そう問うた後、カテナスはたたみかけるように続けた。

「あなたは魔族の血を引いている。私たち人間は、そこまで暴虐の魔王のことを信用はできません。あなたに、国の行く末を託すこ、と……も……？」

カテナスが目を丸くする。彼の目の前で、赤い血が勢いよく滴《したた》り落《お》ちていた。

「エミリア学院長っ……！」

「すっ……すぐに手当をっ……」

ナイフで自らの右手首を切り裂き、エミリアはその円卓を血で汚す。

「どれだけ血を取り除けば、わたしは魔族ではなくなりますか？」

「……なにを、馬鹿な。そんなことをしても……」

「なれませんよ。血をなくして、このまま死んで生まれ変わって、今度は人間に生まれたとしても、わたしは魔族です。魔族であることに血は関係ないでしょう？」

円卓を真っ赤に染めていきながらも、エミリアは問う。

「人間だって、そうなんじゃありませんか？」

カテナスは、口を噤《つぐ》んだ。なにも言わず、なにも言葉にできず、ただじっとエミリアの顔を見つめている。

「くだらない。血がなんだって言うんですか。わたしの意思でも、わたしの心でもない。わたしが魔族か人間かすら関係がない。そんなものでは、なに一つ決まりません。なに一つ決まらないんですよ！」

勢いよく流れ落ちていく彼女の血は、まるでエミリアの中に最後に残ったわだかまりを捨て去っていくようだった。魔族だった頃、彼女は皇族として、尊い血を引く者としての誇りを持って日々を過ごしていた。無理矢理転生させられ、混血として惨《みじ》めに生きることとなった。そして、遠い異国の地で、人間として扱われ、そして人間ではないと差別された。

そのすべての日々が、今、彼女に確かな事実を突きつけている。

「…………では……」

カテナスが、ようやく小さな問いを、言葉にした。

「……なにで決まると……？」

「わたしが……わかっているのは、一つだけです……」

血を失っていき、青ざめた顔で、エミリアは魔法陣を描く。《遠隔透視《リムネト》》だ。そこに映ったのは、ガイラディーテの民の姿である。

彼らは、祈っていた。

「行け……俺たちの……想《おも》いを……」

「あたしたちの……祈りを……みんなに……」

「受け取ってくれ、勇者学院のみんな！」

「待ってるぞっ！」

「生きて帰ってこいっ！」

「……おいっ！　こんなんじゃ全然足りないぞっ！　あんな化け物にビビッてる場合じゃないっ！　もっと沢山の人に伝えよう！」

「だけど、口づてじゃ……魔法放送が使えたらっ……！」

「馬鹿野郎。泣き言言ってんじゃねえっ！　いくら強くたってレドリアーノたちはまだ子供なんだぞっ！　届けるんだよっ、俺たちの声をっ！」

「そうよっ！　きっと、助かるわっ！　エミリア学院長と勇者学院のみんなが、頑張ってくれてるんだものっ！」

事情を知る一部のガイラディーテの民たちが、駆け回り、口々に戦地に向かった勇者学院の生徒たちのことを他の人間へ伝えていく。

ぽつり、ぽつり、と次第にガイラディーテの各地から《聖域《アスク》》の光が広がり始めた。

「ちゃんと見えていますか、彼らの姿が。ちゃんと聞こえていますか、ネブラヒリエ王。彼らの声が、ずっとそうでしたよ。勇議会が生まれる前から、ずっと……」

息を呑《の》むカテナスに、エミリアは願うように言った。

「どんな暗闇の最中でも、勇気を持ってそれに立ち向かう若者の背中を押すのが、このアゼシオンに生きる民」

エミリアは心の中で強く願う。すると、彼女の体に《聖域《アスク》》の光が集った。心が魔力に変換されているのだ。

「この《聖域《アスク》》に、真実心を重ねられるのが、わたしたち人間です、カテナス。どうか」

円卓に流れ落ちた自らの血に、エミリアは魔力を送る。血が魔法陣を象《かたど》り、《契約《ゼクト》》を発動した。

「どうか、信じてください。もしもディルヘイドが、このアゼシオンに侵略戦争を仕掛けてくるのならば、それが暴虐の魔王であろうとわたしはこの身を盾に、この心を剣として戦います。勇者学院の生徒たちと、このガイラディーテに生きる民、そしてこの国を――」

《契約《ゼクト》》に描かれているのは、エミリアが今発言した通りの内容だ。

「アゼシオンを、わたしは愛しています。その証明をここに」

その魔法契約に、エミリアは血塗られた指先を伸ばす。血判のような調印を、しかし、横から伸びた手が妨げた。エミリアの手首をつかんだのはルグラン王シヴァルだ。

「そんな契約をしては、君は二度と祖国の地を踏むことができまい」

「……覚悟の上です……」

エミリアの瞳には、ただ決意だけがあった。あるいはそれが、最後にシヴァルの心を一押ししたのかもしれない。

彼は、静かに首を左右に振った。

「故郷を愛《いと》しく思う気持ちはよくわかる。君にそれをさせたならば、私は人間失格だ。アゼシオンのためとて、私にルグランはとても撃てんよ」

シヴァルの体が《聖域《アスク》》の光に包まれていた。まるでエミリアに、心を重ねるように。

彼は議員たちへ言った。

「諸君。我らは腐敗したガイラディーテの政治に嫌気がさし、この勇議会を起《た》ち上げた。だが、蓋を開けてみれば、思うようにいかぬことばかり。理想に燃えるには、私は歳《とし》をとりすぎたのかもしれん。思い返せば、発したのは我が身可愛《かわい》さの言葉の数々」

彼は窓の外に視線を向ける。《聖域《アスク》》の光がガイラディーテ中に広がっていくのが見えた。

「とんだ腑《ふ》抜《ぬ》けだった」

振り返り、議員たちを奮い立たせるように、シヴァルはぐっと拳を握る。そうして、訴えるように声を上げた。

「今、ここで戦わねばなにも変わらん！　民のためにと立ち上がったのが、我らではなかったか！　この街の人々は勇者の勝利を信じ、望んでいる！　たとえあの空に浮かぶ化け物が真に世界の意思だとしても、それに屈してはジェルガや歴代のガイラディーテ王と同じだっ！」

シヴァルは短剣を抜き、自らの手の平を切った。そして、その血を使い、円卓に自らの手形をつけた。

「ガイラディーテの民はディルヘイドの救済を望んだ。アルクランイスカの勝利を願った。我らは勇議会として、その代理を全うすべきだ。違うか？」

すると、ポルトス王エンリケが同じく短剣で手の平を切り、円卓に手を置いた。

「私も、お二方に同意する」

風向きが変わった。

「私もだ」

「戦うべきだ」

次々と議員たちが口を揃《そろ》え、手の平を切っては、円卓に手を置き始めた。魔力を伴わない、なんの効力も及ぼさないその血の《契約《ゼクト》》に調印する度、けれども彼らの心は《聖域《アスク》》の光でつながっていく。

会長のロイドが血判をして、残るはカテナス一人だった。議員たちが彼に詰め寄ろうとするのを、エミリアは手で制した。

彼女はまっすぐ彼に向き合い、口を開いた。

「カテナス。わたしを認められない、あなたの気持ちはよくわかります。もしも、わたしが、気に入らないというのなら――」

「これまでの非礼を詫《わ》びます。エミリア学院長」

エミリアの言葉を遮るように、カテナスは言った。そうして、短剣でエミリアと同じように手首を切った。どくどくと大量の血が円卓に流れ落ちる。

「……どうか、同じ人間として、ともに戦わせてください……」

こくりとエミリアはうなずく。

「勝ちますよっ！」

「ロイド会長。魔法放送の準備ができましたっ！」

兵士の一人がそう報告した。すぐにエミリアは《思念通信《リークス》》を使う。その声は通信用の魔法具を通し、アゼシオン全土に届くだろう。

「アゼシオンの民へ。勇者学院のエミリアです。アゼシオンは今、未曾有の危機にあります。しかし、我らには勇者たちがいます。彼らは決死の覚悟で戦地に赴きました。どうか彼らに声援を。この死線をくぐり抜け、敵に打ち勝つための勇気を与えてください」

《聖域《アスク》》の光が、ガイラディーテのみならず、アゼシオン全土に瞬《また》き始めた。それは、ガイラディーテから各地へ整備された水路を通って、みるみる聖明湖《せいめいこ》に集い始める。平和な世に増え続けたアゼシオンの人口。その心が一つとなった《聖域《アスク》》の輝きは、二千年前、勇者カノンがその背に背負った、重たい期待以上だ。

《全世契約《ソグナクト》》の時計の針が、元の位置に戻ってきた。

勇議会会長のロイドが言う。

「世界の意思とやらへ告ぐ」

毅然《きぜん》とした態度で、彼は堂々と言葉を放つ。

「答えは出た。人間は同じ過《あやま》ちを繰り返さない。アゼシオン軍出撃！　ディルヘイドを、我らが友国を守れ！」

§34.【ディルヘイドとともに】

ニギットの体が閃光《せんこう》の如《ごと》く、加速する。ラオス、レドリアーノ、ハイネ、三人の魔眼《め》にも映らず、聖海護剣ベイラメンテすら反応できぬほどの速度で、その剣閃《けんせん》が走った。

「……っ……が……」

三人の勇者はがっくりと膝をつく。一瞬の間に、心臓を一突きにされた。《四属結界封滅陣《デ・イジェリメント》》の中では、勇者たちは絶えず回復魔法にて癒やされるが、傷が治る気配はない。枯焉砂漠ではなにもかもが終焉へ向かう。その秩序が治癒を妨げ、彼らを終わりへと導いているのだ。

最早《もはや》、動けぬと悟ったか、ニギットはアルクランイスカ城へ視線を向けた。先にガイラディーテと魔法線がつながっているそちらを叩《たた》くべきと判断したのだろう。

「全隊、《獄炎殲滅砲《ジオ・グレイズ》》発射準備。我が剣にて、あの城の結界に穴を穿《うが》つ。そこへ撃ち込め」

ニギットが、魔剣に膨大な魔力を込める。

「させるなぁっ‼　《獄炎殲滅砲《ジオ・グレイズ》》発射準備っっっ‼」

　エリオの号令にて、アルクランイスカの後方、防衛線を敷くすべての魔王城に魔法陣が描かれる。そこにぬっと漆黒の太陽が出現した。

　ニギット、デビドラ、ルーシェの部隊に照準が合わせられた。

「一斉掃射――」

　エリオが砲撃命令を出そうとしたそのとき、がぐんと魔王城が沈んだ。辺り一帯に巨大な砂地獄ができており、建てられた城という城が砂に飲まれ、崩れ落ちていく。

「なんだ、これはっ……⁉　報告せよっ。なにが起きているっ⁉」

「砂漠が広がり、足場がすべて砂に！　の、飲み込まれていますっ！」

「《創造建築《アイリス》》で杭《くい》を伸ばせっ！　固い地盤があるはずだっ！」

「りょ、了解っ！」

　崩れ落ちる魔王城はエリオの指示のもと、《創造建築《アイリス》》で下部から杭《くい》を伸ばし、砂地獄に抵抗する。だが、次の瞬間、その杭《くい》がへし折られた。

「――あがけどもあがけども」

　そいつは砂地獄の底から現れた。すぐ近くにあった魔王城の杭《くい》に、ターバンの神は指を突き立て、ぐしゃりと砕く。

「このアナヘムの眼前では矮小《わいしょう》なる砂の一粒」

「……てっ、敵の神がっ……！　エールドメード殿からの情報によれば恐らく、終焉神アナヘムですっ！　こちらへ接近してきますっ！」

現れたアナヘムは、砂地を蹴った。矢の如《ごと》く飛んだ奴《やつ》は、建ち並ぶ魔王城の土手っ腹を次々と貫いては、瞬《また》く間《たま》にそれを崩壊させていった。

「ぼ、防衛線……突破されました……!!」

「一撃で防衛線をぶち破っただと……ばっ……化け物かっ……!?」

「も、戻ってきます！」

「なにっ!?」

再び地面を蹴って戻ってきたアナヘムは今度は魔王城をぶん殴って、隣にぶち当てる。勢いよく倒れた魔王城が別の魔王城を倒し、その城がその隣の城を倒す。ドミノ倒しのように次々と防衛線の魔王城は崩落していった。

「……か、神の軍勢が、接近……ほ、包囲されています……数、凡《おおよ》そ八〇〇〇……！」

「このままではっ……!?」

「敵の魔法砲撃を確認っ！　だめですっ！　アルクランイスカがっ……!?」

ニギットたちの部隊により《獄炎殲滅砲《ジオ・グレイズ》》が一斉に発射され、勇者学院の城アルクランイスカが黒く炎上していた。結界に穴を穿《うが》たれ、護《まも》りをなくした城は、みるみる外壁が剥がれ落ち、崩れていく。

「第二射。全隊、《獄炎殲滅砲《ジオ・グレイズ》》発射準――」

ニギットが命令を下そうとしたそのとき、光の砲弾が彼を撃ち抜いた。されど、その反魔法は貫けず、ニギットは無傷だ。彼が振り向いた視線の先には、聖剣を杖《つえ》によろよろと体を起こす三人の勇者がいた。

「……おら。まだ終わってねえぜ……」

ラオスが言う。勇者学院の生徒たち、その想《おも》いを一つにした《聖域《アスク》》が、彼ら三人を包んでいた。それにより、すでに死にかけの体をかろうじて動かしているのだ。

『……一瞬で構いません。動きを止めてください、ハイネ。アレを使います……』

《思念通信《リークス》》にてレドリアーノが言う。

『ラオス、あなたは城の中へ』

『馬鹿言うんじゃねえよ、ここまで来て逃げられるか』

『馬鹿言ってるのはどっちさ？　ぼくたちのうち誰かが残ってなきゃ、ガイラディーテからの想《おも》いを《聖域《アスク》》にできない』

ハイネが言い、大聖土剣ゼレオを砂漠に突き刺す。

『早く行きなよっ!!』

聖剣の魔力が地中に伝わり、みるみる砂の地面が固まっていく。その一帯が土の大地と化した。ニギットは身構え、魔眼《めめ》を凝らす。次の瞬間、地面がまるでくり抜かれたようにひっくり返り、ニギットの体を宙に投げ出した。

樹冠天球の影響で《飛行《フレス》》が使えないのはあちらも同じ。続いてハイネは二つの聖剣を大地に突き刺した。地中に伸び、四四本の刃に分裂したゼーレとゼレオが大地を突き破り、一斉にニギットに襲いかかる。貫かれれば聖痕ができる。魔族にはより効果的だ。

しかし踏ん張りの利《き》かない宙にいながらも、その悉《ことごと》くをニギットは魔剣で捌《さば》き、ゼーレとゼレオの刃を切断していく。

レドリアーノとラオスは最後の力を振り絞り、地面を蹴った。ラオスはアルクランイスカ城へ。レドリアーノはニギットへ向かって、突撃する。

「《聖海守護結界《ベーストレート》》！」

レドリアーノが全身に魔法結界を纏《まと》う。

「《聖海守護障壁《レガ・インドレア》》！」

更に彼は、魔法障壁を重ねがけした。

「《聖海守護呪壁《リアード・アンゼムラ》》！」

その上、魔法障壁に魔を阻《はば》む聖なる呪いを重ねがけする。四四本の刃をすべて切断してのけ、ニギットが地面に着地する。そこを狙い、レドリアーノはベイラメンテを突き出した。

「遅い」

ニギットは首を捻《ひね》ってその突きを避け、反対にレドリアーノの腹部に魔剣を突き刺していた。

しかし、彼は笑った。

「……護《まも》りたま……え、聖海護剣……古より生命を守護せし、ベイラメンテ。汝《なんじ》の力、汝《なんじ》の意志を、ここに見せよ……!!」

聖剣の力を全開放し、重ねがけした魔法障壁の力を数十倍に増幅させる。そうして、自らだけではなく、ニギットごとその障壁で包み込んだ。レドリアーノの左胸には魔法陣が描かれていた。

「ラオス、ハイネ。あなた方は本当に、どうしようもない悪友でした」

ニギットはレドリアーノの右手を斬り落とす。しかし、ベイラメンテが勇気に呼応するように、その剣先がひとりでにレドリアーノの心臓へ向けられた。

「最高の……」

ベイラメンテが魔法陣の中心を穿《うが》つ。レドリアーノの体から、膨大な光が溢《あふ》れ出《だ》す。根源が持つ幾世代もの未来の可能性を、その魔力を、今この場ですべて解き放つ。

「……《根源光滅爆《ガヴエル》》……」

根源爆発の光が、結界の内部に膨れあがり、そして——すうっと消え去っていった。レドリアーノはそのまま力を使い果たしたかのように前のめりに倒れる。

彼の根源は消えていない。《根源光滅爆《ガヴエル》》は発動しなかったのだ。

「……な、ぜ…………」

「残念だったな。枯焉砂漠において、終わりは終焉神アナヘムの手の平の上。滅び時さえ、貴様らの自由にはならない」

ニギットは魔剣を振り、結界を切り裂く。魔力を使い果たしたレドリアーノを無視して、彼は、城へ逃げ込もうとするラオスを追いかけた。

「行かせると思っ……」

《聖域熾光砲《テオ・トライアス》》を右手に集中し、ニギットの前に立ちはだかったハイネはそれを撃つことなく、斬り伏せられる。

「……く……そ…………」

ハイネが倒れた。

「……ちっきしょうっ……!!」

戦ったところで万に一つも勝ち目はない。ラオスは脇目も振らず、全力でアルクランイスカ城に向かって駆け抜けていく。だが、僅か一秒でニギットは彼に並んだ。

「さらばだ、勇者よ」

その魔剣がラオスの肩に振り下ろされ、鮮血が勢いよく溢《あふ》れ出《だ》す。ラオスの足が地面にめり込み、彼は踏みとどまった。二千年前の魔族の中でも有数の力を持ったニギットの一振り、瀕《ひん》死《し》に近いその体で耐えきれるわけもない。

だが、聞こえていた。彼の耳には。確かに、その声が。

『がんばれ』

ガイラディーテの民が、

『がんばれ、勇者学院』

いや、アゼシオン中の人間の声が、

『がんばれ、ラオス、ハイネ、レドリアーノ』

《聖刻十八星《レイアカネッツ》》がつないだ魔法線を通して、この場に届けられている。

『……世界を、救ってくれ……！』

『俺たちの勇者!!』

ラオスの体に《聖域《アスク》》が集う。アゼシオン中の人間の想《おも》いが今一つに重なり、膨大な魔力に変わっていた。

「……来ると思ってたぜ……絶対なぁっ……!!」

ニギットは一度魔剣を引き、ラオスの心臓めがけ、それを突き出した。疾風のようなその刺突に貫かれながらも、彼は《聖域《アスク》》を凝縮した左手でつかむ。ラオスの体からは血が溢《あふ》れ出《で》るが、光がそれを止血する。

「あがくな。いかに魔力を得ようと、貴様の腕では勝ち目はない」

「一対一ならな」

その言葉に、ニギットはぴくりと眉を動かした。

「わかるぜ……あんたも、同じ気持ちなんだろう……？」

ニギットの体から、光が漏れ、それがラオスの魔力に変わっていた。二人の心が、《聖域《アスク》》にて、確かにつながっている。

「ほらな……おかしいじゃねえか。二千年前の魔族が、俺らを瞬殺できねえはずがねえ……！　そうだろう？　あんたも一緒に戦ってくれてた。見せてくれよ、あんたの想《おも》いをっ！　俺たちは敵じゃねえっ!!　力を貸してくれっ!!」

ラオスは思いきり魔剣を押し返す。すると、ニギットの腕の力がその瞬間ふっと弱くなった。

「……今、だ……！」

ニギットが叫ぶ。彼の体は動かない。否、止めているのだ。

「ディルヘイドを守ってくれっ!!　勇者よっ……!!」

《聖域《アスク》》の光を聖剣ガリュフォードに集中させ、ラオスは思いきり突き出した。

「《聖域熾光砲《テオ・トライアス》》ッッッ!!」

洪水のような光の砲弾がニギットの体を飲み込み、そして消し去っていく。滅び去る寸前、彼は穏やかな笑みを見せた。

「…………はぁ……く…………はぁ…………」

がっくりとラオスは膝をつく。魔力は供給されていても、瀕死《ひんし》だった彼の体力はもう殆《ほとん》ど残されていない。

「まだだ、まだ……」

よろよろと這《は》うようにしながら、ラオスはアルクランイスカ城へ近づいていき、そして触れた。彼が魔力を送れば、その立体魔法陣が起動する。アゼシオン中から集めた《聖域《アスク》》の魔力がみるみるそこへ注ぎ込《こ》まれた。

天地をつなぐほどの光の柱が、その城から立ち上った。かろうじて残った意識で、歯を食いしばり、彼は最後の魔法を使う。

「《聖域勇者城結界《テオ・アルクランイスカ》》」

光の傘が広がった。ミッドヘイズ一帯を包み込むような、輝く聖域。それらは負傷した兵の傷を癒やす。枯焉砂漠の秩序を、愛と優しさの《聖域《アスク》》が上回ったのである。

しかし、それも束の間《つかのま》。レドリアーノの目算通り、アゼシオン中の想《おも》いをかき集めても、その結界を構築できたのは一秒ほど、《聖域勇者城結界《テオ・アルクランイスカ》》は次第に小さくなり、やがて完全に消えた。

魔力はまだまだ残っているが、それほどの《聖域《アスク》》を制御したのは初めてだろう。強大すぎる力を、ラオスではそれ以上扱うことができないのだ。全精力を使い果たしたとばかりに、《聖域勇者城結界《テオ・アルクランイスカ》》の発動直後、彼はその場に倒れ、意識を失っていた。

「あがけどもあがけども、終焉から逃れた命はただの一つとて存在しない」

魔王城をすべて粉砕したアナヘムが、魔皇エリオの眼前に立っていた。守りの要である城を失ったエリオの前には、彼の腹心であろう部下たちが盾になるように魔剣を構えている。

「エリオ様、ここは我らに任せ、後退を」

「勇者学院は結界を成功させました。必ず助け、が――」

そう声を発した魔族の兵の心臓に、アナヘムの手刀が突き刺さっていた。

「助けなど来ぬ。見るがよい。世界を四つに割ったあの日蝕《につしょく》を。世界の意思は、ディルヘイドの崩壊と不適合者の滅びを願った。あらゆる国にそれは伝達されたのだ。世界そのものと戦う愚か者など存在せん」

アナヘムが魔族の兵を軒並み倒し、エリオに向かって放り捨てる。

「せいぜいが、身の丈を知らぬ人間ばかりぞ」

終焉神は鞘《さや》から枯焉刀《こえんとう》グゼラミを抜いた。

「やれ、ペルペドロ」

奴《やつ》は枯焉刀を天に掲げる。ミッドヘイズ部隊を包囲した神の軍勢が、規律正しく攻撃態勢に移った。術兵神が魔法陣を描き、弓兵神《きゅうへいしん》が神弓に矢を番《つが》える。剣兵神、槍兵神《そうへいしん》は突撃の構えを取った。八〇〇〇もの神の軍勢に襲いかかられれば、今のミッドヘイズ部隊では、瞬《また》く間《ま》に殲滅《せんめつ》されるだろう。

「これがうぬらの終わり。世界から孤立無援となり、終焉に没せ、ディルヘイドの魔族どもよ」

エリオがアナヘムめがけ、砲撃用の魔法陣を描く。だが、それよりも早く、奴《やつ》はエリオに接近した。エリオは青ざめた表情で、その刃を見つめることしかできなかった。根源を滅ぼす枯焉刀グゼラミが、容赦なく振り下ろされる。それが攻撃の合図とばかりに、神の軍勢が神々《こうごう》しい魔力を放った。

ドッゴオオオオォォォンッと派手な音が鳴り響く。弾《はじ》き飛《と》ばされたように空を舞ったのは、弓兵神と術兵神。神の軍勢の包囲に大穴を空けるように、その一角に巨大な大樹が生えていた。

それは雲を突き破るほど高く高く伸びている。見れば大樹には入り口がある。まるで建物のようにも見えた。

そんな噂《うわさ》がどこかにあった。それは大精霊の森にある、古い大樹。雲をつくほど巨大な大樹の内側は、学舎になっている。その大樹は意思を持ち、中に入れば色んなことを教えてくれる。絵が下手で、たまに癇癪《かんしゃく》を起こす、おじいちゃん。彼の名は、教育の大樹エニユニエン。

「孤立無援なんかじゃない」

声が響いた。

「終わりなんかじゃないよ」

慈愛に満ちた、優しい声が。エニユニエンの大樹の周辺に霧が漂う。そこから現れたのは、八つ首の水竜リニヨン、悪戯《いたずら》好きの妖精ティティ、目に見えぬ隠狼《いんろう》ジェンヌル、小槌《こづち》を持った風と雷の精霊ギガデアス、治癒蛍《ちゆぼたる》セネテロ。そして、噂《うわさ》と伝承で生まれた無数の精霊たちだった。

彼らを率いているのは、翡翠《ひすい》色のドレスを纏《まと》った女性。背には結晶のような六枚の羽。清《す》んだ湖のような髪と琥珀《こはく》に輝く瞳。

「ティティ、リニヨン、ギガデアス、セネテロ、ジェンヌル。みんな、行くよ」

すべての精霊の母、大精霊レノである。彼女の言葉に従い、精霊たちが、神の軍勢に向かい、一斉に進撃した。

「アハルトヘルンはディルヘイドとともにある。私と私の娘を救ってくれた魔王の国を——私の大好きな人が生まれ育ったこの場所を、決して傷つけさせはしない」

彼らは、その不可思議な力を次々と発揮し、神々を翻弄していく。多数が少数に優《まさ》る秩序を有する神の軍勢だが、噂《うわさ》と伝承で生まれた精霊の総数は果てしない。アハルトヘルンの精霊すべてが、ディルヘイドのため、ここに集ったのだ。

「……小癪《こしゃく》な……」

精霊たちの援軍と、目の前の人物を見て、アナヘムは眉をひそめる。振り下ろしたグゼラミが、右腕ごと斬り飛ばされていた。

終焉神の前に立ちはだかったのは、魔王の右腕シン・レグリア。彼はその手に、流崩剣《りゅうほうけん》アルトコルアスタを携えていた。

「……シン殿……」

エリオが、声を漏らす。

「遅くなりました。後は私が」

表情を崩さず、殺気を込めた魔眼《めん》でシンはアナヘムを睨《にら》んだ。

「終焉神アナヘム。いいえ、その神体を操っているのはエクエスでしたか」

一歩、シンは隙のない歩法で間合いを詰める。底知れぬ力を感じとったか、アナヘムは飛《と》び退《の》き、落ちたグゼラミを拾った。

「たかが世界の意思如《ごと》きが、我が君の領土に土足で足を踏み入れたこと。その身をもって後悔させてさしあげましょう」

§35. 【切り開く未来】

ミッドヘイズ上空。

風が激しく吹いていた。渦を巻く暴風は、転変神ギェテナロスを中心にして、次第に勢力を増していく。彼が笛を吹けば、風が吹く。空に響き渡るのは不気味な曲。ギェテナロスはそんな暴風を演奏しながら、眼下を見つめる。

精霊たちの群れが、秩序だった陣形を敷く神の軍勢と衝突し、それを蹴散らしていた。軍神ペルペドロは大精霊レノに歯が立たず、不可解極まりない現象を巻き起こす精霊たちの魔法に、軍勢はみるみる斬り裂かれていった。

要のアナヘムも、シンと睨《にら》み合《あ》ったまま、身動きを取ることができないでいた。その間に魔皇エリオは部隊を立て直し、後方に再び魔王城を建てて、新たな防衛線を構築し始めた。

「アハハッ、いつまで手こずってるのさ、アナヘム。早くしないと、ボクがぜんぶもらっていっちゃうよー。この曲はもう飽きちゃったからさ」

風に腰かけるように座り込み、ギェテナロスは神の笛を口に当てる。

「変わろう、替わろう、さあ、換わろう。それはそれは夜のように、ときに移り気な秋旻《しゅんびん》のように」

転変神笛《てんぺんしんてき》イディードロエンドから、雷鳴のような音色が響き始める。これまでの演奏で溜《た》められた魔力が一気に放出されるが如《ごと》く、ギェテナロスの周囲に渦巻く暴風は、蒼《あお》い雷に変化していく。

次の瞬間、空に浮かぶ神々の軍勢に蒼《あお》い稲妻が落雷した。全身に帯電したまま、神々の姿が変わっていく。神体が雷そのものと化し、バチバチと辺りに放電を始めた。神の軍勢は、自分の力で樹冠天球を飛行できない。ゆえに、ギェテナロスは彼らを自らの秩序の僕《しもべ》へと転変させたのだ。

「ほらー、準備はいいかい、雷人形《かみなりにんぎょう》。飛べないあいつらは、空からの侵入を防げっこないからねー。ボクらの狙いは不適合者の両親だってさ。無力な人間らしいから、さっさと殺してやれば、諦めて界門を《四界牆壁《ベノ・イエヴン》》で塞ぐ気になるんじゃないかなー」

雷と化した神——雷人形は、眼下のミッドへイズを睨《にら》む。転変神の権能で強化されたその魔法人形は、本来の秩序こそ失ったものの、神々の軍勢よりも数段強い魔力を持っている。突撃すれば、ミッドへイズの魔法障壁を軽く貫き、瞬《また》く間《ま》に街を破壊するだろう。

「いきなー。それはそれは、青天《せいてん》の霹靂《へきれき》のように。あいつらに絶望を見せてやるのさ」

イディードロエンドを再び口元に運び、転変神ギェテナロスは雷鳴の如《ごと》く曲を奏《かな》でた。蒼《あお》き雷光が煌《きら》めき、稲妻が次々とミッドへイズめがけ、落雷していく。

「『竜技——』」

白き影が、空に舞う。《飛行《フレス》》の禁じられた樹冠天球に、それでも自由に舞う者たちがいた。翼ある二体の竜が。

「――《霊峰竜圧壊剣《ゲツデオルバ》》ッッ！！！」

「――《風竜真空斬《ダストデルテ》》！」

霊峰を彷彿《ほうふつ》させる巨大な竜の突撃と、疾風の竜が如《ごと》き羽ばたき、その尋常ならざる剣技が落雷した雷人形を斬り落とした。後に続くように、ミッドヘイズから何体もの竜が、空へと舞い上がる。大きな翼をはためかせ、暴風を切り裂いていくのは、白き異竜とそれを駆るアガハ竜騎士団だった。

先陣を切ったのは竜騎士の称号を持つシルヴィア、ネイト。その後ろには副官ゴルドーとシルヴィアの父リカルドが続く。そして――

「ク・イック、ク・イック、ク・イック……♪」

バリトンボイスを響かせながら、一際《ひときわ》大きな異竜に乗り、その男は右腕を突き出す。竜の顎《あぎと》を象《かたど》った《竜ノ逆燐《ノジアズ》》が、鈍色に輝いたかと思えば、空に浮かぶ雷人形の半分を飲み込んだ。

「なっ……ん……!?」

「ク・イック、ク・イック、ク・イックウゥッウー……♪」

更にもう一撃、豪胆な《竜ノ逆燐《ノジアズ》》の拳が、ギェテナロスに噛《か》みついた。

「……こ、のっ……!!」

イディードロエンドから曲が鳴り響き、吹《ふ》き荒《すさ》んだ風が《竜ノ逆燐《ノジアズ》》を振り払う。ギェテナロスは、自らの神域に侵入してきたその竜人を睨《にら》みつけた。

「はー、お前さんの歌もなかなかのもんではあるがなぁ」

真紅の騎士服と鎧《よろい》を身につけた大柄な男。少々長めの髪に、整えられた立派なひげ。その佇《たたず》まいからは、悠久のときを生きてきた者特有の重さが感じられた。

「魔王賛美歌、こいつはたまらんぜ」

男は豪放な笑みを覗《のぞ》かせる。

「……誰だか知らないけどさ。邪魔するっていうんなら、容赦はしないよ——」

「まあ、待とうや転変神。互いの名も、志も知らずに戦うほど空《むな》しいことはあるまいて。まずは、名乗らせてもらおうか」

きょとんとするギェテナロスに、男は言った。

「アガハの剣帝、ディードリッヒ・クレイツェン・アガハだ。そして、彼らこそ、我が国が誇る地底最強の竜騎士団よ」

竜騎士団は、胸の中心に剣を立て、敬礼した。

ギェテナロスが鼻で笑う。

「アガハ？　へぇー。神に生かされた地底の民が、ボクたちに逆らおうっていうのかい？」

「そいつはゴルロアナの奴《やつ》に訊《き》くべきだろうよ。アガハの神は常にここにある」

拳を握り、ディードリッヒは自らの胸を叩《たた》く。

「我ら一人一人の命の輝きこそが、すなわち神の光なのだ。ならば、神族が敵とて恐るるに非《あら》ず。全身全霊をもって、なすべきことをなせばいい」

威風堂々と剣帝は言った。それを号令に、竜騎士団たちは剣を構える。

「転変神や。エクエスに伝えてやれ」

樹冠天球の空に響き渡るほどの大声でディードリッヒは言った。

「神の秩序は我らに恩恵をもたらし、恵みをもたらした。されど、アガハの預言を覆《くつがえ》し、我らの未来を切り開いたのは、地上より来訪した偉大なる魔王アノス・ヴォルディゴード」

　両の拳を握り、ディードリッヒは全身から魔力の粒子を立ち上らせる。揺るぎない意思とともに、鈍色の燐光《りんこう》が発せられた。

「義により、我らアガハはディルヘイドと運命をともにする。たとえ、世界の意思を敵に回し、滅びの宿命が我らに襲いかかろうとも、命剣一願《めいけんいちがん》となりて、この未来を切り開く」

　ネイトも、シルヴィアも、リカルドも、ゴルドーも、竜騎士団の誰もが、ディードリッヒと同じ顔つきで、敵である神々を見据えている。恐れなど微塵《みじん》もない。彼らにはただ強い決意があった。

「それがあの災厄の日に手を差し伸べてくれた、魔王への恩返しだろうよ。なあ」

　剣帝の言葉に、呼応するように竜騎士団団長ネイトは、魔力を発する。子竜特有の《竜闘纏《ガッデ》鱗《ズ》》により、彼はその背に霊峰の竜を纏《まと》う。

「竜砲準備！」

「「は！」」

　白竜の口が開き、そこに真っ赤な炎が溢《あふ》れ出《だ》す。

「放ていっ！」

　ネイトの指示により、竜の口から灼熱《しゃくねつ》のブレスが吐き出される。空に浮かぶ雷人形は散開するも、何体かは炎に巻かれた。

「アガハ竜騎士団はこの空域を死守せよ。一兵たりとも、ミッドヘイズには入れるなっ！」

「「「了解」」」

雷が如《ごと》く曲が響く。それと同時に、雷人形が竜騎士団に襲いかかった。四方八方から雷の速度で飛来するその人形たちに対して、竜騎士団は子竜であるネイト、シルヴィアを中心にして応戦する。シルヴィアの剣は雷を上回る速度で敵を斬り払い、ネイトは山に穴を空けるほど広範囲の剣撃にて敵の陣形をぶち抜いた。

「頭の悪い答えさ。アガハの竜人たちは目が見えないのかい？　あれはなんなのさ？」

ディードリッヒと対峙《たいじ》しながら、転変神ギェテナロスは、広大な大地を指す。

《笑わない世界の終わり《エイン・エイアール・ナヴエルヴア》》によって、それは四つに割れていた。その裂け目は深く、地底の底にまで達している。そして今なお広がり、世界はみるみる分断されていく。このまま放置すれば、やがては完全にバラバラになり、地上のみならず、地底さえも崩壊させるだろう。

「ボクたちは《全能なる煌輝》が発した微《かす》かな光。それだけで、世界はご覧の有様《ありさま》さ。戦っても無駄なことぐらいわからないのかい？」

「さあて、そいつはやってみなければわかるまいて。そもそも、魔王は天蓋を一人で持ち上げるほどの男だ。これがまた難儀なものでな」

ディードリッヒを乗せた白竜が大きく羽ばたき、ギェテナロスに突っ込んだ。

「世界が滅びゆく危機でもなければ、到底恩など返せぬではないかっ!!」

「空は移り気、心模様」

翠緑《すいりょく》の風が穏やかに吹き、その空域すべての気流を変化させる。その優しい風に触れた途端、白竜は減速し、ギェテナロスはその上を軽々と飛び越えていく。

「翼があれば自由に飛べると思ったのかい？　この転変の空で、何者にも縛られないのはボクだけさ」

神の笛から奏《かな》でられる曲が、おどろおどろしく転調する。

「歌おう。詠《うた》おう。ああ、謡《うた》おう。それはそれは風のように、ときに舞い落ちる木の葉のように。転変神笛イディードロエンド」

ディードリッヒを乗せた大きな白竜が揚力を失う。どれだけ羽ばたこうと、飛ぶための気流も魔力場も一切が重りに変わったと言わんばかりに、ミッドヘイズへめがけて落ち始める。それは竜騎士団も同様で、彼らは異竜諸共《もろとも》、落下していく。

「アハハッ。そーら、こんな高いところから竜が落ちてきたら、ミッドヘイズはどうなるかなー？」

勝ち誇ったように、ギェテナロスは曲を奏《かな》でる。ますます落下が加速し、みるみるミッドヘイズが迫った。

「ざーんねん。キミたちは未来を切り開けなかったぁ」

瞬間——ギェテナロスの神眼《め》をあるものが横切った。キラキラと飛び散る破片。水晶の破片だ。それが、まるで輝く砂嵐のように転変の空を覆いつくしていく。秩序と秩序が鬩《せめ》ぎ合うように、樹冠天球にもう一つの神域が出現する。

「……落ちるかぁ。飛べぇぇぇぇっ……!!」

シルヴィアが《竜闘纏鱗《ガッデズ》》の翼を大きく広げ、竜騎士団全隊を空に引っぱりあげる。彼らはいつのまにか、その手にカンダクイゾルテの剣を持っていた。

「これは？　未来神の……至高世界──？」

訝《いぶか》しむようにギェテナロスは言い、頭を振った。

「そんなわけがないさ。飛べる未来が一つでもあれば、その未来は実現するからって、この樹冠天球を飛べる未来なんてあるわけが……」

「ナフタは否定します──」

空がぐにゃりと歪《ゆが》み、青緑のローブを纏《まと》った少女が姿を現す。肩まで伸ばした藍色の髪。右《みぎ》眼《め》には紅《あか》く光るディードリッヒの竜眼、左眼《ひだりめ》には自らの蒼《あお》き神眼《め》が輝いていた。

「未来はなに一つ決まってはいません。ナフタの愛とともにそこには無限の可能性が広がり、人々は希望を胸に、よりよい未来をつかみとる。竜騎士団よ、恐れることはありません」

未来神の静謐《せいひつ》な声が、樹冠天球に響き渡る。

「あなたたちの希望が輝く限り、ナフタがその未来を実現します。ともにつかみとりましょう。我らアガハの未来を」

ナフタの足元に水晶の時計台が姿を現す。その空域に出現したのは、ぜんぶで一二の時計台。そこから、足場を作るようにいくつもの水晶の橋がかけられていく。

「理想世界の開廷に処す」

§36.【全能神の教理】

ミッドヘイズの東、深層森羅。

鬱蒼《うっそう》とした螺旋《らせん》の森を、神の軍勢が規律正しく進軍していた。迎え撃つミッドヘイズ部隊は、いくつもの魔王城を建てて防衛線を敷いている。彼らは集団魔法による《獄炎殲滅砲《ジオ・グレイズ》》を撃ち放ち、神の軍勢を牽制《けんせい》しているが、術兵神の結界にて瞬《またた》く間に砲撃は石に変えられ、足を止めるには至らなかった。

「ゾロ様っ、エルドラ様！　神族の兵が正面から突っ込んできますっ！　数は約五〇〇！」

東のミッドヘイズ部隊を指揮するのは、七魔皇老ゾロ・アンガートとエルドラ・ザイアである。部下の報告を受け、彼らは魔眼《め](のめ)を凝らしながらも、戦局を分析する。

「たった五〇〇で中央突破か。どう見る、エルドラ？」

「偵察ならばこれほど派手には動くまい。囮《おとり》だろう」

エルドラは魔法陣を描き、地図と敵、味方の配置を映し出した。

「二〇〇〇の兵を出し、この部隊を全力で叩《たた》く。囮《おとり》に引っかかったと思わせ、あえて北側の陣形に隙を作る。そこに本隊が現れるはずだ。ガルゼの部隊にて殲滅《せんめつ》する」

ガルゼは二千年前の魔族。戦闘能力はゾロやエルドラより遙《はる》かに優《まさ》るが、指揮能力に欠けるため、前線で敵を打ち倒すのが役目だ。

「承知。全隊へ告ぐ！」

ゾロはすぐさま、東の部隊に《思念通信《リークス》》を飛ばした。敵部隊五〇〇名は、神剣を携えた剣兵神ガルムグンド、神槍を構える槍兵神シュネルデを前列に出し、小細工なしで突っ込んできた。いかに神族、いかに多数が少数を制する軍神ペルペドロの秩序が働いていようとも、万全の態勢で迎え撃つミッドへイズ部隊を相手にしては、そうそう力押しは通じぬ。

「出撃！　包囲せよ！」

神の軍勢が、正面の魔王城にまで接近したところで、その周囲の城から次々と魔族の兵が現れる。その数は神の軍勢の四倍。四人一組の分隊にて、一名の神と戦う。分隊長にはニギットら二千年前の魔族に鍛え上げられた精鋭揃《ぞろ》いのため、時間稼ぎならば十分にできるだろう。

ゾロとエルドラの命令通り、中央突破を図ろうとする神の軍勢に引き寄せられる形で、防衛線の北側が薄くなっている。

「さあ、来るがよい。一網打尽にしてくれる」

『貴君に質問しよう、七魔皇老』

ゾロとエルドラが、表情を険しくする。深化神ディルフレッドからの《思念通信《リークス》》だった。大樹母海が現れた影響で、魔法線なしの《思念通信《リークス》》は使用できないはずだが、奴《やつ》には影響がないようだ。

『螺旋《らせん》は深化。秩序は森。螺旋《らせん》の森を行く旅人が、その場に留まり休憩するとき、選択すべき事柄はなんとする。すなわち、前進か後退か停滞か？』

不可解な問いに、エルドラは眉をひそめる。目配せをした後、ゾロが言った。

「休憩ならば、停滞であろう。揺さぶりをかけているつもりか、深化神ディルフレッド」

『否。停滞すれば深化は遠ざかる。螺旋《らせん》の森を前進して初めて、その場に留まり続けることが可能なのだ』

ディルフレッドが答えを示す。その次の瞬間である。ゾロたちが映し出していた魔王城前の光景が変わった。神の軍勢も、自軍の姿も、一瞬にして消え去ったのだ。

「馬鹿なっ……!?」

すぐさま、ゾロとエルドラは玉座の間を出て、肉眼で城の外を確認した。辺りは鬱蒼《うっそう》とした森だ。ミッドヘイズを背後に防衛線を敷いていたはずが、一瞬にして別の場所へ飛ばされているのだ。

『こちら第三魔王城っ！　いつのまにか、敵に包囲されていますっ！』

『第四魔王城、同じく前方に敵影を確認。約二〇〇〇！　援軍を！』

『第一一魔王城、味方と分断されました！』

『第二中隊。強制的に転移させられました！　この森全体が異空間とつながっている模様！』

『第七魔王城、現在地不明！　森しか見えませんっ！』

つながっている魔法線を通し、次々と各部隊から《思念通信《リークス》》が届く。

「……我々が防衛線を敷いたのは、確かに神域の外側だったはず……」

「……森が広がっている、ということか……」

「防衛線を維持している部隊は応答せよ。神の軍勢はどうなっているっ!?」

ゾロがそう言葉を発す。だが、返ってきたのは静寂のみだった。

「……ま……さ、か…………？」

足に魔力を込めて跳躍し、木の上からゾロとエルドラはミッドヘイズの方向へ視線を飛ばす。

魔王城にて固く防衛線を敷いていた場所、そこには最早《もはや》なにもなかった。魔族の兵一人すらいないのだ。ミッドヘイズの外壁に待機させてある使い魔の魔眼《め》から見れば、がらりと空いた広大な地を神の軍勢が、ゆうゆうと進軍していた。

「最初から、あの五〇〇の兵で突破するつもりだったのか！　奴《やつ》らがミッドヘイズに侵入するっ!!」

「全部隊へ。最優先で防衛線へ戻れっ！」

空は樹冠天球。《飛行《フレス》》は使えない。ゾロはその背にある蝙蝠《こうもり》の羽を広げ、低空で飛んだ。

自らの翼で、高度を上げなければ、樹冠天球の影響は薄い。だが、木の葉が視界をよぎったかと思えば、次の瞬間、彼は大地に足をついていた。

魔王城が目の前にあり、隣にはエルドラがいた。先程、飛び立った場所である。

『螺旋《らせん》の森に旅人ぞ知る――』

鬱蒼《うっそう》とした森の深淵《しんえん》から、深化神の声が響く。ゾロとエルドラは走った。他の魔族たちも、ミッドヘイズを守るために森の中を駆け回り、あるいは木から木へと跳躍し、元の場所へ戻ろうとする。

『この葉は深き迷いと浅き悟り。底知れぬ、底知れぬ、貴君は未だ底知れぬ』

だが、遠い。距離としてはさほどではないはずが、様々移り変わる異空間によって移動され、辿《たど》り着《つ》けないのだ。

『森羅の迷い人永久《とこしえ》に、沈みゆくは思考の果てか。ついぞ抜けれぬ、螺旋迷宮《らせん》』

迷い続ける旅人のように、その螺旋《らせん》の迷宮から彼らは抜け出ることができない。どれだけ駆《か》けようとも、延々と同じ場所を巡るばかりだった。

「馬鹿な……！　このままではっ……!!」

「戦うことさえ、できないというのかっ……!?」

魔族たちが焦燥に駆られる中、五〇〇体の神の兵は、あっという間にミッドヘイズの外壁を視界に捉えた。そうして、閉ざされた門を打ち破るべく、勢いを上げて突進した。

外壁の門に神剣が振り下ろされ、神槍が突き出される。そこが破られれば、ミッドヘイズを壁伝いに覆う魔法障壁と反魔法は効力が半減するだろう。神の矢が無数に飛来し、次々と門に穴を穿《うが》つ。ミシミシと魔法障壁が軋《きし》む音が聞こえ、バチバチと反魔法が散っていく。

「こじ開ける」

その言葉で、神の軍勢は秩序だった動きを見せ、外壁の門に対して、鏃《やじり》の陣形を敷いた。一番先頭に歩み出たのは赤銅《しやくどう》色の全身鎧《よろい》を身に纏《まと》った神族、軍神ペルペドロ。その手には赤銅《しやくどう》に輝く神剣が握られていた。

「《一点攻城秩序陣《リツエルネスト》》」

五〇〇の兵が神々《こうごう》しく輝き、神の魔力がすべてペルペドロの神剣に集中していく。兵の力を一点に集め、城や砦《とりで》を粉砕する陣形魔法だろう。

「ときは来た。戦火に飲まれ、陥落せよ。不適合者の都よっ!!」

巨大な鏃《やじり》が放たれるが如《ごと》く、神の軍勢は突撃した。ペルペドロの神剣が唸《うな》りを上げ、ミッドヘイズの門を貫く。神族五〇〇体分の攻撃を前に、堅固な魔法障壁が張られた門は脆《もろ》くも破れ、その余波で、付近の防壁さえも弾《はじ》け飛ぶ。

「行くぞっ！　このまま城を蹂躙《じゅうりん》せよ、神の兵。秩序を破った愚かな魔族に、世界の正しさを教えるの――」

ロォン、ロォン、と微かな音がそこに響く。神族たちの耳に聞こえたのは、歌声だ。一人、二人という人数ではない。何千、いや、万にも達する数の者たちが、音程も拍子も外すことなく、歌い上げている。門を打ち破った神々の足元に、音韻魔法陣が構築されていた。

「――ああ、そのとき、神は言われた。汝《なんじ》の隣人を愛しなさい。隣人の隣人を愛しなさい。愛は信仰を運び、信仰は愛を運ぶでしょう。再編の書、第一楽章《聖歌唱炎《ランレズ》》」

地中から歌声とともに、浄化の火が燃え上がる。かつて地底の都から、ディルヘイドを撃った巨大な唱炎。天蓋を溶かし、穴を穿《うが》ち、ミッドヘイズ地下に構築した結界さえも貫かんとしたその炎が、瞬《また》く間《ま》に五〇〇体の神を飲み込み、燃やし尽くしていく。

「……これは……馬鹿な……」

浄化の火に包まれながら、ペルペドロが驚愕《きょうがく》をあらわにする。

「……この歌は……唱炎……はっ……!?　な、ぜだ……………？」

《一点攻城秩序陣《リッエルネスト》》により攻撃に全精力を傾けていたペルペドロ率いるその部隊は、不意を突かれた唱炎になす術もなく焼かれ、灰と化していく。

「……ジオルダルが……神の信徒どもが……我らがエクエスに逆らう……だ、と…………」

赤銅《しゃくどう》色の鎧《よろい》ごと、ペルペドロは燃え尽き、その場に崩れ落ちた。唱炎により穴が空いた大地から、巨大な竜が何十体と飛び出してくる。その背には、ジオルダル教団の信徒たちが乗っていた。

続々と地中から上がってくる彼らの人数は、凡《おおよ》そ数個大隊はくだらない。先頭には、厳かな法衣《ほうい》を纏《まと》った中性的な顔立ちの男がいた。彼はその麗《うるわ》しい顔を、ミッドヘイズの外壁へ向ける。そこに魔眼《め》として隠れていた一羽《わ》のフクロウが飛んできて、男の腕に止まった。使い魔は魔法線で主人とつながっている。彼は言った。

「ミッドヘイズの七魔皇老へ。私はジオルダルの教皇、ゴルロアナ・デロ・ジオルダル。我が教団は神の御名のもと、暴虐の魔王より賜りし慈《いつく》しみを、今日この場でお返しします」

『……こちら、七魔皇老ゾロ・アンガート。ジオルダルの援軍に感謝する。敵は深化神ディルフレッド。気をつけろ。この神域は異空間とつながり、迷宮と化して——』

ゾロの《思念通信《リークス》》が突如途絶える。

『貴君に質問しよう、ジオルダルの教皇』

魔法通信に割り込むように、ディルフレッドの声が聞こえてきた。

『《全能なる煌輝》エクエスの声を、貴君は拝聴したはずだ』

ゴルロアナは口を開かず、黙ってその言葉に耳を傾けている。

『なにゆえに信徒を奸計《かんけい》にはめ、信仰を捧《ささ》げるべき神と敵対する？』

ディルフレッドの《思念通信《リークス》》は、森中に響き渡った。ジオルダル教団は信仰を士気として、聖戦に臨む神の使徒。この質問に教皇が正しく答えられなければ、彼らは戦う意義をなくし、たちまち無力化するだろう。

深淵《しんえん》を覗《のぞ》く神眼《め》を持つディルフレッドは、その問いこそが、ジオルダルの急所をなにより射抜き、瓦解《がかい》させせると悟ったのだ。

静かに目を閉じて、ゴルロアナは言った。まるで教えを説くように。

「男は訊《き》いた。もしも、神を名乗る者が我らが信徒の行く道に立ち塞がったなら、どうすればいいのでしょうか？　天は答えた。退けなさい。その者が神を名乗る愚者ならば、あなたは神の使徒として彼に天罰を下すでしょう。その者が誠に神ならば、あなたに許しを与えたもう。神は間違えたものをお許しくださる。許しをいただくことこそ、我ら信徒の務め」

信者たちは皆跪《ひざまず》き、ゴルロアナの説法に耳を傾けながら、目を閉じる。信仰を示すその歌はますます遠く響き渡り、音韻魔法陣を構築していく。

「深化神ディルフレッド。逆にあなたに問いましょう。あなた方がもしも、真に《全能なる煌輝》エクエスだとおっしゃるのならば、なにゆえに我々に敵対されるような行動を取られたのでしょう？　なにゆえに我々に嫌疑をかけられるようなことをしたのでしょう？」

ゴルロアナはディルフレッドに問いながら、信徒たちに道を説いている。

「エクエスは自らをエクエスと名乗るでしょうか？　いいえ、そのような必要はありません。もしも、エクエスが我らが前に御姿を現しになるのならば、我々は疑いを挟む余地などなく、心からそうと理解することでしょう」

祈るようにゴルロアナは両手を組む。

「あなた方が真に全能ならば、どうか今すぐ愛する隣人たちが戦火に飲まれるこの悲劇を終わらせ、笑顔をもたらしくださいますよう」

『神の秩序はディルヘイドの滅亡を啓示した』

ディルフレッドの言葉に、ゆっくりとゴルロアナは首を左右に振る。

「未だ国一つ滅ぼせぬ全能神がどこにおりましょうか？　エクエスは望むことも、願うことも、脅すことも、なされる必要がございません。そうと決めれば、そう実現なされればよいのです。その神が、信徒になにを請《こ》うというのでしょう？　彼はただお与えくださるのみです」

ゴルロアナの説法に、うやうやしく頭を垂れ、信徒たちは祈りを捧《ささ》げる。教皇は静かに目を開き、結びの言葉を説いた。

「汝《なんじ》、全能を騙《かた》ることなかれ」

§37.【神々を忌む者】

ミッドヘイズの西、大樹母海。

平野は深く沈んで海へと変わり、荒れ狂う津波がミッドヘイズへ押し寄せていた。

「始まりの一滴が、やがて池となり、母なる海となるでしょう。優しい我が子、起きてちょうだい。生誕命盾《せいたんめいじゅん》アヴロヘリアン」

生誕神の声とともに、母なる海は命を育む。海底から次々と神の軍勢が生まれては、押し寄せる津波に乗り、ミッドヘイズ部隊が防衛線を敷く場所へ上陸してくる。すでに神の矢と魔法砲撃が、夥《おびただ》しく降り注いでいた。

「弓兵神アミシュウス、術兵神ドルゾォークの大部隊は、物量にものをいわせ、遠距離から魔法障壁を破ろうとしている。建ち並ぶ魔王城は、その怒濤《どとう》のような集中砲火にかろうじて耐えていたが、津波が押し寄せる度に敵の数は増していく。魔法障壁が軋《きし》み、反魔法が悲鳴を上げ、今にも決壊しそうな有様《ありさま》であった。

「魔法障壁損壊率四七パーセントッ！」

「魔力の供給が追いつきませんっ！　このままでは⁉……⁉」

魔王城の中、部下の報告に七魔皇老メドイン・ガーサは眉根を寄せる。

「メドイン殿。籠城《ろうじょう》していても、勝ち目はない」

声とともにやってきたのは、精悍《せいかん》な顔つきをした男だ。褐色の肌と金の魔眼。オールバックにした髪を、後ろで結んでいる。かつて七魔皇老メルヘイスを倒し、知恵比べを挑んできた熾《し》死王《しおう》の参謀、ジーク・オズマである。一度はフクロウに転生させたが、エールドメードを配下に引き入れたその後に、元に戻してやった。

「こちらから打って出るべきだ」

「……勝算はあるのか？」

「我らにお任せを」

ジークの背後には、魔族の部隊がいた。歩み出たのは黒髪のポニーテール、剛剣リンカ・セオウルネス。アヴォス・ディルヘヴィアの一件にて、ミーシャ、サーシャと戦った混沌《こんとん》の世代の一人であり、冥王《めいおう》の配下だ。そして、もう一人は小柄な少年、ザブロ・ゲーズ。同じくそのときにエレオノールにやられた緋碑王《ひひおう》ギリシリスの副官である。

そこにいる部隊の者は皆、二千年前の魔族だ。四邪王族《よんじゃおうぞく》の配下が中心であり、現在の規律正しいミッドヘイズ部隊の中では癖の強い連中ばかり。平素は自由気ままに過ごし、あまり仕事熱心でもない。主に大人しくしていろと言われたので、そうしているだけの者も多い。

「ひっひっ。神とは良《い》い研究材料になりそうじゃのぉ」

下卑た口調で、ザブロは言う。

「神の秩序を封じ込めた碑石というのはどうじゃ？　緋碑王様の手にかかれば簡単にできそうじゃ」

すると、目にも止まらぬ早業でリンカが魔剣を抜く。自在剣《じざいけん》ガーメスト。自由自在に形状が操れるその剣先を伸ばし、彼女はザブロの喉もとに刃を突きつけた。

「今は我がディルヘイドの一大事。おぞましい魔法研究なんぞにかまけ、足並みを乱すつもりなら、この場で切って捨てる」

「ひっひっひ。冥王の犬がわしを殺すじゃと？　主の冥王はどうしたのかのぉ？　臆病風に吹かれて、逃げ回っておるのではないか？」

ザブロの挑発を受け、眼光鋭くリンカは彼を睨《ね》めつける。

「取り消せ。我が君は逃げてなどいない」

「ではディルヘイドの一大事とやらに、ついぞ姿を現さぬのはなぜじゃ？」

「深いお考えゆえにだ。文字通り熾死王の犬となっている、貴様の主と違ってな」

リンカの言葉に、ザブロは忌々《いまいま》しそうに彼女を睨《にら》んだ。

「卑怯《ひきょう》な手でやられただけのことじゃ。緋碑王様は不屈の御方。泥にまみれればまみれるほど輝く、泥の王じゃ。そのうち、汚泥《おでい》の中からでも復活されるわい」

「お前のような醜悪な老いぼれにも、忠誠心があるとは知らなかったが、肝心の主があれではな。愚か者同士、気が合うのか？」

ひっひっひ、とザブロの笑い声が響く。リンカの視線と彼の視線が交錯し、殺気が衝突した。瞬間、自在剣ガーメストがザブロの頬を切り裂き、魔法陣から射出された石つぶてがリンカの顔面へ迫る。それを彼女は右手で受け止めた。

再び両者が睨《にら》み合った瞬間、ガガガァァンッと魔王城が揺れた。神族たちの魔法砲撃が、また魔法障壁を一層打ち破ったのだ。

「やれやれ。うるさくて敵《かな》わんわい」

「まったくだ」

ザブロは魔法陣を消し、リンカは魔剣を納めた。二人は同時に踵《きびす》を返《かえ》す。

「見ておれ。あの神どもを片付けた後、ゆっくり決着をつけてやるわい」

「怖《お》じ気《け》づくなよ」

「小娘が。誰にものを言っておるのじゃ」

二人はそれぞれの部隊を率い、魔王城の外へ向かう。

「……大丈夫なのか？」

深刻そうな表情で、七魔皇老メドインは問う。

「ほんのじゃれあいだ。気が合わぬ者もいるが、魔族同士で争っている事態ではないのは奴《やつ》らも承知している。後ろから味方を撃つことはないだろう」

なんの問題もないといった風に、ジークは答えた。メドインは黙考する。数秒後、やむを得ないといった風に口を開いた。

「……わかった。任せよう。今は大戦を知るそなたたちに頼る他ない……」

「承知」

ジークは踵《きびす》を返《かえ》し、自らの部隊とともに魔王城の外へ出る。魔法障壁の外側は、押し寄せる波濤《はとう》と神の軍勢で溢《あふ》れていた。生誕神の神域にある限り、敵はほぼ際限なく生まれてくるだろう。しかも、奴《やつ》らは多数が少数に優《まさ》るという秩序を有している。時間が経《た》てば経《た》つほど、ミッドヘイズ部隊は不利になる一方だ。

「おるわいおるわい。恐ろしい魔力を持った神が、ごまんとおる」

ザブロが両手で多重魔法陣を描く。みるみる広がっていくそれを頭上に掲げれば、魔法陣は遙《はる》か上空に広大な円を描いた。

そこから、ぬっと巨大な碑石が姿を現す。周囲に、小さな碑石をいくつも伴っていた。数百、いや数千はくだらない。

「《魔王軍《ガイズ》》」

外に出た全魔族に魔法陣を描き、ジークは《魔王軍《ガイズ》》の魔法線をつなぐ。《思念通信《リークス》》を封じる大樹母海で、兵に命令を下すためだ。

「出陣する。ザブロ、リンカ、そなたたちが作戦の要だ。抜かるなよ」

「わかっている」

短く言い、リンカは先陣を切る。

「誰にものを言っておるのじゃ、若造めが。ほれ、魔力を寄越さんか」

《魔王軍《ガイズ》》の魔法線を通じてジークから送られてきた魔力を、ザブロは描いた魔法陣へ即座に注《つ》ぎ込《こ》む。

「神どもめが。目にものを見せてやるわい」

上空に浮かんでいた緋色《ひいろ》の碑石が落下を始め、勢いよく降り注ぐ。神の軍勢ではなく、海を狙ったその碑石は激しく水飛沫《みずしぶき》を立てながら、浅瀬や海底に突き刺さった。

「いざ尋常に!!」

魔族の兵を率いてリンカは波打つ浅瀬を駆ける。手には自在剣ガーメスト。それを透明化させ、《秘匿魔力《ナジラ》》にて魔力を隠す。瞬《またた》く間《ま》に、神眼《めめ》には見えぬ魔剣と化した。ジークの指示に従い、規則正しく動く神の軍勢の一部隊に対して、魔族たちは互角の人数にて衝突した。

「もらった！」

自在剣ガーメストが、いとも容易《たやす》く剣兵神の首を刎《は》ねる。さすがに二千年前の魔族だ。かつてミーシャ、サーシャと戦ったときよりも数段腕を上げている。暴虐の魔王の血を引くその体の力を、十二分に引き出せるようになったといったところか。

「次っ！」

リンカの一振り毎《ごと》に、神が伏す。

「次だっ！」

彼女の力もさることながら、部隊を指揮しているジークも、巧みである。圧倒的に人数で優《まさ》る神の軍勢に対して、局所的には互角の数での衝突ができるように誘導し、リンカとの一対一に持ち込ませている。

リンカが神を一体倒せば、その場では彼女の部隊が数で優《まさ》る。そうして、みるみる敵の数を減らしていた。熾死王の参謀といっただけのことはあるだろう。しかし、それだけでは、まだ足りぬ。全力での戦闘行動を継続するには、体力と魔力の限界がある。生まれ続ける神の軍勢を倒しきるより、魔族たちが力尽きるのが先なのは明らかだった。ジークがそれを計算に入れていないわけでもあるまい。

「ひっひ。頃合いかのぉ。枯焉砂漠の骸傀儡と言ったか？　滅んだ者をしもべにするとは面白い魔法じゃが、そっくりそのまま返してやるわい」

大樹母海に突き刺さった数千の碑石。それがぽおっと紫色の光を発し、魔法線を延ばす。碑石と碑石が紫の線でつながり、大樹母海の一角に巨大な魔法陣を描き出した。

「《腐死鬼兵隊《ゴア・グルム》》じゃ」

ザブロが魔法を発動した瞬間、むくりと起き上がる神体があった。リンカによって斬り倒された剣兵神ガルムグンド、槍兵神シュネルデ、術兵神ドルゾォークがゆっくりと立ち上がる。その鎧《よろい》は腐り、目は禍々《まがまが》しく赤い輝きを、頭には不気味な二本の角が生えている。なによりもただでさえ強力な神が、それ以上の強い魔力を発していた。

「……ぐううう……」

「……があああ……！」

「………ぐがあああ……！」

呻《うめ》き声を上げながら、腐死鬼兵《グール》となった神がかつての仲間である神の軍勢に襲いかかる。そうして、腐死鬼兵《グール》に打ち倒され、反魔法が弱まった神族から、次々と腐死鬼兵《グール》と化し、ザブロの命令を忠実に聞く魔法人形となっていく。

「ひっひっひ！　いくらでも生むがいいわい。生めば生むだけ、強力な兵が手に入るというものじゃ！」

根源が腐り落ちるまで戦う腐死鬼兵《グール》。倒せば倒すほど、ねずみ算式にジークたちは兵力を増していき、神の軍勢を圧倒していく。いかに際限なく生命を生み出せようと、その速度には限界がある。

一定以上の数の腐死鬼兵《グール》を作った時点で、神の兵が生誕する速度を、それを腐死鬼兵《グール》へ変える速度が上回る。それで、ジークたちの勝利だろう。

「続けっ！　この神域を生み出している神を討つ！」

形勢が逆転するや否《いな》や、リンカを先頭に、魔族と腐死鬼兵《グール》は水中に飛び込んだ。《水中活動《コココ》》の魔法で魚より速く泳ぎ、彼女たちは大樹の前に辿《たど》り着《つ》く。そこにいたのは生誕神ウェンゼル。

魔族たちは彼女を包囲した。

油断なく、リンカは自在剣ガーメストを構えた。

「生誕神ウェンゼルだな？」

ウェンゼルは盾を構える。生誕命盾アヴロヘリアン、それが目映《まばゆ》く輝いたかと思えば、大樹の中から生まれた大量の神の兵が飛び出してきた。

ジークの命令に従い、慌てることなく魔族の部隊と腐死鬼兵《グール》はその神々を打ち倒していく。

「覚悟！」

目に見えぬ自在剣を長大に伸ばし、リンカはウェンゼルを斬りつける。生誕神はアヴロヘリアンでそれを難なく受け止めたが、自在剣ガーメストは数も自在。悟られぬよう同時に逆方向から振るわれたその一撃が、無防備なウェンゼルの胴を薙《な》いだ。血を流しながらも、生誕神はじっとリンカを見つめる。

いや、違う。見ているのはリンカの背後だ。しかし、そこにはなにもない。

「とどめだ」

《武装強化《アデシン》》に膨大な魔力を注《つ》ぎ込《こ》み、威力を増した自在剣にて、リンカは生誕神を斬りつける。狙いは、アヴロヘリアンを持つ手。一瞬でも、その盾を手放したならば、玉砕覚悟で一気に腐死鬼兵《グール》たちを突っ込ませる。樹理四神がそうそう滅ぼせぬと知ってのジークの策だった。

全精力を傾け、振るわれたリンカの一撃は見事、ウェンゼルの右手を斬り裂く。彼女の指先から、紺碧《こんぺき》の盾が離れた。

「今っ――」

叫ぼうとしたリンカが、しかし魔眼《め》を丸くした。一瞬にも満たない時間。ウェンゼルの体が透明になり、ふっと消えていったのだ。その代わりとばかりに淡い光が、先程までウェンゼルが見ていた場所に集い始める。誰もいなかったはずの、リンカの背後に。

殺気を覚えたか、彼女は振り向いた。秩序が反転するかの如《ごと》く、そこに現れたのは赤い織物《おりもの》を身につけた女。結った赤黒い髪が海流に流され、おどろおどろしく揺れていた。堕胎神《だたいしん》アンデルクに裏返ったのだ。

その場に現れた赤い糸が、魔法陣を描いている。中心からは、双頭の蛇の意匠が施された巨大な糸切り鋏《はさみ》が姿を覗《のぞ》かせた。

「ザブロッ」

「わかっておるわいっ！」

腐死鬼兵《グール》と化した神の兵が、アンデルクめがけ、一斉に襲いかかった。

「望まれん赤子やぁぁ」

アンデルクが、冷たく雅《みやび》な声を発す。

「蛇の牙がぁ食らいて堕つる――」

ジャキンッと金属音が響く。

「エグリャホンヌ」

「なぁあっ⁉」

ザブロが魔眼《めい》を剝《む》いた。腐死鬼兵《グール》たちの神体がボロボロと崩れ落ちていき、一瞬にして滅びたのだ。

「な……ん……んじゃとぉっ…………⁉　わ、わしの腐死鬼兵《グール》が……」

「母の羊水《みず》がぁ紅《あこ》う染まりゃ、千切れた胎児が溺死せん」

崩れていく腐死鬼兵《グール》の体から血が大量に溢《あふ》れ出《だ》し、大樹母海を紅《あか》く濁らせる。

「させるか！」

リンカが大上段に自在剣を振りかぶり、勢いよく斬りつけた。だが、紅《あか》い水に溶けるように堕胎神アンデルクは消え、その魔剣は水をかく。

「ジークッ‼」

リンカが叫び、ジークが背後を振り向く。そこに蛇堕胎鉗子《だだたいかんし》が迫っていた。

「堕胎じゃ、エグリャホンヌッ！」

　ジークは身を退き、素早く神の鋏《はさみ》をかわす。だが、アンデルクが狙ったのは彼ではなく、魔族の兵らにつながった《魔王軍《ガイズ》》の魔法線だった。ジャキンッと音が響き、その糸が蛇堕胎鉗子に断ち切られる。すると、条件が成立したとばかりに、海がますます真紅に濁った。

『な……ん……じゃ……《水中活動《ココ》》が……』

『……これ、は……』

『魔法の無効化……いや、それだけでは……泳ぐ……ことが……』

　魔族たちが、紅《あか》い海に沈んでゆく。堕胎神が現れたことで、大樹母海の秩序が変わった。母の羊水で、へその緒を切られた胎児の如《ごと》く、彼らは溺れてゆく。

「ひゃっひゃっひゃ、この妾《わらわ》の海じゃ、あらゆる魔法は堕胎され、泳ぐこともできんのえ。そちらは脆弱《ぜいじゃく》な赤子同然、妾《わらわ》に勝つなどありんせん」

　アンデルクが海中から、地上を睨《にら》む。その視線は、ミッドヘイズを守るように建ち並ぶ魔王城へ突き刺さった。

「滅びぃや」

　海面が荒れ狂い、真紅の津波が魔王城へ押し寄せる。これまで城を守っていた反魔法と魔法障壁は容易《たやす》く堕胎され、津波はあっという間に城に押し迫った。魔法で維持されている魔王城は、その真紅の津波になす術もなく流されるだろう。逆巻く怒濤《どとう》が容赦なく迫り――その直前でピタリと止まった。

「……なんえ？」

　堕胎神が眉をぴくりと動かす。凍っているのだ。魔法を堕胎させるはずの津波が、何者かの力によって凍りつかされていた。そう、神の権能にて。

「雪は降りつもりて、光は満ちる」

その場は瞬《また》く間《ま》に、雪景色に変わった。大樹母海に降りつもる雪。白銀の結晶が荒れ狂う海面を凍らせ、津波を封じ込めている。ひらり、ひらりと一片の雪月花が舞い降りて、それは白銀の髪と金の神眼《め》を持つ、透明な少女に変わった。

「堕胎の神よ。わたしはアルカナ。魔王の妹、そしてガデイシオラのまつろわぬ神。かつて、神に裏切られた者たちの憎しみを背負う背理神として、ミッドヘイズの魔族たちとともに戦う」

彼女が両手を天に向け、厳かに膝を折る。雪とともに、そこに舞い降りてきたのは、氷の竜と同化したようなガデイシオラの禁兵《きんぺい》たちだ。

「ガデイシオラは神々を忌《い》む。彼女たちは怒りに満ちている。平素は互いに不可侵なれど、わたしたちからこれ以上を奪おうというのなら、決して許すことはないのだろう」

§38. 【背理の六花】

アルカナが静かに一歩を刻み、手を伸ばす。

「海は凍りて、氷は溶けゆく」

雪月花にて凍りついた海面が、薄氷のようにパリンッと砕け散る。そこに円形の穴が空いていた。

「禁兵の子たち。先に魔族の兵を助ける」

そう口にして、アルカナは紅《あか》く染まった大樹母海へ飛び込んだ。

「我ら背理神の仰《おお》せのままに」

「神族の思い通りにはさせん！」

禁兵はその誰もが、地底にて神や信仰に裏切られた者たち。かつての人間と魔族のように、彼女たちは神への憎悪《ぞうお》に囚《とら》われている。

アルカナもまた、かつては憎しみに囚《とら》われた一人。神と信仰に翻弄され、裏切りが彼女の日常だった。だからこそ、アルカナは背理神としてガデイシオラに戻ったのだ。彼女たちの憎悪《ぞうお》を、その小さな背に引き受けるために。

そうして、神の軍勢が地底の各地で竜人たちを襲い始めた。アルカナが禁兵をまとめ上げ、ガデイシオラを守ったのは想像に難《かた》くない。次々と禁兵は、真紅に濁った大樹母海の中へ飛び込んでいく。その背に氷の翼を広げ、海底に沈んだジークたちの救出に向かった。

「ひゃっひゃっひゃ」

海中に潜っていくアルカナの視界に、うっすらと人影がよぎる。紅《あか》く濁った水の奥から、堕胎神アンデルクが姿を現した。

「飛んで火にいる夏の虫え。妾《わらわ》の大樹母海で、自由に泳ぐことなどありんせん」

彼女の体から赤い魔力が放出されると、真紅の水がまるで糸のように蠢《うごめ》き、禁兵たちの体を縛り始めた。魚という魚がぐったりとして、海底に沈んでいくのが見えた。樹冠天球では飛べぬように、その堕胎の海では泳ぐことができぬのだろう。

「沈みゃあっ、堕胎じゃ！」

ヴィアフレアがいない今、禁兵たちに巣くっていた覇竜はいない。代わりに彼女たちに力を与えているのはアルカナだ。神の権能である雪月花。それによって創られた竜の翼や爪、尻尾、鱗《うろこ》などは、禁兵たちの体内に直接酸素を創造している。魔法と違い堕胎されることはないが、しかし、それでもなお、その紅《あか》い海を泳ぎきることはできない様子だ。

堕胎の羊水に絡《から》みつかれるように自由を奪われ、禁兵たちは沈んでいく。

「大樹母海で妾《わらわ》に勝てる者はおらんのぇ。樹冠天球では転変神、深層森羅では深化神、枯焉砂漠では終焉神が秩序じゃ。中途半端《ちゅうとはんぱ》な神の力しか持たぬそちらに抗《あらが》う術はありんせん」

アルカナは口を開く。雪月花が息とともにふっと吐き出され、創造した声が、水中に響き渡った。

「中途半端《ちゅうとはんぱ》だろうか？」

ニタァ、とアンデルクは蛇のように笑う。

「痕跡神《こんせきしん》が残した痕跡の書しか持たぬ教皇ゴルロアナ。未来を見る神眼《め》を剣帝に譲り渡し、不完全な神となった未来神ナフタ。魔王の配下なんぞの所有物と成り果てた魔剣神《まけんしん》ヘイルジエンド。まともな神域も作り出せん、中途半端《ちゅうとはんぱ》な神じゃ。黙って従い、滅びゃあええ」

「樹理廻庭園は、四つで一つの巨大な神域」

ゆっくりと海底へ沈みながら、アルカナは言う。

「この四つの神域を魔力が循環するから、堕胎の神、あなたは強大な力を有することができる。

樹理四神は皆同じ」

「それがどうかしたかえ？」

「樹理廻庭園が一つでも消滅すれば、他の神域はその力を弱めるのだろう」

ひゃっひゃっひゃ、とアンデルクはアルカナの言葉を笑い飛ばした。

「そちに至っては秩序を補うだけの代行者じゃ。あれが見えんのかえ？」

アンデルクは顔を上げる。視界が曇る紅《あか》い海から、なおも禍々《まがまが》しく輝いて見えるのは、暗き日蝕《にっしょく》だ。霊神人剣の力で半分ほどにまで巻き戻った《終滅の日蝕《にっしょく》》は、けれども、また少しずつ重なり合おうとしていた。エヴァンスマナがレイの手元から離れた今、今度こそ完全なる《終滅の日蝕《にっしょく》》を起こし、地上を一掃するのが狙いか。

「創造神が蘇《よみがえ》った今、代行者は不要じゃ。そちが持つ最大の権能、《創造の月》も《破滅の太陽》も、妾《わらわ》たちに味方しておる。背理神とは大げさに宣《のたま》ったものじゃがのぉ」

ジャキンッと鋏《はさみ》が交わる音を響かせ、アンデルクは蛇堕胎鉗子をアルカナへ向けた。

「今、そちにどれだけの秩序が残っておるかえ？　手の平から出せるちっぽけな雪では、堕胎の海の表面を凍らせるのが関の山かのぉ？」

アルカナは無言で、堕胎神をじっと見つめる。奴《やつ》は動こうとせず、攻撃を仕掛けてくる気配もない。紅《あか》く濁った海中に魔眼《めめ》を凝らして、はっと彼女は気がついた。エグリャホンヌについていた蛇の意匠が消えていたのだ。

「やっと気がついたかえ？」

ニタァ、とアンデルクは見下すような笑みを見せる。次の瞬間、アルカナのその静謐《せいひつ》な表情が、苦痛に染まった。話をしている隙に、紅《あか》く濁った水に隠れ、赤黒い双頭の蛇が彼女のへそに食らいついていたのだ。その反対側は、アンデルクの下腹に食いついている。アルカナを堕胎するための臍帯《さいたい》だ。

「ほうら、戻りゃっ！　望まれん命や、回帰せん」

神の臍帯《さいたい》から送られてくる魔力が、アルカナを胎児へ戻していく。彼女は雪月花をその身に纏《まと》い、創造の力にて、自らの体が変化せぬように保った。

「無駄じゃ無駄じゃ。望まれん胎児や、神の鋏《はさみ》がぁ間引いて堕つる――」

蛇が牙を剝《む》くように蛇堕胎鉗子がガシャンッと開き、その鋭い刃が神の臍帯《さいたい》に当てられる。

「堕胎じゃ。エグリヤホンヌ」

蛇が獲物を食《く》らうが如《ごと》く、ジャキンッとその鋏《はさみ》が勢いよく閉じた。

「…………なっ…………!?」

アンデルクの口から、呆然《ぼうぜん》とした声がこぼれ落ちる。神の臍帯《さいたい》は切れていない。嚙《か》みついた蛇堕胎鉗子の刃の方が、錆《さ》びつき、ボロボロと崩れていた。

「……なん……じゃ、これ、は……？」

「きっと、あなたも騙《だま》されたのだろう。堕胎の神。いいえ、世界の意思」

アルカナは、じっと堕胎神を見据えた。静かに瞳を閉じ、それが再び開けられれば、その魔眼《め》には、弧状の《破滅の太陽》と三日月のアーティエルトノアが現れ、二つで一つの円を描いていた。《背理の魔眼》、その真の力がそこに現れているのだ。

「選定審判は、あの虚無の子によって、歪《いびつ》に歪《ゆが》められてしまった。今、秩序の整合は、完全に乱れている。破壊神と創造神が蘇《よみがえ》ってなお、その代行をしていただけのわたしが持つ権能はそのまま。それどころか、力を増している。彼はこの世界を嘲笑《あざわら》いたかったのだろう」

静かに右手と左手を持ち上げ、アルカナはくるりと天に返した。

「春の日差しに雪は舞い、六つの花が世界を溶かす」

両手から舞い上がったのは、燃える氷の花。

「春景六花《しゅんけいりっか》」

煌々《こうこう》と太陽のように輝き、冷たく月のように瞬《またた》き、その凍れる花が燃えていた。次々と花々はアルカナの背後に集まっていき、それは月に似た、そして太陽に似た、そのどちらでもない物体を創り出した。

「……なん……え……？　これは……秩序かえ…………？」

呆然《ぼうぜん》とアンデルクは、春景六花が作り出す物体を見つめる。それは、凍燃《とうねん》する六つの花弁。

確かに、神の秩序がそこにある。神の権能が力を発揮していた。

「……ありん……せん……こんな……!?」

神眼《め》を開き、彼女は首を振る。秩序の根幹をなす、樹理四神である彼女が、あるはずがない神の力を目の前に突きつけられていた。

「なにかの間違いじゃ……！　こんな秩序は、ありんせんっ……！！」

「月は昇らず、太陽は沈み、神なき国を春が照らす」

静謐《せいひつ》な声で、アルカナは唱えた。

「《背理《はいり》の六花《りっか》》リヴァイヘルオルタ」

燃え盛る氷の花は、冷気と熱気を同時に放つ。本来は相反する氷と炎が、僅かにすら鬩《せめ》ぎ合うことなく、共存していた。堕胎の海はその矛盾した力に、凍りつきながらも燃やされる。大樹母海の秩序が、みるみる狂い始めた。海底に沈み、身動きの取れなかった禁兵たちが、《背理の六花》に照らされ、再び動き始める。彼女らは、次々と魔族の兵を救出していった。

「……なぜ……？　なぜ、妾《わらわ》の海で泳いでおる……？　望まれん赤子が、堕胎じゃっ！　堕胎じゃあぁぁぁっ！」

アンデルクが蛇堕胎鉗子を光らせ、叫ぶ。膨大な魔力が迸《ほとばし》り、大樹母海に赤い糸が無数に出現したが、それはあろうことか、神域の主である堕胎神に絡《から》みついた。

「ぎゃっ……！　な……なん……じゃと……………？」

「リヴァイヘルオルタが照らす領域は背理の国。ここではあらゆるものが秩序に背かれる」

その神眼《めむ》を剝き、アンデルクは叫ぶ。

「ありんせんっ！　妾《わらわ》が堕胎に背かれるじゃとっ？　神は秩序そのものなんえ。自らに背かれることが、あると思うのかえっ⁉」

束縛から逃れるように、アンデルクの神体が赤い糸に変わり、それがみるみる解けていく。神体が消えたかと思うと、次の瞬間、堕胎神はアルカナの真後ろに現れた。

「望まれん赤子や、蛇の牙がぁ食らいて堕つる――」

ジャキンッと金属音が響く。

「エグリャホンヌ」

アルカナの首を狙い、蛇堕胎鉗子の刃が鋭く交差する。

「……なっ……ぁぁっ……⁉」

アンデルクが、その神眼《め》を丸くする。首を狙った鋏《はさみ》の方が、逆にその刃をへし折られたのだ。

「背理剣《はいりけん》リヴァインギルマ」

春景六花が集まり、彼女の手に出現したのは、かつてアヒデが全能者の剣と呼んだリヴァインギルマ。記憶を封じられ、代行者としての権能を封じられていた。かつては、理滅剣《りめつけん》などを素材にする必要があったが、今は違う。

記憶を取り戻し、代行者としてのすべての権能を取り戻し、その神剣を取り戻した。そして、歪《ゆが》められた選定審判が進んだことで、最後のピースが揃《そろ》った。これが、アルカナの背理神としての真価——

「この身は永久不滅の神体と化した」

「バケモンがっ！　食りゃやぁぁっ……‼」

アンデルクが右腕を赤い糸の蛇に変え、アルカナに食いつかせる。しかし、永久不滅の神体の前に、牙を剝《む》いた堕胎の蛇が一方的に消し飛んだ。

「秩序はわたしには敵《かな》わない」

静かに、アルカナはリヴァインギルマを鞘《さや》から抜いた。白銀の剣身があらわになり、美しく輝く。抜き放てば持ち主が滅びるはずの背理剣だが、彼女にはその効力は及んでいない。《背理の六花》リヴァイヘルオルタが、抜けば滅びるという背理剣の秩序にさえ、背理しているのだ。

「秩序は歪みて、背理する。我は天に弓引くまつろわぬ神」

自らとアンデルクを結ぶ神の臍帯《さいたい》を、アルカナはリヴァインギルマで切断した。

「…………ぎゃっ…………がぁ…………ぁ…………ば…………」

堕胎神アンデルクがゆらりと揺れる。力を失い、彼女は堕胎の海に沈みゆく。

「……あり……ん…………せん……妾《わらわ》が……堕胎……され…………る…………な……」

声はかき消え、真っ赤な海底にアンデルクは消えていく。堕胎の秩序が背理し、アンデルクとアルカナの立場が反転した。ゆえに堕胎神が、堕胎されたのだ。

背理神の名に相応《ふさわ》しく、神に特化した恐るべき権能。あるいはそれは、選定審判にて生まれたエクエスを滅ぼすために、グラハムが用意しておいたものなのかもしれぬ。エクエスが顕現し、破壊神と創造神が復活したことにより、背理神としての彼女の力は完全に目覚めた。

偶然とは考え難《にく》い。秩序に背理するリヴァイヘルオルタならば、秩序の集合体であるエクエスを無力化することは可能なはず。エクエスの力はすべて背理神のものになるだろう。

だが――

「月は昇りて、太陽は沈み。神なき国に冬が来る」

アルカナは背理剣リヴァインギルマを鞘《さや》に納める。すると、《背理の六花》リヴァイヘルオルタが花を散らすように、すっと消滅していった。

彼女は力を抜き、その海に身を漂わせた。莫大《ばくだい》すぎる力ゆえ、代行者である彼女の身でも、あっという間に魔力が底をついた。その体と根源は疲弊し、無傷で勝ったにもかかわらず、ボロボロに成り果てている。

ガデイシオラでの出来事を考えれば、グラハムの目算では、俺を代行者に仕立てあげ、アルカナの力を手に入れさせるつもりだったか？　それとも、最終的には自らが手に入れる算段か？　わからぬが、いずれにせよ、その背理の権能こそが、神の力を統合したエクエスを倒す唯一の手段と考えたのだろう。《背理の六花》リヴァイヘルオルタを維持している間ならば、エクエスを滅ぼしても、世界は滅びない。

「……守りたいと思っているのだろう……」

アルカナが、そっと呟《つぶや》く。

彼女は空の日蝕《にっしょく》を見据え、力の入らぬ体で言った。

「地上を。今度はわたしが、お兄ちゃんの大切なものを」

§39.【あの日の予言は過ぎ去りて】

ミッドヘイズ上空、樹冠天球。

稲妻の如《ごと》く走った雷人形が、カンダクイゾルテの剣にて斬り裂かれた。

神の軍勢にギェテナロスの権能を加え、転変させた雷人形の個の力は、元々の剣兵神や術兵神を遙《はる》かに上回る。数は竜騎士団の二〇倍以上、その上、樹冠天球を自由自在に飛び回る。だが、シルヴィア、ネイトは竜技をもって、難なく神を圧倒する。彼女たちは、普通の竜人よりも遙《はる》かに強力な子竜。アガハを訪れた際の余興では、レイやミサと互角の勝負を演じたほどだ。

竜騎士団を襲うように、空模様は次々と変わった。転変の空では、ギェテナロスの気まぐれ

で変わる不安定な環境に対応し続けなければならないが、彼らには確かな足場があった。

雲を破るほど高く建てられた一二の時計台。そこから水晶の橋が無数にかけられている。未来神ナフタの理想世界。カンダクイゾルテの剣を手にしたアガハの騎士たちは、理想を実現させる神域の恩恵を受け、次々と雷人形を屠《ほふ》っていく。

「――それはときに、烈火の如《ごと》く。転変神笛イディードロエンド」

神の笛が奏《かな》でる曲が燃えるような曲調に変化すれば、ギェテナロスの周囲に炎が集う。

「ほらー、炎熱神《えんねつしん》ヴォルドヴァイゼンの権能だよ。炎熱神砲《えんねつしんほう》バルドゲッツェ」

炎に神々《こうごう》しい光が集い、それが大砲のような形状に変わる。大量の猛火がディードリッヒめがけ、放出された。

「ナフタは限局します」

彼女がそう口にした途端、ディードリッヒの拳に集う鈍色の燐光《りんこう》が輝きを増した。

「ぬあぁっ!!」

真正面から襲いくる神の炎砲《えんほう》に、剣帝は拳を突き出した。炎が真っ二つに割かれ、その風圧でギェテナロスの頬が裂ける。水晶の橋から跳躍し、ディードリッヒは転変神に殴りかかった。

さすがに空中戦ではギェテナロスに分があるか、奴《やつ》は風に導かれるように、その攻撃をひらりとかわす。理想世界が重なっているとはいえ、《飛行《フレス》》を使えるのは短時間。それも、大した速度は出せぬ。自らの足で跳躍した方が速いが、自由に空を飛べるギェテナロスを捉えるのは至難の業だろう。

「炎は得意だったかな？　それなら、これでどうだいー？　氷雪神《ひょうせつしん》フロイズアテネの権能。

凍《い》てつく雪雲《ゆきぐも》アネアトアトネ」

歌うようにギェテナロスが言った。空が変わり、氷の雲が辺り一帯を覆う。勢いよく降り注ぐ無数の雹《ひょう》が、ディードリッヒの体を打つ。それらは一六個で一つの魔法陣を描き、みるみるディードリッヒとナフタの体を凍《い》てつかせていく。拳で粉砕するには雹《ひょう》の数が多い。

「こいつは、たまらんぜっ……!!」

ディードリッヒの全身の筋肉が躍動すれば、体を覆った氷にヒビが入る。その背後に、魔力の粒子が激しく立ち上った。彼の《竜闘纏鱗《ガッデズ》》が、剣を彷彿《ほうふつ》させる鋭い両翼を持った竜を象《かたど》り、氷を吹き飛ばした。ディードリッヒは上空の雪雲を見据え、水晶の橋をドゴォンッと蹴った。矢の如《ごと》く跳躍した彼の体はみるみる雪雲に迫っていく。

「アハハッ。雲は漂い、移ろうものさ」

笛の音が響くと、凍《い》てつく雪雲アネアトアトネはディードリッヒと同じ速度で、上昇していく。《飛行《フレス》》では追いつきようがなく、空中ではこれ以上加速することができない。

「ナフタは限局します」

未来へ先回りしたかのように、跳躍したディードリッヒのすぐ横にナフタが現れた。

「どうぞ」

「そいつは重畳」

ナフタが差し出した両手に、ディードリッヒは足を置く。彼がそれを蹴ると同時に、跳躍力を最大に引き出すよう、ナフタはディードリッヒを空へ投げた。光の砲弾の如《ごと》く加速したディードリッヒは凍《い》てつく雪雲に到達して、《竜ノ逆燐《ノジアズ》》の正拳を繰り出す。鼻歌交じりに、剣帝は言った。

「せっ!!」

氷の雪雲は粉砕され、その魔力が剣帝の拳に吸収されていく。身を翻《ひるがえ》し、雪雲を蹴り壊すとともに、ディードリッヒはその反動でギェテナロスに襲いかかった。

「アハハッ、来てみなよ」

神の笛が再び転調し、終焉を思わせるもの悲しい曲を奏《かな》でる。ギェテナロスの前に、出現したのは一〇〇本の枯焉刀グゼラミだ。

「空中じゃ避けようがないのさ」

グゼラミがまっすぐ撃ち出される。万物を透過し、根源のみを斬り裂く必殺の刃に対して、ディードリッヒは真っ向から両拳を握った。

「あがけどもあがけども、砂の一粒さ」

「ナフタは限局します」

鈍色の燐光《りんこう》が、剣翼を持つ竜に集う。《竜闘纏鱗《ガツデズ》》と《竜ノ逆燐《ノジアズ》》を併用して、ディードリッヒは合わせた両拳を突き出した。

「ぬうぅぅあぁあっ、だっしゃあぁぁあっ……!!」

根源以外を透過するグゼラミが、ディードリッヒに触れた途端に吸収されていき、悉《ことごと》く消え去った。

「なんだってっ……!?」

一〇〇本のグゼラミを真正面から抜けてくるとは夢にも思わなかったか、ギェテナロスは目を見開く。直後、その顔面に剣帝の拳が突き刺さり、思いきり殴り飛ばされた。

「がはぁぁぁっ……!!」

落ちていった転変神は、ドゴゴォォッと水晶の時計台にめり込む。

「炎だろうと、氷だろうと、剣だろうと変わるまいて、転変神。俺はなんでも食《く》らうものでな」

ナフタの神域によって、ディードリッヒの《竜ノ逆燐《ノジアズ》》は限りなく彼の理想に近づいている。本物のグゼラミならばいざ知らず、ディードリッヒに投擲《とうてき》されたのは、ギェテナロスの魔力から作られたものだ。その秩序と威力は本物に劣らぬとしても、所詮は偽物《にせもの》。より深淵《しんえん》を覗《のぞ》けば、本質は転変神の魔力だ。それを直接食《く》らうことのできるディードリッヒには、なにを放ったところで弱点とはなるまい。むしろ、ディードリッヒの魔力を高めるのみだ。

「さあて、そろそろ、仕舞いにしようや。お前さんばかりにかまけている余裕もない。世界の崩壊を止め、あの日蝕《にっしょく》を止めねばならんものでな」

ディードリッヒは拳を握る。橋を蹴り、ひとっ飛びで転変神を間合いに捉え、《竜ノ逆燐《ノジアズ》》の拳を突き出す。

ギェテナロスは、イディードロエンドを口に当て、新たな曲を演奏し始めた。

「そいつは効かんぜ」

火でも水でも雷でも、なにが来ようと粉砕し食《く》らうとばかりに、剣帝は躊躇《ためら》わず、ギェテナロスの土手っ腹に正拳をぶち込んだ。けたたましい音が鳴り響き、ギェテナロスの背後にあった時計台が吹き飛んだ。直撃ならば、ただでは済むまい。だが、ディードリッヒは視線を険しくした。

「なんでも食《く》らう拳でも、食らわなきゃいいんじゃなーい？」

ひらりと舞い上がり、ギェテナロスはいとも容易《たやす》くディードリッヒから離れた。

チクタク、チクタク、と時計の針を連想させるような曲が響く。ギェテナロスの目の前に現れたのは、四六個の未来世《みらいせ》水晶《ずいしょう》カンダクイゾルテだ。

「キミの弱点見つけたよー。未来神ナフタの権能。勿論《もちろん》、彼女がその神眼《め》を失う前の、完全な未来が見えるカンダクイゾルテさ」

カンダクイゾルテが二つ、ギェテナロスの両眼に吸い込まれていく。その未来神の神眼《め》にて、奴《やつ》はディードリッヒを見下ろした。

「ざーんねん。この神眼《め》には、キミの敗北が映っているよ」

「……そいつは、お前さんには過ぎた秩序だろうよ……」

浮かんだ未来世水晶が一つ、槍に変化し、ディードリッヒに降り注ぐ。《竜ノ逆燐《ノジアズ》》の拳を突き出すも、未来は限局され、槍を食らえなかった未来に辿《たど》り着《つ》く。その体がカンダクイゾルテの槍に貫かれた。

「……ぐぅっ……！」

「串刺しの刑に処す。なーんて、ほら、未来通りだよー。なにが過ぎた秩序なのさ？」

未来を限局され、根源を激しく傷つけられながらも、ディードリッヒは豪胆な笑みを覗《のぞ》かせる。

「見えた未来が当たって喜んでいるようでは、まだまだわかるまいて」

「へぇー。ちっぽけな竜人が、なに上から見てるのさ？　ほらー」

　転変神の目の前に浮かぶ未来世水晶四四個が、すべて槍に変わった。その先端が向けられた瞬間、ディードリッヒは言う。

「《憑依召喚《アゼプト》》・《選定神《ナフタ》》」

　ナフタがカンダクイゾルテの剣を立て、胸の辺りに持ってきて敬礼する。剣を残し、彼女は水晶のように砕け散った。

「アハハッ。その未来もお見通しさ」

　砕け散ったナフタの破片を閉じ込めるように、いつのまにか、大きな水晶玉がそれを覆っていた。ギェテナロスの未来世水晶カンダクイゾルテが未来へ先回りしたのだ。

　未来が限局され、ナフタは元の神体に戻った。《憑依召喚《アゼプト》》は完了せず、彼女は水晶玉の中に閉じ込められる。

「無駄なことはキミが一番よくわかっているはずさ、ナフタ？　理想だのなんだの口にしたところで、結局はただ未来が見えなくなっただけ。不確かさを希望だなんて、そんな愚かな話はないさ」

　ディードリッヒが橋を蹴り、転変神へ向かって飛び上がる。《憑依召喚《アゼプト》》を封じる隙をついたその策は、しかし、ギェテナロスの神眼《め》がすでに見通していた。迎え撃つが如《ごと》く、四四本のカンダクイゾルテの槍がディードリッヒに降り注ぐ。

「ぬあああああああぁぁぁっ……！！！」

《竜闘纏鱗《ガッデズ》》がこれまでで一番濃く浮かび上がり、背後に浮かんだ剣翼の竜は、二つの翼を合わせ、一本の大剣とした。そこに《竜ノ逆燐《ジアズ》》が集い、鈍色に輝く。

「預言者じゃなくなったキミにはわからないだろうから、予言してあげるよー。キミたちはここで滅び、そして世界は終滅の光に灼《や》かれる。未来はもう決まっているのさ」

カンダクイゾルテの槍が、やはりディードリッヒの拳をすり抜け、次々と彼の体を抉《えぐ》っていく。血が溢《あふ》れ出《だ》し、剣帝の魔力が空に散った。

「いいえ、転変神」

カンダクイゾルテの剣を、ナフタは内側から水晶玉に突き刺していた。

「ディードリッヒとナフタ、この両眼《め》が希望を見つめている限り、未来は決して決まっていない」

限局されたはずのナフタの剣が、しかし、未来世水晶を粉々に砕いた。

「それが魔王が教えてくれた、アガハの未来――そして、この世界の未来です」

ギェテナロスが、驚愕《きょうがく》したようにその神眼《め》を丸くする。すべての未来を見るはずの神眼が、見逃した未来。かつての未来神ナフタが辿《たど》り着《つ》けなかった光景が、そこにあった。

水晶の如《ごと》く砕け散ったナフタ。未来神はディードリッヒの周囲でキラキラと輝き、彼に憑《ひょう》依《い》していく。背後に浮かぶ《竜闘纏鱗《ガッデズ》》の竜が黄金に染められ、竜を彷彿《ほうふつ》させる大剣が剣帝の手元に収まった。全身をカンダクイゾルテの槍に貫かれながらも、ディードリッヒはぐんと加速し、ギェテナロスへ押し迫る。

「変えられぬ未来になんの意味があろうか、転変神っ‼」

未来世大剣カンダクイゾルテが、ギェテナロスの神眼《め》を斬り裂く。

「あっ……！　この……たった二つ砕いたぐらいで、代わりはいくらでも……！」

砕け散った神眼《め》を押さえながら、転変神は風を纏《まと》い空へ逃げる。刹那、その脳天には大剣の刃が振り下ろされていた。

「……………か……………………は……………」

「当たれば当たるだけ、空《むな》しさが募るばかりよ。予言というものはな――」

真っ二つに斬り裂かれた転変神は歯車に戻り、バラバラに壊れていく。

ディードリッヒは豪放に笑った。

「――外れたときこそ、たまらんもんだぜ」

歯車は滅び去り、空に散った。ディードリッヒはその神眼《め》にて周囲を見つめる。樹冠天球が消え去る気配がなかった。

「三角錐《さんかくすい》の門の影響だろうよ……あれをどうにか塞がねばなるまいて」

『大樹母海も決着がついたようです。背理神は魔力が尽き、根源が傷ついています。しばらくは動けないでしょう。そちらはナフタが』

ディードリッヒの体から水晶の破片が溢《あふ》れ出《だ》し、それが再びナフタの姿に変わった。

「これで終わる相手ならば、魔王が手を必要とはしまいて。油断するな」

それを聞き、僅かにナフタは微笑した。

「なにを笑っておるのだ、ナフタ？」

「あなたの言葉が」

ナフタは飛び上がり、緩やかに大樹母海へ向かいながら、ディードリッヒを振り返る。彼女は、愛のある笑みをたたえていた。

「すべての未来が見えていたあのときよりもずっと、ナフタには心強いのです」

§40．【隔たりのない世界】

鬱蒼《うっそう》とした森に、聖歌が響いていた。その声が、その音程が、そのリズムが、厳かな音韻魔法陣を構築していく。

「――再編の書、第一楽章《聖歌唱炎《ランレズ》》」

ジオルダル教団から放たれる唱炎が数千もの木々を焼き払い、神の軍勢に襲いかかる。だが、不意をついた最初の一撃とは違い、それは術兵神ドルゾォークの結界に阻《はば》まれ、石に変わった。

『貴君の言葉は正答だ』

深化神ディルフレッドから声が響く。

『ならば、深く覗《のぞ》くのだ。教皇ゴルロアナ、そしてジオルダル教団。この螺旋《らせん》の森で私と対峙《たいじ》するとは、すなわち、どちらがより深淵《しんえん》を見ているか比することに他ならない』

ゴルロアナは周囲を警戒する。木々や草花を焼く炎の向こう側に、神の大軍が接近しているのが見えた。魔眼にて魔力を数えれば、神々の数は凡《おおよ》そ六〇〇〇。つい先程まで気配もなかった大量の兵が、教団を包囲していた。

螺旋《らせん》の森は至るところに異空間の道があり、その入り口さえ絶えず変化を続ける。どれだけ反魔法を纏《まと》おうと、そこへ足を踏み入れれば強制的に森のどこかへ転移させられてしまう。だが、森の深淵《しんえん》を覗《のぞ》ける深化神であれば、自由自在に兵を配置することができるわけだ。

『接近を開始せよ、剣兵神。距離を詰めれば、ジオルダル教団は脆弱《ぜいじゃく》だ』

剣兵神ガルムグンドが、神剣を向け、真っ向から突っ込んでいく。教団にも聖騎士など剣や槍で武装した兵はいるが、アガハの騎士やガデイシオラの禁兵に比べれば、その技量も能力も数段劣る。

彼らの本領は、聖歌による音韻魔法陣。接近戦に弱いというディルフレッドの判断は正しい。

しかし――

「「「せっ!!」」」

突き出された神剣に合わせるが如《ごと》く、信徒たちの一糸乱れぬ正拳突き。前衛に立っていた八人こそ、聖歌の専門家、八歌《はちか》賢人《けんじん》である。彼らの拳が、神剣を粉砕し、襲いかかった剣兵神を膂力《りょりょく》任せに弾《はじ》き返《かえ》した。

「来聖捧歌《らいせいほうか》。異国からの風が、我らに新たな歌をもたらした」

「歌は闘争、闘争は歌」

「彼女らの歌に振り付けを行うには、より強靭《きょうじん》な肉体が必要だった」

「そう、なぜならばその曲の数々は、魔王を称《たた》える歌。より速く、より強く見える舞踊、それこそが魔王の振り付け」

紺色の法衣を纏《まと》う彼らの肉体が、かつてとは違い筋肉で隆々と膨れあがっていた。

「「「それを踊るために、我らは体を鍛え上げた!!!」」」

八歌賢人と、ジオルへイゼ聖歌隊が舞うように神々の軍勢に向かう。

「――ああ、我らに新しい風が吹く。見知らぬ隣人と踊れや踊れ、踊り明かせ。その喜びは力となり、その愛は全身にみなぎるでしょう。再編の書、第二楽章《炎舞剛体《バイハム》》」

音韻魔法陣が響き渡り、八歌賢人たちが唱炎に包まれる。《炎舞剛体《バイハム》》が鍛え上げられた彼らの肉体を更に強化し、まるで炎の舞いと言わんばかりに華麗に、力強く、八歌賢人はステップを刻む。

「「「せっ！！！」」」

大勢で歌い上げる《炎舞剛体《バイハム》》の拳は、多数が少数を制す秩序に効果的で、神の軍勢は瞬《また》く間《ま》にその炎の舞いに飲み込まれていった。本来は魔王賛美歌一番や二番、三番を踊るために身につけたもの。教皇ゴルロアナが信者となっていることもあり、魔王聖歌隊は今や地底の歌姫。ジオルダルでは国を挙げて彼女たちを応援している。その副産物がこれだった。

『螺旋《らせん》の森に旅人ぞ知る――』

深層森羅の奥深くから、深化神の声が木霊《こだま》する。教団の信徒たちは目を見張った。八歌賢人やジオルへイゼ聖歌隊の姿が忽然《こつぜん》と消えた。深層森羅のいずこかへ転移させられたのだ。

『この葉は深き迷いと浅き悟り。底知れぬ、底知れぬ、貴君は未だ底知れぬ』

ディルフレッドの声が響く度、ジオルダル教団は広大な森に散り散りに転移させられていく。

音韻魔法陣による反魔法も、唱炎も、その森の秩序を乱すことはできない。

『森羅の迷い人永久《とこしえ》に、沈みゆくは思考の果てか。ついぞ抜けれぬ、螺旋迷宮《らせん》』

そうして、次々とジオルダルの信徒は飛ばされ、気がつけばミッドへイズの門の前に残っているのは、教皇ゴルロアナただ一人となっていた。彼の手には、痕跡神リーバルシュネッドが残した痕跡の書がある。その秩序がそこに彼の痕跡を残し、過去を維持することで強制転移から守ったのだろう。

『貴君を襲うのは数千の神。その背には友国の都ミッドヘイズ。問おう、教皇ゴルロアナ。戦うか、退くか？』

ザッと足音が響き、数千を超える神がゴルロアナの目前まで迫っていた。退けば、奴《やつ》らはミッドヘイズを蹂躙《じゅうりん》するだろう。

「深化神ディルフレッド。私は深淵《しんえん》を覗《のぞ》く魔眼《めえ》を持ちません。しかし、そこがどんなに迷い深き場所であれど、彷徨《さまよ》うことなどないのです」

歌が、聞こえた。小さな音が次第に増えていき、大きく、力強く響き始める。それは静謐《せいひつ》で、格調高い声音。螺旋《らせん》の森のそこかしこから、厳かな聖歌が奏《かな》でられていた。

「この歌こそが我々の道標。どれだけ魔眼《め》を閉ざしても、同じ神を信じる者たちの声を頼りに、我々はただひたすらに、この信仰の道を歩んでいくのです」

分断されたジオルダル教団。それでも、歌は距離を越える。離れた位置にいようとも、どこに転移させられようとも、寸分のズレもなく、彼らは聖歌を歌い上げ、ミッドヘイズの門前に音韻魔法陣を展開していた。

「神がその目に見えずとも、汝《なんじ》、恐るることなかれ。汝《なんじ》ら、一人一人に福音は響く。それらはすべてが尊く、我らが神のさしのべし手。見えずとも、たとえ見えずとも、一人一人に、福音は響く。再編の書、第三楽章《独歌複唱《ロウゼス》》」

ゴオオォォォォッと神の兵の足元から唱炎が上がった。次々とゴルロアナの目の前にいた兵は、《独歌複唱《ロウゼス》》の炎に包まれていく。術兵神ドルゾォークの結界が働かないのは、その音が、一人にのみ与えられるものだからだ。剣兵神ガルムグンドに響く音韻魔法陣も唱炎も、術兵神ドルゾォークには聞こえておらず、見えていない。

《独歌複唱《ロウゼス》》を前には、誰もが一人で立ち向かわなければならない。そういう術式なのだろう。ゆえに、神の軍勢には効果が絶大で、瞬《また》く間《ま》に彼らは灰に変わっていく。

『螺旋穿《らせんうが》つは、深淵《しんえん》の棘《とげ》』

静かにディルフレッドの声が響き、小さな棘《とげ》が森の奥から飛来した。音韻魔法陣が構築され、《聖歌唱炎《ランレズ》》が壁のように立ち上る。しかし、炎に深淵草棘《しんえんそうきょく》が突き刺されば、魔法陣の急所を貫いたとばかりに容易《たやす》く唱炎を消した。ゴルロアナが飛び退《と》いてそれをかわした瞬間、彼の背に深淵草棘が突き刺さっていた。

「……ぐ………か……」

深層森羅の異空間を利用したのだ。真正面から迫った深淵草棘は、森の異空間に飲まれ、ゴルロアナの背後に転移した。予《あらかじ》めこうなることを、ディルフレッドは深淵《しんえん》を覗《のぞ》き予測していたのだろう。

『一つ目の棘《とげ》が魔力を瓦解《がかい》させ、二つ目の棘《とげ》が命を瓦解《がかい》させる。三つ目の棘《とげ》は根源を瓦解《がかい》させるが、枯焉砂漠の影響が及ぶ以上、二つ目で終局だ。貴君に避ける方法は皆無。投擲《とうてき》の前に私を打倒しようにも、深層森羅の深淵《しんえん》を覗《のぞ》かなければ貴君はここまで到達できない』

ディルフレッドの言葉通り、ゴルロアナの根源深くに突き刺さった深淵草棘は、その魔力の流れ道を完全に断っていた。

『問おう、ジオルダルの教皇。立ち向かうか、退くか？』

「魔力がなくとも、歌は歌えます。私は神ではなく、ただ教えを伝える者。一人が欠けても、我らの信仰が欠けることはありません」

『否。教皇が倒れれば、ジオルダルは瓦解《がかい》する。貴君らが祈りを捧《ささ》げる神は幻想。それが実在と思《おぼ》しき信仰を保っているのは、貴君の祈禱《きとう》があるゆえにだ』

ふらつきながらも、ゆらりとゴルロアナは一歩を踏み出す。

「ジオルダルの敬虔《けいけん》な信徒へ告ぐ。歌いなさい。かつて、我が国に響き渡った、神竜の歌声をもう一度」

教皇の言葉に従い、螺旋《らせん》の森に歌声が響く。その調べは、深層森羅を覆いつくすほどの音韻魔法陣を構築した。

『一五〇〇年祈り続けた魔力が残っていればいざ知らず、即席の《神竜懐胎《ベヘロム》》では深層森羅の深淵《しんえん》には到達できない』

深淵《しんえん》の奥から、研ぎ澄まされたような、細く、鋭い魔力が見えた。

『その答えは誤りだ。幻想の神に祈る教皇よ』

目にも止まらぬ速度で深淵草棘が飛来する。その数は凡《おお》そ数万。いや、違う。恐るべき速度で絶えず異空間を移動することで、数万に見えるほどの残像を残しているのだ。上下左右、どこへ避ければいいのかわからぬほどの不可思議な軌道を描き、その極小の棘《とげ》は、一歩も動けぬゴルロアナの胸を貫いた。

彼の命が、消えていく。地面に落ちた痕跡の書がそれをかろうじてつなぎ止《と》めるも、長くもつものではあるまい。

「――ああ、そのとき、男は言った。天の蓋を外す前に、己の境を取り払え」

がっくりと膝を折ったゴルロアナは、けれども両手を組み、祈るような姿勢を取った。

「教皇がただ祈り続ける限り、神の力はただの痕跡であり、過去の遺物。先人たちが積み重ねてきた数多《あまた》の答えから導き出す、より正しい解には辿《たど》り着《つ》けない」

目を閉じて、耳をすまし、彼は一心に祈りを捧《ささ》げた。

「過《あやま》ちを認めず、誤りを正さず、なにが分け隔てのない世界か。その考えに、その思考に、一五〇〇年の祈りという時の境がないと言いきれるか、と」

苦しげな吐息を漏らしながら、懺悔《ざんげ》するように教皇は言う。

「教皇は答えた。もう遅い、と」

ゆっくりとゴルロアナは首を振った。

「それこそが過《あやま》ちであり、それこそが最後の福音。そして救済の始まり。真に隔たりのない世界をここに。再編の書、第四楽章――《神竜懐胎《ベヘロム》》」

痕跡の書がひとりでにめくられ、純白の光が、深層森羅を覆い尽くした。

白く、白く、真《ま》っ新《さら》な世界。なにもないその場所に、ゴルロアナとそしてディルフレッドがいた。深化神は、その神眼《めがね》を丸くしている。多くの信徒たちが円になり二人を囲んでいた。

「……螺旋《らせん》の森を、飲み込んだのか……？」

ディルフレッドが問う。

「いいえ。ここは隔たりのない世界。神竜は私たちの心のみを孕《はら》み、対話の場を設ける。それこそが、新たな《神竜懐胎《ベヘロム》》」

ゆっくりとゴルロアナは立ち上がり、ディルフレッドに向き合った。彼の命は終わりかけているが、心は死んではいない。

「ここに、あなたと私の境はありません。あらゆる支配を退け、あらゆるお仕着せを脱ぎ捨てる、自由なる心での対話の場」

ゴルロアナは、ディルフレッドに指先を伸ばす。

「その心をさらし、偽りの神エクエスから解放しましょう」

細い指先が、ディルフレッドに触れる。

「深化神。あなたは争いを望みますか？」

「否。私は――」

ディルフレッドが光に包まれ、その輪郭が歪《ゆが》む。

「――深化神では、ない、のだ……」

心音とともに、笛の音が微《かす》かに聞こえた。翠緑《すいりょく》の風が、彼の神体から抜けていき、光に包まれる。

深化神の体がぐにゃりと歪《ゆが》み、少しずつ、少しずつ、それは変化していく。見覚えのある神の姿だった。ゴルロアナの目の前にいたのはジオルダルの守り神。痕跡神リーバルシュネッドである。

「……我が神……リーバルシュネッド……」

ゴルロアナは静かに跪《ひざまず》き、うやうやしく祈りを捧《ささ》げた。

「転変神の権能にて、転変していたということでしょうか？」

「然り。我が痕跡の権能をも利用された」

過去の痕跡を再現する権能と、他の秩序へ転変する権能。その二つがあれば、限りなく深化神そっくりの神を生み出せたことだろう。

「教皇ゴルロアナ。我はただ、この身に痕跡を刻むだけの秩序」

光に包まれた神体が静かに散っていく。痕跡神の体が消滅し始めた。

「だが、遠い昔、遙《はる》か彼方《かなた》の過去のことだ」

想《おも》いを巡らすようにリーバルシュネッドは言った。彼はなにかを見ている。そう、ここには、この世界にはその身に埋め込まれた歯車がなかった。

「我がこの身に痕跡を刻む前……神となる前に、どこかに心があったのかもしれぬ。この場が、なにかを思い出させるようだ……」

厳格な表情をしていたリーバルシュネッドが、柔和な笑みを覗《のぞ》かせる。それがあるいは、彼本来の顔なのかもしれない。

「心などない、ただの秩序である我がな……。不思議なものだ。お前たちジオルダルの民の、あの一五〇〇年の祈りが、この隔たりのない世界に続いていたことを、どこか誇らしく思うのだ」

真っ白な世界が、言葉とともに砕け散る。《神竜懐胎《ベヘロム》》が終わり、ゴルロアナの視界は元の深層森羅に戻った。

『――さらばだ、我に祈りし、最後の教皇よ。よくぞ見抜いた。よくぞ信仰を貫いた。エクエスは偽りの神。汝《なんじ》こそは誠の信徒。答えは常に、その信仰の内にある――』

痕跡神の力か、痕跡の書が光り輝き、ゴルロアナの根源に突き刺さった深淵草棘が抜ける。その直後、深層森羅の深淵《しんえん》から発せられていた強大な魔力が消滅した。《神竜懐胎《ベヘロム》》によりエクエスの支配から解放されたリーバルシュネッドが再び操られる前に、自害したのだろう。

「……くっ……が……」

神の棘《とげ》は抜けたが、回復魔法が働かぬ以上、ゴルロアナも満足には動けない。這《は》うようにしながら、彼はミッドへイズに視線を向ける。

爆音が鳴り響き、街の中から火の手が上がった。

「誰か……街へ……あれは、恐らく、陽動…………」

ゴルロアナは、声を発する。弱々しいその響きは、遠く離れた信徒たちには届かない。リーバルシュネッドが、深化神に扮《ふん》していた。ならば、本物のディルフレッドはすでに、ミッドへイズに侵入しているはずだ――

§41.【覚悟】

ミッドへイズ市街地。

喧騒《けんそう》が響いていた。商店街で起きた最初の爆発を皮切りに、悲鳴と怒号、剣戟《けんげき》と爆音に包まれ、まるで街中がパニックを起こしたかのようだった。ミッドヘイズを飛び回る使い魔のフクロウたちが、その被害の有様《ありさま》を一望していた。

エールドメードが《魔王軍《ガイズ》》の魔法線を、街のフクロウたちとアゼシオンにいるエンネスオーネにつなげておいたのだ。それゆえ、ミッドヘイズとその周辺の視界はこの魔眼《まがん》に共有できている。

鍛冶・鑑定屋『太陽の風』にも、フクロウがとまっていた。窓から中を覗《のぞ》けば、父さんと母さんは一階の店舗部分で身を寄せ合い、じっと息を潜めている。いつまで経《た》っても騒ぎが収まる気配はなく、それどころかますます激化しているように思えた。

二人を守るように冥王イージェスが、店の入り口前に直立している。厳しい表情を崩さぬまま、その隻眼をドアの向こうへ向けていた。次元を貫く魔槍を操る彼ならば、ミッドヘイズの状況も大凡《おおよそ》把握できたことだろう。

「――やはり、神族どもが、街へ入ってきた様子……」

イージェスが呟《つぶや》く。すると、後ろにいた父さんが言った。

「な、なあに、心配はいらねえよ。ミッドヘイズにはアノスの魔王軍がいるんだし、この家だって、あいつの結界があるからな」

「そ、そうよね……すぐに落ちつくわよね……」

母さんが言う。

「それより、アノスちゃんは大丈夫かしら？」

イージェスが僅かにその隻眼を丸くする。ミッドヘイズに敵兵が侵入してきたこの状況で、暴虐の魔王の身を案じているのだから、無理もないだろう。

「奥方様。ご安心を。たとえ、世界が滅びたとしても、あなたのご子息は生存するというものよ」

「……でも……」

「なにかご不安が？」

重たい表情で、母さんはうなずく。

「アノスちゃんはね、世界より後に、滅びるような子じゃないわ……きっと、世界が滅びるぐらいなら、自分の身を盾にすると思うの。優しい子だから……」

その言葉に、イージェスは一瞬押し黙る。

「……撤回しよう」

表情を和らげ、冥王は言い直した。

「魔王はあなたを悲しませるようなことはしないかと。あの男ならば、世界を守り、己の身を守り、なに食わぬ顔でこの街へ戻って来るというもの」

母さんを安心させるように冥王は言う。

「ゆえに、あなたは生き延びることだけを案じるように」

「……そう、よね。アノスちゃんが必死に頑張ってるんだから、笑顔でお迎えしてあげなきゃいけないもんね」

首肯して、再び冥王はドアの向こうへ魔眼《めめ》を向けた。

「……しかし、雑兵ばかりが派手に騒ぎ立てるとは妙なことよ。神族どものこの動き……狙いはミッドヘイズ城？　いや、魔王学院か……？」

冥王は呟《つぶや》く。魔王学院の敷地《しきち》には現在、奪われたデルゾゲードの代わりに、レプリカの城が置いてある。城の真下、その大地にはかつて地上を四つに分けた《四界牆壁《ベノ・イエヴン》》を発動する術式が刻まれているのだ。

「それは、アノスの学友が狙いってことか？」

「いえ。それは定《さだ》かでは。ただ少なくとも、戦いに巻き込まれることは必至……」

厳しい面持ちで冥王は言う。向かっているのが深化神ディルフレッドだとすれば、生徒や教員たちに勝ち目はない。

次いで、イージェスは窓から、空へ視線を向ける。《終滅の日蝕《にっしょく》》は、七割ほどまで進んでいた。再び皆既日蝕《にっしょく》が起こるとき、エクエスはなにを仕掛けてくるのか。想像に難くはないだろう。

「師よ。提案が」

父さんが振り向く。

「魔王が作った地下街がある。そこへ避難するのがよろしいかと」

イージェスは、足元に魔法陣を描く。床が透けて、地下街への階段が見えた。

「お、おう。それなら、街の人たちも一緒につれていこう。俺がひとっ走り、呼んでくる」

父さんの言葉に、しかし冥王は首を左右に振った。

「恐らく、あなた方も狙われている。目立たぬ方が懸命かと」

母さんがきょとんとした表情を浮かべた。

「どうして、わたしたちを？」

「魔王は今、神界で奴《やつ》らの親玉と戦っている最中と思われる。あなた方を人質に取られれば、いかに魔王が優勢とて、敵の要求を飲まざるを得ないというもの」

二人は真剣な表情でイージェスの話に耳を傾ける。

「俺たちが捕まったら、あいつの足手まといになるってことか」

冥王は首肯した。

「ゆえに、先に避難を」

「わかった」

父さんが振り向けば、母さんも力強くうなずいた。深層森羅の影響で、未だ《転移《ガトム》》は使えない。イージェスの槍で次元を超えさせることはできるだろうが、本来、移動魔法ではない。父さんと母さんの体では耐えきれぬだろう。

地下街の階段へ、母さんが足を踏み出す。瞬間、イージェスが隻眼を険しくした。

「奥方様っ!!」

きらりと輝いたのは、神の矢だった。弓兵神アミシュウスの神弓から放たれたそれは、まっすぐ母さんの心臓を狙う。

イージェスは咄嗟《とっさ》に母さんの前へ出て、その身を盾にした。神の矢がイージェスの右胸を貫く。追撃とばかりに、階段から飛んできた無数の矢が冥王に襲いかかった。

「……笑止……！」

右胸に刺さった矢をつかみ、イージェスは思いきり引き抜く。溢《あふ》れ出《だ》した血が、真紅の槍に変わった。紅血魔槍《こうけつまそう》ディヒッドアテム。それを回転させては、放たれた無数の矢をイージェスはすべて弾《はじ》き返《かえ》した。

「紅血魔槍、秘奥《ひおう》が壱――」

イージェスが、静かに呟《つぶや》き、槍を突き出す。地下街にいるであろう神々は、その神体に穴を穿《うが》たれただろう。

「《次元衝《じげんしょう》》」

ディヒッドアテムが、魔力を放つ。イージェスの視線の先、遙《はる》か彼方《かなた》にいた弓兵神アミシュウス、そして術兵神ドルゾォークは自らの神体に空いた穴に吸い込まれ、消滅した。

「音を立てては、せっかくの隠蔽魔法も台無しよ」

《幻影擬態《ライネル》》と《秘匿魔力《ナジラ》》、それにより魔力と姿を隠蔽して、ここまで接近したのだろうが、幻名騎士団であったイージェスに見抜けぬはずもなかった。

「お怪我《けが》は？」

「……だ、大丈夫。イージェス君こそ、矢が刺さって……」

「なんの、これしきは傷の内に入らぬというものよ。多少血を流しているぐらいが調子がいい」

ディヒッドアテムを使うため、イージェスはあえてその身で矢を受けたにすぎぬ。支障はないだろう。問題は地下街だ。

「地下にも奴《やつ》らの手が及んでいる様子。こうなっては、ここで籠城《ろうじょう》するのが一番安全かと」

「……お、おう。そうか……」

戦う術を持たない父さんは、うなずくしかない。

「師よ。ご安心を。機会がなく、お伝え損ねていたが、余は二千年前、暴虐の魔王とともに戦った四邪王族が一人、冥王。鍛冶の腕はあなたに及ばぬが、槍の腕には自信がある」

すると、母さんが気がついたように言う。

「そういえば、アノスちゃんと昔話をしてたよね？　二千年前のキノコがどうのって……？」

イージェスはうなずく。

「奴《やつ》が帰ってくるまで、代わりにお二方の警護を」

そのとき、家の外からけたたましい音が鳴り響いた。結界が破れ、建物が崩れ落ちるような、そんな音である。

イージェスは、険しい視線を魔王学院の方角へ向けた。僅かにその瞳に、葛藤があった。父さんと母さんを、彼は守らなければならない。だが、それで果たして、ミッドヘイズはもつのか？　あるいはそんな疑念に駆られたのやもしれぬ。敵軍の撃退に勢力を傾けているため、ミッドヘイズ内の戦力は乏しい。エクエスは二人を守らせることで、冥王をここに釘《くぎ》付《づ》けにしているとも言える。

魔王の両親を人質に取ったとして、無意味である可能性も考慮しているだろう。狙う素振りを見せ、冥王という戦力を削《そ》ぐことができるならば、街を制圧しやすくなる。

「イージェス」

冥王が振り向けば、父さんがいつになく真剣な表情を浮かべていた。

「行ってこい」

「……は？」

突拍子もない発言に、冥王は怪訝《けげん》な顔をした。

「まだ日は浅いが、俺はお前の師匠だ。わかってるぞ。四邪王族っていうことは、お前には後三人仲間がいる。助けに行きたいんだろ？」

イージェスは無言だった。父さんがあまりに自信満々だったので、なんとも答えづらかったのだろう。

「……死んでも死なぬような奴《やつ》ばかりよ……。今、この街にいるとも……」

「それでもお前は、この街のために戦いたいんだろ？」

イージェスは真顔で、父さんを見た。

「……なぜ……？」

「顔を見りゃわかる。お前はさっきから、ずっと外を気にかけてる。いてもたってもいられないってな」

核心をつかれたか、イージェスが沈黙する。

「二千年前は、戦争ばっかりだったってな。お前はアノスと一緒に戦って、やっと平和な世の中を勝ち取ったんだろ。それを荒らすような奴《やつ》らを、許せないわな」

イージェスは幻名騎士団、最後の生き残りだ。彼らは戦乱の世にあってなお、人知れず、平和を願い、戦い続けてきた。ミッドヘイズの街中にまで侵攻されるこの事態を、黙って見過ごせるはずもない。

「俺たちは大丈夫だ。アノスからもらったこの剣もあるしな」

父さんは万雷剣《ばんらいけん》を取り出し、イージェスに見せる。母さんが隣に来て、優しく言った。

「それに、アノスちゃんのミッドヘイズがこんな状況だもの。イージェス君なら、きっと沢山の人を助けられるはずでしょ？」

「しかし、もしも、お二人が人質になれば……」

「イージェス。俺ぁな。戦う力はない」

朗らかに父さんは言う。

「でもな、こんなんでもあいつの父親だからよ。あいつが魔王になったときから、魔王だってわかったときから、覚悟はできてんだ」

ぐっと万雷剣の柄を握り締め、父さんは言った。

「子供の足は引っぱらねえ！　アノスの街を守ってやってくれ。いざとなったら、華々しい男の散り様って奴《やつ》を、見せてやるからさ。ははっ」

いつものように、父さんは冗談っぽく笑った。いつものように笑って、父さんは覚悟したのだ。人質になる前に、自ら命を絶つという覚悟を。母さんはそれに従うといったように、真剣な表情でうなずいた。

「行ってあげて。力はないけど、わたしたちも戦うわ。一緒に、この街を守って、みんなで笑ってアノスちゃんをお迎えしてあげよう！」

胸にこみ上げるものがあったと言わんばかりに、イージェスはぐっと息を呑《の》む。

「なあに、大丈夫だって。こう見えても、俺はかつて幻名騎士団《イシス》の団長、滅殺剣王《めつさつけんおう》ガーデラヒプトと呼ばれた男なんだぜ？」

冥王の背中を後押しするように、父さんはおどけて言った。

「……ええ、そうですね……」

イージェスはまっすぐ、ドアの方へ向かう。ディヒッドアテムの穂先が消え、一閃《いっせん》される。紅血魔槍、秘奥《ひおう》が肆《し》、《血界門《けっかいもん》》。流れ落ちるイージェスの血が、家を囲うように四つの血の門を作り出した。その扉がゆっくりと開く。鍛冶鑑定屋に足を踏み入れれば、彼方《かなた》へと飛ばされる次元結界だ。

「あなたこそは、幻名騎士団の団長《イシス》。力なくとも、その誇りはなによりも気高く」

イージェスはドアを開け、外へ出た。見送る父さんと母さんへ、冥王は振り向く。

「《血界門《けっかいもん》》の内側には並の神族とて入れません。矢も魔法も防ぎます。どうか、ここから出ませんように」

父さんと母さんはうなずく。

「帰ってきたら、秘伝を伝授してやるぞ」

「……よろしいのでしょうか、もう秘伝など……」

ちっちっちと父さんは指を横に振った。

「俺の秘伝はいくらでも増える」

「イージェス君の大好物のトマトジュースを沢山作って待ってるからね」

僅かに破顔し、イージェスはうなずいた。そうして、彼はその場に跪《ひざまず》く。

「団長《イシス》、奥方様。この街を、守って参ります」

颯爽《さっそう》と身を翻《ひるがえ》し、イージェスは槍を手に駆《か》け出した。背中から、「おうっ、行ってこいっ!」、

「気をつけてねっ！」という声が響く。自信に満ちた表情で、彼は走っていった。

§42.【強さと弱さ】

ミッドヘイズ市街地に駐屯する魔族の兵は、侵入してきた神の軍勢の対処に奔走していた。数はさほど多くないが、奴《やつ》らは《幻影擬態《ライネル》》と《秘匿魔力《ナジラ》》で姿を隠し、孤立している魔族を狙う。殺された兵は終焉神アナヘムの権能により、骸傀儡へと変わる。それを倒そうとする隙をつかれ、やはり姿が見えぬ神にやられてしまうのだ。

対抗するため、ガイラディーテから《聖刻十八星《レイアカネッツ》》で飛んできたアゼシオン兵は、大陸中から集う《聖域《アスク》》を使い、民家一つ一つに結界を張っていく。隠れている兵も、さすがにそこに触れれば判別がつく。力を持たない民たちを優先して守りつつも、侵入した神の兵の対処に追われた。

アハルトヘルンからは、遊戯精霊ポポロンが応援に来た。鬼ごっこや、じゃんけん、おままごとなどを一緒に遊んでくれる精霊である。彼らと遊ぶとき、ズルはできないという噂《うわさ》がある。ポポロンとかくれんぼを始めれば、《幻影擬態《ライネル》》と《秘匿魔力《ナジラ》》は無効化されるのだ。アハルトヘルンとアゼシオン、そしてミッドヘイズの兵たちの力により、戦う術を持たない民たちの被害はかろうじて押さえられている。だが、ミッドヘイズに侵入した神のうち、彼らにはどうしても止められぬ者がいた。

「螺旋穿《らせんうが》つは、深淵《しんえん》の棘《とげ》」

深化神ディルフレッドである。彼が一度《ひとたび》、その極小の棘《とげ》を放てば、魔族たちは為《な》す術《すべ》もなく崩れ落ちる。根源深くに突き刺さった深淵草棘が、体への魔力の供給を断っているのだ。三度刺されば、根源を瓦解《がかい》させる神の棘《とげ》。されど一撃のみとて放っておけば傷が広がり、命を落とすだろう。ディルフレッドはすでに魔王学院の結界を崩し、その門をくぐっていた。

周囲には彼と戦ったであろう教員や生徒ら、駆けつけた兵士たちが伏している。

深化神は敷地《しきち》の隅々に神眼《めを》向ける。深淵《しんえん》深くを覗《のぞ》く彼ならば、城の下に《四界牆壁《ベノ・イエヴン》》の魔法陣が刻まれているのがわかったことだろう。術者以外がそれに手を出すには、まずは城を破壊せねばならぬ。

「止まりなさいっ！」

声が響き、ディルフレッドは足を止めた。魔王学院の校舎部分、本棟の前に立ちはだかったのは耳の長い魔族の女。三回生を受け持つ教員メノウだった。

「それ以上は行かせないわ」

「否。貴君に私を停止させることは不可能だ」

ディルフレッドは深化《しんか》考杖《こうじょう》を傾ける。その先端はメノウではなく、学院の校舎へ向けられた。

「三つの棘《とげ》で、この校舎は崩壊する」

ボストゥムが魔法陣を描き、深淵草棘が放たれる。その棘《とげ》が城を貫いたかと思えば、ガラガラとけたたましい音を立てて、その一部が崩れた。

「《魔雷《デモンド》》！」

メノウが素早く魔法陣を描き、そこに魔力を振り絞った。雷鳴を轟《とどろ》かせながら魔なる雷がディルフレッドに直撃する。しかし、彼はまるで意に介さない。メノウの魔力ではディルフレッドの反魔法すら、傷つけることができなかった。

「深淵《しんえん》を覗《のぞ》くのだ、旅人よ。貴君に叶《かな》うのは逃走のみ」

再び、深化考杖から棘《とげ》が放たれる。メノウが反魔法を展開するも、それを難なく貫き、やはり校舎の一部が崩れ落ちた。

「その小さな手は深淵《しんえん》にいる私には到達できない」

再びボストゥムから、矮小《わいしょう》な棘《とげ》が放たれた。三つ目の棘《とげ》は、校舎を崩壊させる。止める術のないその深淵草棘に対して、メノウが取った手段は一つ。己の身を、いや、己の根源を盾にして、その棘《とげ》を受け止めた。

「……あっ……ぅ……！」

狙いが校舎であったとはいえ、深淵草棘が根源に突き刺されば無事ではすまない。メノウはがっくりとその場に膝をついた。

「問おう、螺旋《らせん》の旅人よ」

ディルフレッドはすぐに深淵草棘を放つことなく、メノウに話しかけた。

「戦闘すれば死滅する。逃走すれば、救済される。それが唯一深化への道。なにゆえ立ち向かう？」

「あなたはまっすぐここへ向かってきたわ」

「然り」

問答に応じるように、ディルフレッドは答えた。

「あの歯車の化け物の狙いは、ここにあるんでしょ。ここは暴虐の魔王の城だもの。アノス君が残したなにかを、あなたは狙っているはずだわ」

「然り。魔眼《めめ》は粗悪なれど、賢《さか》しい旅人よ。この城の下には、不適合者が世界を四つに隔てた壁、《四界牆壁《ベノ・イエヴン》》の魔法術式が刻まれている」

険しい視線で、メノウはディルフレッドを見た。彼が手の内を曝《さら》したことを訝《いぶか》しんでいるのだろう。

「その魔法陣の深淵《しんえん》を覗《のぞ》き、一部を書き換える。そこへ私の権能を追加するのだ。かつて平和をもたらした《四界牆壁《ベノ・イエヴン》》は此度《こたび》、貴君らを襲う絶望の壁へと深化する」

世界を四つに分けた壁、その全世界規模の《四界牆壁《ベノ・イエヴン》》を利用する、か。それらすべてが人々に牙を剝《む》くのならば、世界のどこにも逃げ場はなくなる。

「……あなたたちの目的はなに？」

少しでも時間を稼ぐようにメノウは問う。

「世界の意思に背く存在、世界の歯車を止める異物、不適合者の排除だ。滅ばぬ根源を持つあの男には、ただ一つの弱点が存在する」

一瞬、メノウは思考するように黙り、そして言った。

「……そうは思えないわ」

「否。不適合者は心が弱い。たとえ根源が滅ばずとも、心に傷はつく。世界の人々が自らの術式で滅びゆく様を目の当《ま》たり《あ》にすれば、無傷にもかかわらず、彼は傷を負う」

ディルフレッドは、その螺旋《らせん》の杖《つえ》で魔法陣を描く。

「それが不適合者の弱点だ」

強い視線を発し、メノウは言った。

「違うわ。それは彼の強さよ。他人の傷を自分のことのように受け止められるなんて、弱者にできることじゃない」

「深化は複雑怪奇なる螺旋《らせん》。ならば、強いがゆえに彼は弱い」

ディルフレッドの言葉と同時、深淵草棘が放たれた。メノウがそれを止めようとするが、しかし、根源に刺さった棘《とげ》がそれを許さない。もはや体が思うように動かせぬ彼女の脇をすり抜け、深淵草棘は直進した。

「――さっせるかよぉぉっ……がっ……！」

その場に飛び降りてきた黒服の生徒は自らの根源を盾にして、深淵草棘を受け止める。あっという間に魔力と意識を失い、男子生徒はその場に倒れた。ディルフレッドが再度、螺旋《らせん》の杖《つえ》で魔法陣を描く。

「残念だがよ」

次々と人影が校舎の窓から飛び降りてくる。白服と黒服の生徒たちが、その場に立ちはだかった。

「俺たちを全員倒さないと、この校舎は壊せないぜ」

「その棘《とげ》が狙ってるのは、ここだろ？」

「いくら俺らが雑魚《ざこ》でも、まっすぐ飛んでくる棘《とげ》を根源で受け止めるぐらいはわけねえ」

圧倒的なディルフレッドの力を目の当《ま》たり《あ》にし、校舎の中にいた者は殆《ほとん》どが退避した。そこに残っているのは、魔王学院一回生二組の生徒たちである。ディルフレッドの深淵草棘が狙う箇所が判明した今、彼らは校舎の盾になるように布陣した。

「問おう、旅人よ」

ディルフレッドは螺旋《らせん》の杖《つえ》から、深淵草棘を放つ。力の差は、絶大であった。一人ずつ順番とばかりに、生徒たちはその棘《とげ》を根源で受け、次々と倒れていく。

「滅びは恐怖か否《いな》か？」

「バッキャロオォォッ、魔王の方が一億万倍恐《こえ》ええんだよぉぉっ……!!」

棘《とげ》に撃たれ、叫んだラモンが地面に伏す。一秒毎《ごと》に、一人が倒れた。全員がその場に屈するのは時間の問題にすぎない。絶望的な状況にもかかわらず、しかし彼らは皆、その魔眼《めの》光を失っていない。なにかを狙っている。それに、ディルフレッドも気がついた様子だ。

「盾になる気のない者が存在する」

これまで建物に向けていたボストゥムを、ディルフレッドは一人の女生徒へ向けた。盟珠の指輪をつけた、ナーヤだった。

「貴君だ、召喚師の女。なにを召喚するつもりか？」

その問いとともに、深淵草棘がナーヤの根源に放たれた。ナーヤが切り札であることを悟られないよう、彼女のそばから離れていた生徒たちは反応することさえできない。容赦なく神の棘《とげ》は彼女へと迫る。

そのとき、クゥルルーと鳴き声が聞こえた。音の竜から実体へと変化したトモグイが、ナーヤの目の前に現れる。小さな竜は深淵草棘に突っ込むと、その身を今度は燃え盛る炎体と化した。魔導王《まどうおう》ボミラスを食らったトモグイは、その力を自らに取り込んでいたのだ。

「クゥル――」

ギャッ、と鳴き声が響く。深淵草棘は炎体すらも容易《たやす》く貫き、トモグイの根源に突き刺さった。小さな竜が、地面に落ちる。ナーヤは言った。

「《憑依召喚《アゼプト》》――」

ナーヤが盟珠の指輪に描いた魔法陣は四つ。同時に四体の神を召喚し、憑依《ひょうい》させるつもりだろう。一体ずつ喚《よ》べば、ディルフレッドに術式を破られる恐れがある。その隙を作らぬよう、魔力を練っていたのだ。

「――《融合神《ガラギナ》》！」

再生の番神ヌテラ・ド・ヒアナ。

空の番神レーズ・ナ・イール。

守護の番神ゼオ・ラ・オプト。

死の番神アトロ・ゼ・シスターヴァ。

自らの体を器として、その四神を注ぎ込《こ》み、水のように混ぜ合わせる。顕現し、憑依《ひょうい》するのは、燬死王が名づけた融合神《ゆうごうしん》ガラギナ。

「螺旋穿《らせんうが》つは、深淵《しんえん》の棘《とげ》」

放たれた深化神の深淵草棘に対し、ナーヤは《知識の杖《つえ》》を向け、言った。

「《重渦《ベイド》》」

空間が捻《ねじ》れ、渦を巻く。深淵草棘はその中に飲まれ、圧《お》し潰された。

「重力の渦……重神《じゅうしん》ガロムの権能に類似しているが、ガロムの重さに渦は発生しない」

《深奥の神眼《しんおうのしんがん》》にて、ディルフレッドはナーヤの深淵《しんえん》を覗《のぞ》く。

「《融合神《ガラギナ》》。貴君の力は、どちらかと言えばエクエスに近い」

ディルフレッドが校舎めがけ、棘《とげ》を放つ。すぐさま、ナーヤは《重渦《ベイド》》でそれを圧《お》し潰した。

「よって、ここで抹消される」

「……させませんっ！」

ナーヤが大きな《重渦《ベイド》》を、ディルフレッドの体に出現させた。空間が捻《ねじ》れていき、重さを伴う渦がその神体を圧《お》し潰していく。だが、奴《やつ》は動じず、螺旋《らせん》の杖《つえ》を前へ突き出した。その先端が《重渦《ベイド》》の急所を穿《うが》ち、重力の渦は霧散する。

「要《かなめ》を穿孔《せんこう》すらば、いかなる魔法も瓦解《がかい》する」

深化考杖ボストゥムが、長い針のように変化する。それをまっすぐナーヤへ向けながら、ディルフレッドは前進していく。彼女は《知識の杖《つえ》》を手に、ぐっと身構える。カタカタ、と意匠のドクロが顎を揺らし、言葉を発す。

『来るぞ、来るぞ。全身全霊で、食らいつきたまえ』

「貴君の《憑依召喚《アゼプト》》も、また魔法だ。それにはやはり、要が存在する」

まっすぐ向かってくるディルフレッドに対して、魔王学院の生徒たちは一歩も動くことができなかった。彼らはいつ校舎に放たれるかわからない深淵草棘を警戒するだけで精一杯。深化神を相手に、ぎりぎり食い下がれるのは融合神を憑依《ひょうい》させたナーヤのみである。

迎え撃つように大きく一歩を刻み、彼女は《重渦《ベイド》》を纏《まと》わせた杖《つえ》を思いきり振り下ろす。

「――えいっ!!」

それはいとも容易《たやす》く打ち払われる。構わず二撃、三撃と杖《つえ》を振るう毎《ごと》に、なぜかナーヤの体勢が不利になっていく。まるで杖術《じようじゆつ》で行うチェスのように、必然性を持ってナーヤは追い詰められる。その手から《知識の杖《つえ》》がこぼれ落ち、深化考杖ボストゥムがナーヤの体に突き刺さっていた。

「その魔眼《め》では、勝利は皆無だ」

カタカタと音が響いた。まるで笑うかのように、《知識の杖《つえ》》のドクロが揺れていた。杖《つえ》に貫かれ、《憑依召喚《アゼプト》》が瓦解《がかい》しようとする中、ナーヤは声を上げた。

「《憑依召喚《アゼプト》》・《飽食竜《トモグイ》》！」

地面に倒れていた小さな竜が光に包まれ、すうっとナーヤに憑依《ひようい》する。貫かれた体に更に杖《つえ》を押し込むように一歩を踏み込み、彼女は深化神の肩をつかむ。開けた口からは竜の牙が覗《のぞ》いた。

『《融合神《ガラギナ》》を憑依《ひようい》させた術者は神も同然。すなわち――』

《知識の杖《つえ》》が言う。

『カーカッカッカッ！　トモグイ、トモグイ、トモグイだぁっ!!』

「はいっ、杖《つえ》先生っ！」

ナーヤが、深化神の首筋に牙を突き立てた――

§43.【熾死王の教え子】

深化神ディルフレッドの首から、血が滴《したた》る。トモグイを憑依《ひょうい》させ、彼に食らいついたナーヤは、その魔力を、深化神の秩序を己の器に取り込んでいく。

「貴君と貴君の召喚竜は、興趣《きょうしゅ》が尽きない」

神の力を奪われながらも、しかし、ディルフレッドはその神眼《め》にて、冷静にナーヤの深淵《しんえん》を見据えていた。

「神を食らい、秩序を食《く》らう力。小さき竜は、覇竜を食したか」

地面に転がった《知識の杖《つえ》》が、カタカタとドクロの顎を震わせた。

『その通り。聞くところによれば、そう、なんでも彼女の担任がだ！　たまたまガデイシオラに行く機会があったそうでな。覇竜の一部をトモグイの手土産にしたらしいではないかっ！』

恐らくは、ボミラスと戦った後のことだろう。トモグイは元々、竜を食す竜。食らった竜の力を自らのものにできる。魔族であるボミラスを食《く》らうことができたのは、それまでに何匹かの竜を食べていたからだ。竜は魔族や竜人を食べる。その力を得て、トモグイは魔族を食せるようになった。

それを知ったエールドメードは密《ひそ》かに入手していた覇竜を与えた。トモグイは覇竜が有していた神を食《く》らう力を得たというわけだ。

「成る程。簒奪《さんだつ》者エールドメードの玩具か」

静かにディルフレッドは深化考杖を引き、勢いよく突く。体を貫かれ、ナーヤの血が地面にこぼれ落ちた。

「哀憐《あいれん》に値する」

まっすぐ《憑依召喚《アゼプト》》の術式を狙い、引いた深化考杖が再び突き出される。ナーヤの腹が串刺しにされ、血がどっと溢《あふ》れ出《だ》す。だが、彼女の牙は消えず、未だ深化神に食らいついている。

《思念通信《リークス》》にて、彼女は言った。

『……その杖《つえ》は、ただ鋭く細い棘《とげ》……。術式や建物、根源を瓦解《がかい》させる要を見ているのは、あなたの神眼《めめ》。だけど、今は、私にもその神眼《め》があります……』

ナーヤの片眼《かため》が深藍に輝いていた。ディルフレッドの秩序を食らったことで、僅かだが《深奥の神眼》を発現しているのだ。万物の深淵《しんえん》を覗《のぞ》き、その要をディルフレッドは狙う。だが、今のナーヤにも、ディルフレッドの狙いは見える。多少なりとも、それを反らせるのならば、深化考杖の真価は発揮できない。

「然り。ゆえに深淵《しんえん》が拝観できたはず」

ぐっとディルフレッドは、ボストゥムをナーヤの体に押し込む。

「貴君の器は確かに巨大だ。だが、樹理四神たる私を食《く》らうには空白が足りない」

彼女は腹を貫かれながらも、引き剝がされないように、必死にディルフレッドにしがみつき、首筋に食らいつく。己の器に満ちた融合神ガラギナ、飽食竜トモグイ、そして深化神ディルフレッドの力をナーヤは総動員させている。ここで距離を離されれば、もう後はない。

「闘争にすら至らない。このまま私を食らい続ければ、貴君は内側から破滅する。されど、食《く》らうのをやめれば、その時点で貴君は死滅する」

生真面目な顔で思索にふけりながらも、ディルフレッドは言う。

「問おう、迷える旅人よ。私の神眼《め》で、貴君はなにを拝観している？」

一瞬の沈黙、ナーヤは答えた。

『……難しいことは、わかりません……大きなことは、私にはできません……』

ディルフレッドとは真逆、死にものぐるいの表情でナーヤは答える。

『一秒でも長く、私は、私が学んだ学校を守りたい！　先生と学友たちを守りたい！　ここは、私が、初めて自信を持てた大切な場所だから』

「時を稼いでいるか」

ナーヤの思惑を看破したように、深化神は言った。

「貴君が待っているのは、あの簒奪者《さんだつ》。燦死王エールドメードだな」

ナーヤは返事をしない。ディルフレッドは構わず続けた。

「ときに願望は、正しき神眼《め》をも狂わせる。《深奥の神眼》とて、それは同一だったか」

なにかを悟ったかのように、深化神は呟《つぶや》く。エクエスに操られながらも、彼の根幹がまだどこかに残っているように見えた。

「迷える旅人よ。彼の到着も、その救助もない。簒奪者《さんだつ》の目的は、暴虐の魔王へ大いなる試練を課すこと。今、世界の意思と戦う魔王は貴君らを助けることができない。ゆえに、この瞬間が、あの簒奪者《さんだつ》の望みが叶《かな》う絶好の機会なのだ」

ナーヤは答えず、ただ必死に食らいついている。

「理解に遠いか、旅人よ。神とディルヘイドのこの戦争、未だ戦局を五分とする。その力の天秤《てんびん》から、簒奪者《さんだつ》がいなくなれば、たちまち神の勝利は確実なものとなる。その状況を作り出すことができるならば、あの男は喜んで魔王に背信しよう」

『燦死王先生は、そんなことしませんっ！』

「否」

ナーヤの叫びを、ディルフレッドは一蹴する。

「貴君は、燦死王という男を誤解している。彼に優しさや情け、愛というものがあると思考することこそが、すなわち錯誤だ。彼にあるのは愉悦と狂乱。常識的に見える振る舞いは、道化を演じているだけのこと」

ナーヤはその《深奥の神眼》と自らの魔眼《めん》を怒りに染め、深化神を睨《にら》む。

『……それ以上、燦死王先生を侮辱しないでください……』

「憧憬は盲目に至る。たとえ、私の神眼《め》を持とうと、深き思考が得られないなら、深淵《しんえん》はほど遠きかな」

ディルフレッドは杖《つえ》をナーヤから抜き、地面に刺した。まるで戦いを放棄したかのように。驚いたような素振りを見せるナーヤに、ディルフレッドは語りかける。

「貴君を瓦解《がかい》させるのは刃ではなく、言葉だ。それはときに、なによりも鋭い棘《とげ》へ変貌する」

武器を捨てた。それはナーヤにとっては有利な状況のはずだった。待てば助けが来る。時間を稼げば、燦死王が救出にやってくる。元より勝てなくともよかったのだ。少しでも、深化神に食い下がることができさえすれば。

けれども今、彼女の表情には、不安が見え始めていた。

「熾死王はここへ到達しない。どれだけ待とうとも。ゆえに私は杖《つえ》を捨てた。貴君も、その不安を薄々と思考したはずだ」

『いいえ……私は……』

「否。貴君はこれまで、目を背けてきた。熾死王の実態から。彼は貴君を興趣に尽きぬ玩具としか見ていない。それは言葉の端々に、行動の隅々に現れていたと推測される。貴君は熾死王を、自らを導いてくれる憧憬の教師と理解することで気がつかないフリをした」

心の内側へ、棘《とげ》を突き刺すように、ディルフレッドは言う。

「それは己を守るための防衛本能だ。力がなければ捨てられる。興味が尽きれば背を向けられる。そう思考したならば、心ある者は不安で夜も睡眠できない。ゆえに己を騙《だま》し、誤解し、現実から目を背ける。彼は優しき理想の教師、と」

言葉を返せないナーヤへ、ディルフレッドは淡々と告げる。

「強者に理想を押しつけ、現実から目を逸《そ》らした。ここで諦観するがいい、旅すら叶《かな》わぬ弱き者よ。たとえ世界を救おうと、貴君を救済した教師は、二度と姿を見せることはない。初めから、貴君を救済しようなどという気はあの男にはなかったのだ」

『…………先生は……必ず……』

「来るのならばとっくに来ている。貴君はそれを理解している。見えぬはずがない。思考が及ばぬはずがない。ただその眼《め》を背けただけだ」

ナーヤの手から、ほんの僅かに、力が抜ける。その心の綻びを、ディルフレッドは見逃さなかった。

「彼は、その歪《ゆが》んだ心にて、ただ魔王の敵を求めた狂人だ。教師である姿は、貴君の歪《ゆが》んだ目が見た、一つの偶像にすぎない」

『正しいではないか、正しいではないか』

《知識の杖《つえ》》が、カタカタと笑う。その声に、ナーヤはびくっと震えた。

『熾死王は来ない。魔王を裏切ったあの男は契約に背き、無残に死に果てるだろう』

『……嘘《うそ》です……そんな……！』

カカカカ、杖《つえ》のドクロが顎を揺らす。

『だが、いい！　それでいい！　それがいいのだ！　祖国を蹂躙《じゅうりん》され、無残なる滅びを突きつけられ、暴虐の魔王は、そう、かつてないほどの進化を遂げる！』

カッカッカ、カーッカッカッカッカーと《知識の杖《つえ》》が笑う。

ナーヤの表情に、暗い影が落ちた。

『深化神。そして、世界の意思エクエスよ。オマエたちは、恐るべきものを見ることになる。守るべきものを守れなかった魔王の怒りは、さてさて、どれほど恐ろしいのやら？』

愉快千万といった調子でその杖《つえ》は言った。

『そう！　覚醒だ、覚醒、怒りの大覚醒だぁぁぁーっ！！！』

「……覚醒なんか……アノス様に必要ありませんっ……！　どうしてそれで先生が犠牲にならなきゃ――」

ナーヤが叫び、深化神に食い込んだ牙の力が、一瞬弱まる。その隙を見逃さず、ディルフレッドは彼女の顔面をつかみ、引き剝がした。咄嗟《とっさ》にナーヤは、ディルフレッドの腕をつかむ。

「否。犠牲ではない。貴君は理解したがゆえに叫んだ。つまり、諦観した」

言葉の刺《とげ》に刺されるように、ナーヤの指の力がふっと抜けていく。

「貴君は恩師の浅い部分しか見ていなかった。ゆえにこの結末は、私の神眼《め》を得たからこそ。深淵《しんえん》を覗《のぞ》くには、貴君の心は弱すぎた」

戦意を保っていたその表情が、みるみる悲しみと諦めに変わっていく。次第に腕が下がっていき、やがてだらりと脱力した。

「ただ恩師に褒められたいがゆえ。その要《かなめ》に棘《とげ》を刺せば、貴君の戦いは瓦解《がかい》する」

ディルフレッドはナーヤの頭から手を放した。しかし、彼女は立ち向かおうとはせず、その場にがっくりと膝をついた。

「旅せよ、弱者。螺旋《らせん》の底は遙《はる》か遠《とお》い」

ナーヤの横を、ディルフレッドはすり抜ける。残った魔王学院の生徒が、そこに立ち塞がった。

「救助は来訪しない」

「うるせえよ……」

ナーヤの心が折れた今、勝ち目は皆無。にもかかわらず、黒服の生徒は吠《ほ》えた。

「おめえの言うことはよくわっかんねえけどよ。あ？　要はエールドメード先生が変態だっつう話だろ？　んなも――」

言葉を発しようとした生徒が、ばたりと崩れ落ちる。ディルフレッドが指先で魔法陣を描き、深淵草棘を射出したのだ。けれども、もう一人の黒服が大声で叫んだ。

「んなもん、俺たちはとっくに知ってんだよっ！　大体よ――」

叫ぶごとに、棘《とげ》は放たれ、一人ずつ生徒は数を減らしていく。

「小難しい理屈を並べてるけどよっ。あの正気の沙汰じゃねえ先生が、そんなもんで理解できるとは、これっぽっちも思えねえっ‼」

彼らは必死になって叫んだ。学友の心に深く刺さった棘《とげ》を、抜こうとでもするように。

「なあ、ナーヤッ！　諦めんなよっ！　どうせこんなディルヘイドの危機でも、興味深いものを見つけたとかいって寄り道してるだけだっ。そういう先生だぜ、あの人はっ！」

「諦観することだ、迷える旅人たちよ」

ディルフレッドが棘《とげ》を放つ。生徒の体はがくんと折れる。だが、心までは折れなかった。

「……諦観？　は？　そんなもんすると思ってんのか……？」

「あいにく俺たちゃ、頭がわりいっ！　どのぐらいかっていうと、転生した始祖を、偽物《にせもの》扱いするぐらいだ……！」

「だからよ、せいぜいつき合ってもらうぜ……。馬鹿な俺たちが諦めんのは、事実を目の当《ま》た《あ》りにしたときだけだっ！　ディルヘイドが滅びたときだけなんだよぉぉっ‼」

勇ましく叫んだ者から、深淵草棘を刺され、彼らは崩れ落ちる。それでも、その信念は崩れなかった。

「いくら強くて、賢くたってなぁっ！　お前の力には尊さがねえ‼」

「俺たちは暴虐の魔王、アノス・ヴォルディゴードの血を受け継ぐ皇族だぜ。下賤《げせん》な神なんかが、いくら強くたって、屈するとと思ってんのかぁぁっ!!」

魔力が瓦解《がかい》し、倒れる体を地面に打ちつけながらも、彼らは最後の瞬間まで、声の限りを振り絞った。暴虐の魔王の血を引く皇族として、その誇りをもって、学友であるナーヤに、エールを送り続ける。

その声はついに届かず、最後の一人がその場に崩れ落ちた。

「貴君らの師は来なかった。彼は教師を演じていただけだ」

「……教師だって、完璧じゃないわ……」

声が響いた。根源に棘《とげ》を撃ち込まれ、最早《もはや》、立ち上がることもできないメノウが、けれども言葉を投げかける。

「足りないものは沢山あるし、生徒の期待に応えられないこともある。でもね、ナーヤさん。私たちだって、成長する。生徒に教えられて、一緒に成長していくのが教師だわ。だから、彼が教鞭《きょうべん》を執っている間、あなたが与えたものだって、少なからずあったは――」

ディルフレッドが放った深淵草棘に撃たれ、メノウは意識を失った。

「希望はときに残酷だ」

深化神は振り向いた。彼の視界でナーヤが動いていた。

「迷える旅人よ。なにゆえに、再び立つ？」

「……そうだ……アノス様が言ってた……死にものぐるいでついていけって……恩を受けたら、成長でそれに報いてやれって……」

まるでなにかに取り憑《つ》かれたように、彼女は言葉をこぼしていた。

「……私が、成長すればいいんだ……」

彼女がつかんでいるのは、地面に突き刺さった深化考杖ボストゥム。その権能の塊である杖《つえ》に、牙を突き立て、ナーヤは食らった。深化神の秩序が荒れ狂い、ナーヤの器を内側からズタズタに引き裂いていく。

「……私が、強くなって証明すれば……先生は戻ってくる……！　私が魔王の敵になるぐらい強くなれば……強くなればいいっ……！　熾死王先生はおかしなことをしなくて、ただ真面目に教師するのが近道だって気がつくんだ……！」

「……簒奪者《さんだつ》に感化され、すでに狂乱していたか……」

ディルフレッドがその神眼《め》を驚愕《きようがく》に染める。ナーヤは喉の奥を開き、一気にその杖《つえ》を、自らの体内に放り込んだのだ。

「……私が……報いてあげるんだ……！　先生は平和な時代に生まれなかった。だから、知らないんだ……先生の天職は教師だって……私が教えてあげれば……っ！」

「否。貴君の器は崩壊する。深化考杖が有する秩序には耐えきれまい」

内側から割かれるように、ナーヤの全身に無数の切り傷が走った。膨張する魔力が、彼女の体を粉々に引き裂こうとしている。

「……大丈夫……できる……大丈夫……私は、熾死王先生の教え子なんだ……先生なら、きっと言うはず……！」

無理矢理、ボストゥムの魔力を押さえつけるようにして彼女は叫んだ。

「胃は伸びるんだから、器も大きくなるってっっ！！！」

大量の血と魔力が、辺りに飛び散る。ナーヤの内側から、無数の棘《とげ》が体を突き破り、外へ溢《あふ》れ出《だ》した。それらは一箇所に集まり、螺旋《らせん》を描く杖《つえ》、深化考杖ボストゥムに戻った。

「……………あ……私、は……先生…………」

再びボストゥムに伸ばした手は届かず、空を切った。彼女はそのまま前のめりに倒れる。瓦《が》解《かい》するまでもなく《憑依召喚《アゼプト》》は解除され、最早《もはや》、立ち上がる力も残されてはいまい。

「これが回答だ」

深化神はボストゥムを手にして、その先端を校舎へ向ける。魔法陣が描かれ、深淵草棘が校舎へ射出された。外壁を貫き、柱を貫き、その要である固定魔法陣を貫く。三つ目の棘《とげ》により、その城は瓦解《がかい》する――そのはずだった。

深化神がその神眼《め》を校舎の内部へ向ける。ゆっくりと中から歩いてきた男がいた。カカカ、カッカカッカ、とさも愉快そうに声が響く。

その手にあった深淵草棘をその男が軽く指先で弾けば、棘《とげ》は瞬く間《またたま》にハトに変わった。空へ飛び上がったが、ある程度の高さまで行くと、樹冠天球の影響を受け、真っ逆さまに落下した。

男の足元に落ちたハトは、ボンッと煙に変わった。すると、煙からナーヤが姿を現し、先程までいたナーヤの位置にハトが倒れていた。

「いやいや、まったくまったく、傑作ではないか！」

拍手をしながら言い、男はニヤリと笑みを覗《のぞ》かせる。

「胃は伸びるから、器も大きくなる？」

くつくつと腹の底から笑声をこぼしながら、再び男は言う。

「胃は伸びるから、器も大きくなる？」

カカカカ、と笑い飛ばすようにして、男は魔法陣から抜いた杖《つえ》をつく。

「胃は伸びるから、器も大きくなるだとぉおっ⁉」

三度同じ言葉を繰り返し、シルクハットを被《かぶ》った男はさも可笑《おか》しそうに首を左右に振った。

「いいや、言わぬな。オレはそんなことは言わぬぞ、居残り。そんな馬鹿げた、奇天烈《きてれつ》にもほどがあることを、いやいや思いつかないなぁ」

ダンッと杖《つえ》を地面につき、燼死王エールドメードは愉快そうな笑みを覗《のぞ》かせた。

「思いつかなかったではないかっ‼　面白い。オマエの胃がどこまで伸びるのか、いや、試してみなければなぁ。それは実にいい考えだ」

「背信はやめたか、簒奪者《さんだつしゃ》。気まぐれなことだ」

深化神の言葉に対して、エールドメードはおどけるように肩をすくめた。

「カカカッ。エクエス程度の敵で、オレが裏切るに値すると思ったかね？　少々、持病の呼吸困難に苛《さいな》まれ、駆けつけるのが遅れただけではないか」

「……先生……」

弱々しく、ナーヤが燼死王の足に手を触れる。

「……助けにきて……くれたんですね……」

「さてさて、こんなとき、なんと言ったものか？　魔王ならば、気の利《き》いた台詞《せりふ》の一つや二つ、咄嗟《とっさ》に出てくるものだが、何分、教師失格の狂人の身ではな。まあ、ともかくだ」

杖《つえ》の先端をディルフレッドへ向け、燼死王はいつもの如《ごと》く人を食った笑みを浮かべる。

「今日は神の倒し方を教えてやろう、居残り」

§44. 【魔の王族に名を連ねる者】

ディルフレッドは黙したまま、深藍に染まった神眼《め》を熾死王に向ける。策を巡らし、敵の裏をかくことを得意とするエールドメードの深淵《しんえん》を暴き、丸裸にしようとでもいうように、ひたすら《深奥の神眼》にて凝視していた。

熾死王もまた動かず、地面に杖《つえ》をついたまま、人を食ったような魔眼《め》で、深化神をただ見返している。

「問おう、簒奪者《さんだつ》」

生真面目な口調で、深化神が言う。

「魔王が貴君に課した契約の枷《かせ》、私の神眼《め》と杖《つえ》をもってすれば、外すことが可能だ。ならば真に魔王の敵として、貴君はディルヘイドへの背信を望むか？」

「カカカ、代わりにエクエスに与《くみ》しろとでも言うのかね？」

「然り。貴君はノウスガリアよりも、その天父神《てんぷしん》の権能を綾《あや》なすことが可能だ。エクエスにつくのならば、かつてないほど巨大な魔王の敵が誕生する。それは貴君の願望ではないか？」

コツコツ、と地面を杖《つえ》で叩《たた》き、エールドメードは愉快そうに笑う。

「ここにきて、ヘッドハンティングとは！　世界の意思も肝がすわっているではないか。しかし、愛するディルヘイドと大切な生徒を引き換えにしてまで、魔王の敵となることが大事かと言うと、いやいや、そんな大胆不敵な真似《まね》が、小心者のオレにできるものかどうか？　考えただけでも、呼吸困難になってしまいそうではないか」

わざとらしく首元に手をやり、エールドメードは呼吸困難に陥ったフリをする。

「ならば、更なる問いを与えよう。適合者とは、どう定義する？」

エールドメードがピタリと動きを止めた。手を下ろし、彼は答える。

「さてさて、情報があまりに少ない。秩序に背く暴虐の魔王が不適合者というのならば、秩序に迎合するのが適合者のはずだが――」

燬死王は杖《つえ》の先端をディルフレッドへ向けた。

「――それでは、オマエたち神族と代わりあるまい」

「魔王の敵となるならば、燬死王。貴君を適合者に昇華させよう」

その言葉を受け、エールドメードは口元を吊《つ》り上《あ》げる。

「天父神の力を簒奪《さんだつ》した貴君は、その資格を有している」

「カカカカッ、それはエクエスの命《めい》か？」

「然り」

「面白いではないか！」

深化神は深化考杖を、エールドメードへ向ける。その螺旋《らせん》が、魔法陣を描いた。

「賛同という意味で、よろしいか？」

エールドメードがうなずけば、課せられた《契約《ゼクト》》へ深淵草棘を打ち込み、魔法契約を瓦解《がかい》させるということだろう。明確な背信の意志を示せば、その時点で熾死王は滅ぶはずだが、深化神はそれを防ぐ手段を持っているということか。

「まあ、待て。一つ懸念《けねん》がある」

指を一本立て、ニヤリ、と熾死王は笑った。

「拝聴しよう」

「このオレがエクエスに与《くみ》するのはなかなか悪くない考えだ。悪くはない、そう悪くはないのだが、しかし、どうも一つ決め手にかけると思わないかね？」

「なにを所望か？」

なに食わぬ顔で、熾死王は言った。

「エクエスが、この熾死王の下僕になった方がいいのではないか？」

ディルフレッドの生真面目な顔が一瞬固まった。

「決裂という意味で、よろしいか？」

「カカカ、そんな回りくどい断り方をすると思ったかね？」

当たり前のように言った熾死王に、ディルフレッドは怪訝《けげん》そうに神眼《め]》を向けた。

「考えてもみたまえ。秩序という名の歯車、複数の神の集合体、確かにエクエスは強力だ。しかし、秩序に従う以上、自《おの》ずと限界が存在する。この熾死王ならば、その枠組みの外へ出し、更なる力を与えてやることができるぞ？」

「然り。そして否だ。貴君の考えを実行すれば、エクエスは世界の意思ではなく、秩序の枠から外れた存在となる」

「そう、そうそう、そうだ！　なんの不都合もあるまい？　不適合者の敵には、より強力な不適合者が望ましいではないかっ！」

「不適合者を消すために不適合者を生み出すのは愚者の行為だ」

カッカッカ、とエールドメードは笑い飛ばした。

「賢《さか》しい者が奴《やつ》の敵になれるものかね？　ん？　常識で立ち向かっては、あの常軌を逸した存在の歯牙《しが》にもかからんではないかっ！　異常と狂気と愚考こそ、彼に対抗すべき唯一の道。ならば、狂え。つまらん秩序など今すぐ捨ててしまえっ！　世界の意思が、その意思を捨ててようやく手が届く頂《いただき》、いいか、それこそが――」

大きく跳躍して、ダンッと地面を踏みならし、エールドメードは両手を掲げる。浮いたシルクハットからは、無駄な紙吹雪とリボンが舞い、無意味な光が溢《あふ》れかえった。

「――暴虐の魔王、アノス・ヴォルディゴードだ！」

口を真一文字に閉じ、深藍に染まった神眼《め》にて、ディルフレッドは燬死王を見据える。ストン、とシルクハットが奴《やつ》の頭に落ちた。

「是非とも手を組もうではないか、エクエス。生ぬるいオマエを真の化け物にしてやる」

「どうやら貴君に交渉を持ちかけた、私の神眼《め》が誤っていたようだ。狂った心に、論理は通じない」

一転して、エールドメードは鋭い視線を放つ。

「オマエの神眼《め》が誤っていた？　カカカ、誤るものかね、深化神。どの神よりも、深く深淵《しんえん》を覗《のぞ》くその神眼《め》は、しかし、心を見抜くには少々杓子《しゃくし》定規《じょうぎ》がすぎる。いやいや、そんなことは元より、オマエの思考の内だ。つまり――」

エールドメードの側面に、いつの間にか水溜《みずた》まりができていた。水飛沫《みずしぶき》が弾《はじ》け飛ぶ。そこから、勢いよく突き出されたのは水の槍。矢の如《ごと》く迫ったそれを、熾死王は身を捻《ひね》ってかわす。

「問答しながらも、援軍を待っていたというわけだ」

ディルフレッドが深化考杖を傾け、熾死王の根源を狙う。それを警戒した途端、避けた水の槍が、かくんと曲がり、彼の背中を貫く。

「……カ、ハッ……！」

血を溢《あふ》れさせながらも、胸から突き出たその穂先を、エールドメードはわしづかみにした。

「天に唾を吐く愚か者よ。秩序に背いた罰を受けろ。神の姿を仰ぎ見よ」

奇跡を起こす神の言葉が、エールドメードの口からこぼれる。その体が光に包まれ、瞬《またた》く間に変化していく。髪は黄金に煌《きら》めき、魔眼《めま》は燃えるように赤く、その背には魔力の粒子が集い、光の翼を象《かたど》った。

「姿を見せたまえ、水葬神《すいそうしん》。オマエには神剣ロードユイエの審判を下そうではないか」

熾死王の手から黄金の炎が噴出し、神の剣へと変わった。射出されたロードユイエは勢いよく、水溜《みずた》まりに突き刺さる。激しい噴水が立ち上り、中から姿を現したのは水の体を持つ者。性別不祥の武人のような神は、かつて冥王イージェスと盟約を交わしていた水葬神アフラシアータだ。熾死王がつかんだ槍がどろりと液体に変化し、水葬神の手元に戻っていく。再び水の槍と化したそれを、アフラシアータは整然と構える。

「どこにも隙がないではないか！」

愉快そうに言って、エールドメードはシルクハットを手にする。

「《不揃意分身《バーラー・バラ》》」

ボンッとエールドメードが煙に包まれたかと思えば、姿が消えた。残ったのは宙に浮かぶシルクハット、それが回転しながら水平に移動していくと、手品のように二つ、三つと増えていく。合計九つに分裂したシルクハットから、再びボンッと煙が放たれ、そこに九人の熾死王が現れた。

「「「種も仕掛けもありはしない」」」

九人の熾死王が同時に言った。

「八人が偽者《にせもの》で、一人が本物。オマエの神眼《め》で正解を当ててみろ、深化神」

全員が黄金の炎を出し、神剣ロードユイエを手にした。

「ちなみに、オレが一番強いぞ？」

そう口にしたエールドメードの深淵《しんえん》を、ディルフレッドが覗《のぞ》く。確かに天父神の魔力が感じられただろう。エールドメードの根源も確かにそこにあった。だが、それは半分だけだ。ディルフレッドは隣にいたエールドメードへ素早く視線を移す。そいつからも天父神の魔力は感じられた。しかし、ひどく弱々しい。エールドメードの根源もあったが、しかし、二〇分の一ほどだ。

深化神の視線が険しくなり、その表情が強張《こわば》った。まともに考えるならば、全員が本物で、単純に自らの根源を分割している。それでは数が増えようとも弱くなるばかりで、なんの意味もない。手数は増えるが、魔力が弱まれば深化神の守りを貫くことはできぬ。むしろ、的が増え、倒されやすくなるだけだ。

だが、なんの意味もないと思わせ、虚を突くのが燼死王という男だ。ゆえに、深化神の思考は深く沈む。それさえ見越しているとしたら？　意味がないと思わせ、本当に意味のないことをしていることも考えられる。深化神は深淵《しんえん》を覗《のぞ》けるがゆえに、その思考は螺旋《らせん》の如《ごと》く、同じところをぐるぐると回ったことだろう。

「明快、明快、明快だ。オマエの神眼《めめ》は深く覗《のぞ》けるが、視野が狭い。ならば、浅く広く勝負といこうではないかっ！」

ディルフレッドが九人全員の深淵《しんえん》を覗《のぞ》く前に、エールドメードたちが動き出す。アフラシアータが水の槍で一人を串刺しにすると、ポンッと間抜けな音が響き、その神体が煙に包まれる。《煙似巻苦鳥《ボン・ポラボ》》によって、中から出てきたのはアヒルとハトだ。

ただのこけおどしの魔法。攻撃を防いだわけではなく、食らっていないように見せかけただけ。アヒルとハトに追撃をしかけながらも、もう一人のエールドメードを貫いた水葬神だったが、そいつも《煙似巻苦鳥《ボン・ポラボ》》でアヒルとハトに変わった。

ダメージは受けている。二対一で劣勢なのは燼死王の方だ。だが、深化神はますます思考にのめり込み、その神眼《め》を光らせた。

「カカカッ、どれだけ深淵《しんえん》を覗《のぞ》こうとも、底はないぞ？　浅く、薄っぺらく、空っぽの魔法だ。子供でさえも見抜ける《不揃意分身《バーラー・バラ》》と《煙似巻苦鳥《ボン・ポラボ》》はお気に召したか？　ん？」

アフラシアータが槍を突き出し、また二人のエールドメードがアヒルとハトに変わる。ディルフレッドは、半分の根源を持っているエールドメードからその神眼《め》を逸《そ》らさずにいた。なにかを狙っているのなら、魔力を残しているそいつが動くはずだと判断したのだろう。しかし、次の瞬間、その熾死王があろうことか、《不揃意分身《バーラー・バラ》》を使った。ただでさえ半分の根源を更に割り、エールドメードは再び分身した。

「「「種も仕掛けもありはしない」」」

煙とハトとアヒルと、分身。深淵《しんえん》の底を覗《のぞ》くまでもない薄っぺらい魔法が、深化神の前に突きつけられる。

「ちなみにオレが一番強いぞ？」

「貴君は道を惑わす、蜃気楼《しんきろう》。すなわち、空虚だ」

突如現れた透明な布が、エールドメードに巻きついた。それは蜘蛛《くも》の巣《す》のように広がり、アヒルやハト、分身したエールドメードすべてを絡《から》み取っていく。光が輝き、その場に、小さな無数の歯車が出現する。人型を象《かたど》ったそれは、裸体に布を巻きつけた淑女に変わった。

結界神《けつかいしん》リーノローロスである。

「浅きを深きと誤解させ、この神眼《め》を疲弊させるが目的なり。されど――」

再び光が瞬《また》き、小さな無数の歯車がディルフレッドの後ろに現れる。歯車は、巨大な目の形と化し、それが石像に変わった。魔眼神《まがんしん》ジャネルドフォックである。

「魔眼の神が広きを見つめる。貴君の魔法は浅いと見せかけ、真に浅きかな」

一番大きな根源を持ったエールドメードへ深化神はその杖《つえ》を向ける。

「カッカッカ、真に浅いと見せかけ、思ったよりも深いといったことも考えられるぞ？」

「否。広きも浅きも、貴君のすべては見えている」

ボストゥムが魔法陣を描く。

「無数に分割しようと要《かなめ》は一点。そこを穿《うが》てば、すべては瓦解《がかい》する」

神の杖《つえ》から深淵草棘が放たれた。

「螺旋《らせん》に迷え、簒奪者《さんだつ》」

リーノローロスの結界布に包まれたどのエールドメードも、根源を多数に分割しているために、抜け出るだけの力はない。まっすぐ深淵草棘はエールドメードに突き刺さった。致命傷かと思えるほどの、大量の血が溢《あふ》れ出《だ》す。しかし、奴《やつ》は笑っていた。

「紅血魔槍、秘奥《ひおう》が参《さん》――」

溢《あふ》れ出《だ》した血は、真紅の槍に変わる。熾死王の体内から突き出された十数本の紅血魔槍はぐんと伸び、ディルフレッドの肩と、リーノローロスの胸、そしてジャネルドフォックを貫く。

「《身中牙衝《しんちゅうがしょう》》」

暴れ狂うその槍は周囲の結界をズタズタに斬り裂き、エールドメードを解放した。

「相も変わらずの、博打《ばくち》好きよ。ディルヘイドの危機に、一か八かとは呆《あき》れる他ない」

次元を斬り裂くようにして、そこに姿を現したのは、槍を手にした隻眼の男、冥王イージェスである。熾死王の体内に深淵草棘が突き刺さり、根源の要に刺さる直前に、その紅血魔槍にて、棘《とげ》を次元の彼方《かなた》に消し去ったのだ。

「……仲間が来訪するのに賭けていたと？」

「カッカッカ、言ったではないか。種も仕掛けもありはしない、と。ただの時間稼ぎを、オマエはああだこうだと考えていたというわけだ」

ボンッ、ボンボンボンッと音を立てながら、分身したエールドメードが煙に変わっていく。シルクハットが一つ、宙を舞い、そこから紙吹雪とリボンが舞った。魔眼神がその魔眼《め》を光らせ、リーノローロスが結界布を伸ばした。

その布を冥王が槍で斬り裂いた瞬間、水葬神アフラシアータが水の槍を突き出す。紅血魔槍がそれを弾くも、水葬神の追撃でイージェスの手が塞がる。

「螺旋穿《らせんうが》つは、深淵《しんえん》の棘《とげ》」

分離したエールドメードの神体と根源が再び一つに統合される隙を狙い、寸分の狂いなく、神の棘《とげ》が放たれた。

しかし、立ち塞がるように、黒い靄《もや》がそこに漂っていた。

「……ぎ、ががが……ぎ……！」

身代わりになったかのように、棘《とげ》が貫いたのは、頭から六本の角を生やした男。詛王《そおう》カイヒラムである。

「……俺様に……身代わりをさせたな……熾死王。大戦のときから、これで何度目だと思っている？　いい加減、呪うぞ……」

「カカカ、進んで食らっておいて、恨み言か。見ないうちに、マゾヒストに並ぶ新たな性癖が追加されたのでないか、詛王」

《不揃意分身《バーラー・バラ》》の解除が完了し、一人に戻った熾死王が、魔法陣から杖《つえ》を抜く。

「来たまえ。犬ぅっ!!」

バシンッと杖《つえ》で地面を叩《たた》くと、「わおおぉぉおん」という遠吠《とおぼ》えとともに、ジェル状の体を持った一匹の犬が走ってきた。

「カッカッカ、祖国の危機だ。今日ぐらいは元の姿に戻してやろうではないか」

熾死王が指を鳴らせば、そこに大きな布が現れた。その犬をさっと布で覆い隠し、ぱっと再び姿をあらわにすれば、犬は人型になっていた。

派手な法衣と大きな帽子を被《かぶ》ったのっぺらぼうの男。緋碑王ギリシリスは、元の姿を取り戻すなり、目の前にいる深化神を睨《にら》む。

「深化神ディルフレッドねぇ。この吾輩《わがはい》をさしおいて、深淵《しんえん》を知ったような口を叩《たた》くとは、虫酸《むしず》が走るものだねぇ」

深化神はそれには応じず、四邪王族にその神眼《めＸＸ》を向けた。

「エクエスは数多《あまた》の神の集合体。空には《終滅の日蝕《にっしょく》》が瞬《またた》き、刻限となれば、地上を一掃する。時は幾許《いくばく》もなく、魔王は不在」

ディルフレッドは、彼らに問いを突きつける。

「問おう、旅人たちよ。なにを縁《よすが》に神々に立ち向かうか？」

カッカッカ、と熾死王エールドメードは笑った。冥王イージェスは油断なく魔槍を構え、詛王カイヒラムは呪うように魔弓に矢を番《つが》える。緋碑王ギリシリスは、その場に巨大な魔法陣を描いていく。

「フフフ、立ち向かうのはどっちなのかねぇ？」

「俺様になめた口を叩《たた》くな。呪うぞ」

「それは愚問というものよ」

「カカカ、いやいや、まあ、無理もないのではないか。なにせ、四邪王族は魔王に負けた。完膚無きまでの敗北だ。魔王と敵対している輩《やから》から見れば、格落ち、格下、雑兵同然。侮《あなど》られたとしても、不思議はない」

エールドメードはついた杖《つえ》に重心を預け、口元を歪《ゆが》ませた。

「とはいえだ。何分、記憶力に自信がないもので、万が一忘れていたら、教えてほしいものだが——さて？」

挑発するように顔を突き出し、熾死王は眉を上げる。冥王、詛王、緋碑王は魔眼《め》を光らせ、その場にいる四体の神を睨《にら》んだ。

「オマエらに負けたことがあったか？　ん？　秩序の下僕？」

§45. 【融合神域】

四邪王族が一斉に動き出す。

「深化神ディルフレッドとこの深淵王《しんえんおう》ギリシリス・デッロ。どちらが深淵《しんえん》に近き者か、確かめるとしようかねぇ」

ぐにゃりとジェル状の顔を歪《ゆが》ませながら、ギリシリスはまっすぐディルフレッドへ向かっていく。その全身を魔力が駆け巡り、魔法陣が描かれた。

「秩序魔法《輝光加速《ジオロイア》》ッ！」

・輝光神《きこうしん》ジオッセリアの秩序を操るその魔法により、ギリシリスはぐんと光速まで加速し、ディルフレッドへ突進した。しかし魔法発動前に術式を見抜き、ギリシリスの行動を読んだのか、深化神は螺旋《らせん》の杖《つえ》を目の前に突き出していた。

光速で走るということは、すなわち光速でその杖《つえ》が迫ってくることに等しい。身の丈を超える速度ゆえに、ギリシリスは突如現れた深化考杖を避けることができず、真正面から突っ込んでいく。

「がびょ――――！」

ジェル状の顔面に螺旋《らせん》の杖《つえ》が突き刺さり、弾《はじ》け飛ぶ。しかし、深化神は油断なく神眼《めを》凝らしたままだ。

「フフフッ」

間一髪、根源を突かれる前に光速の横っ飛びでギリシリスはそれを回避し、ぐるぐるとディルフレッドの周囲を回り始めた。速い。そして、動きがなめらかだ。以前にシンと戦ったときは《輝光加速《ジオロイア》》による光速戦闘に不慣れの様子だったが、今はそれに習熟したような身のこなしである。

「単純な理屈なのでねぇ。熾死王にはまんまと犬にされたが、吾輩《わがはい》は恥よりも実を取る方でねぇ。屈辱の日々さえも糧《かて》にし、また一つ深淵《しんえん》に近づいたのだよ」

ギリシリスの体型が、変わっていた。先程までと同様、犬の姿に。

「走るならば、二本足より四本足の方が適しているとねぇっ！」

獰猛《どうもう》な野犬の如《ごと》く、俊敏に駆け回りながら、ディルフレッドの喉を狙い、ギリシリスは牙を剝《む》く。

「ぎゃんっ……ぎゃっ……!!」

冥王イージェスと槍の鬩《せめ》ぎ合いを演じていた水葬神アフラシアータが、すれ違い様にギリシリスを叩《たた》き落《お》とした。

「余を前に、犬に気を払うとは愚かなことよ」

一瞬の隙。光よりも速く走ったイージェスの突きが、水葬神の水の槍をかいくぐり、その胸に穴を穿《うが》つ。

「紅血魔槍、秘奥《ひおう》が壱――」

重低音の呟《つぶや》きとともに、槍で穿《うが》った穴は魔力を帯びる。

「――《次元衝《じげんしょう》》」

その神体が、自らに空いた次元の穴に吸い込まれていく。しかしアフラシアータの体はすべて水。どれだけその水を吸い込もうと、水葬神の体積が減ることはなく、やがて、穴は埋まった。

瞬間――

「螺旋穿《らせんうが》つは、深淵《しんえん》の棘《とげ》」

螺旋《らせん》の杖《つえ》が魔法陣を描き、深淵草棘が転がっていたギリシリスへ向けられる。直後、ディルフレッドはくるりと杖《つえ》を回転させ、自らの後ろへ棘《とげ》を放つ。緋碑王が息を吹き返したかのように、猛然と走り始めた。深淵草棘を撃たれると判断した瞬間、光速で駆《か》け出したギリシリスは、ディルフレッドの後ろに回り込んだのだが、ちょうどそこに棘《とげ》が飛んできていた。

「フフフ――」

完全に避けたと思ったギリシリスにとっては、まさに意識の外からの攻撃。回避行動を取ることもないジェル状の犬へ、神の棘《とげ》が突き刺さろうとする――しかし、その寸前で曲がった。

「当たらないねぇ。その程度かね、深化神とやらは」

深淵草棘を逸《そ》らしたのはギリシリスではない。彼は未《いま》だに気がついていないのだ。狙いを外した深淵草棘は、まっすぐ詛王カイヒラムのもとへ引き寄せられていた。

「……が…………ぁぁ…………!!」

棘《とげ》がカイヒラムを貫き、その傷痕は黒い靄《もや》に変わる。

「俺様を傷つけたな、深化神」

呪詛《じゅそ》の言葉が、そこに渦巻く。《自傷呪縛《デグデド》》。魔力で受けた傷を媒介に、その魔力の持ち主を呪い、すべての魔法を自らに引き寄せる呪詛《じゅそ》魔法。

深淵草棘は要を貫けば強力だが、それ自体の殺傷力は高くない。本来の狙いを逸《そ》らす《自傷《デグ》呪縛《デド》》には相性が悪かった。とはいえ、その魔法で神族の権能まで引きつけられるのは、詛王ぐらいのものだろう。

「こちらの番だねぇ」

素早く犬の姿から人型にチェンジしたギリシリスは、秩序魔法《輝光閃弾《ジオッセロム》》を一〇本の指から放出していく。深化神を狙ったその光弾は、しかし結界神リーノローロスの布に阻《はば》まれる。同時にその結界布は四邪王族全員を狙い、蜘蛛《くも》の巣《す》のように広がった。獲物を絡《から》め取るように、透明な布が次々と襲いかかる。

「紅血魔槍、秘奥《ひおう》が弐――《次元閃《じげんせん》》」

紅《あか》き槍閃《そうせん》が走り、蜘蛛《くも》の巣《す》をバラバラに斬り裂いては時空に飲み込む。その隙に、アフラシアータの水の槍が迫ったが、カイヒラムの放った魔弓の矢がそれを呪い、撃ち落とす。

一度、二度、三度、高速で突き出される槍の穂先に、寸分の狂いもなく呪いの鏃《やじり》が衝突し、矢と槍が打ち合いを演じていた。仕切り直しとばかりに冥王は飛《と》び退《の》き、背後で棒立ちになっているエールドメードに言った。

「手札があるなら、出し惜しみせぬことよ。神族どものことだ。この四体で終わりとは限らん」

「カカカ、遊んでいるわけではないのだが、少々あの魔眼《め》が厄介でな」

神族たちの後方で待機している魔眼神を、エールドメードは杖《つえ》で指した。その石の巨眼は、白く光っている。

「天父神《オレ》の秩序に訊《き》いてみたところ、《暴爆《ぼうばく》の魔眼《まがん》》だそうだが、視野が広く、小細工と手品をよく見抜く。九つほど仕掛けてみたが――」

エールドメードが指を鳴らす。周囲に煙が上がり、九個のシルクハットが現れたが、ジャネルドフォックが視線を光らせた瞬間、それらは爆発した。魔法術式を暴走させ、爆破する魔眼である。

「ご覧の通りだ。以前相手にしたときは、主人があそこで逃げ回っている犬だったが」

ギリシリスは再び犬の姿になり、アフラシアアータ、リーノローロスの槍と布から必死に逃げ回っている。それを援護するよう、カイヒラムが矢を放っていた。

「深化神ディルフレッドは格が違う。深淵《しんえん》を覗《のぞ》く奴《やつ》の神眼《め》に加え、あの魔眼神がいては、番神を生む隙もないではないか」

「ならば、魔眼《め》を潰すまでのこと」

冥王は槍を中段に構え、ジャネルドフォックを隻眼で睨《にら》む。直後、リーノローロスの布は、ギリシリスをがんじがらめに縛り、間髪入れず水葬神の槍が体を串刺しにした。

「ぎゃっ……ぎゃん……！」

根源を貫かれ、ギリシリスは《根源再生《アグロネムト》》にて蘇《よみがえ》る。枯焉砂漠の影響は及んでいるものの、この場はまだ完全に掌握されてはいない。普通の魔族に回復魔法の行使は無理だろうが、四邪王族ならば使うこと自体は可能のようだ。だが、効果は減少しており、蘇《よみがえ》ったものの、ギリシリスには傷が残っている。結界布は依然として絡《から》みついたままだった。

「……おのれ……。汝《なんじ》らは吾輩《わがはい》にばかり戦わせて、恥ずかしくないのかねぇ……？」

「殺しても死なぬのが、そなたの持ち味。噛《か》ませ犬らしく、時間を稼ぐことよ、緋碑王」

イージェスは槍を突き出す。穂先が魔眼神の目《め》を穿《うが》てば、《次元衝》の穴ができる。直後、それが爆発を起こした。ジャネルドフォックの巨眼は僅かに傷ついたが、《次元衝》は消え去った。

「魔槍の秘奥《ひおう》さえも爆発させるとはやるものよ――」

そう言いながらも、まるで意に介さず、イージェスは槍を突く。穂先が無数に分裂して見えるほどの《次元衝》の連発で、ジャネルドフォックは爆発に飲まれていく。《暴爆の魔眼》で《次元衝》を爆発させてはいるものの、魔眼神自身もそれによるダメージは避けられない。速さと手数に任せ、押し切ろうというのだろう。

ますます速度を上げていく真紅の刺突は、刹那の間に巨眼に一〇〇の穴を穿《うが》つ。バラバラと崩れ落ちていく魔眼神が、一つでも《次元衝》を見逃せば、たちまち遥《はる》か次元の彼方《かなた》に突き飛ばせる。それは時間の問題にすぎなかった。

「水葬の準備は完了した」

ディルフレッドが言った。

見れば、ギリシリスに一三本の水の槍が突き刺さっている。根源は無事であるものの、奴《やつ》は死んでいた。《蘇生《インガル》》で蘇《よみがえ》ろうとしているが、蘇《よみがえ》るそばから殺されているようだ。

「――螺旋《らせん》の森を我は行く」

厳かに、ディルフレッドの声が響く。膨大な魔力が、その神体から発せられていた。

「追随せしは、三の神。開けぬ道へ導かれ、至るは深化、螺旋《らせん》の真中《まなか》」

《深奥の神眼》が深藍に輝き、奴《やつ》は仲間の神の深淵《しんえん》を覗《のぞ》いた。

「螺旋随行森羅森庭《らせんずいこうしんらしんてい》」

ボストゥムが、結界神、水葬神に螺旋《らせん》の魔法陣を描く。カイヒラムの《自傷呪縛《デグデド》》がそれを引きつけようとした瞬間、体内の魔法陣が砕け散り、呪いが解除された。

「……俺様の呪いを……」

先の深淵草棘だろう。そのときすでに、カイヒラムにはくさびが撃ち込まれていたのだ。それゆえ再び《自傷呪縛《デグデド》》が発動した瞬間、その棘《とげ》が自《おの》ずと術式に食い込み、魔法が瓦解《がかい》したのである。つまり、《自傷呪縛《デグデド》》によって深淵草棘が逸《そ》らされることさえ、ディルフレッドには計算尽くだったというわけだ。

だ。

『水葬湖沼《すいそうこしょう》』

神々《こうごう》しい光とともに魔王学院の敷地《しきち》に、別の風景が重なり始める。神域が具現化しているのだ。

それは、透明な湖沼《こしょう》だった。湖沼《こしょう》はみるみる具現化していき、入れ替わるように魔王学院はうっすらと消え去っていく。そして完全に消えたとき、四邪王族はその神域に移っていた。

水の高さは膝程まで。透き通ったその湖の下には夥《おびただ》しいほどの骸骨が水葬されている。

『結界布陣《けっかいふじん》』

更にもう一つの神域が具現化を始めた。空からは垂れ幕のように結界布が無数に下ろされ、その水葬の湖を囲い尽くした。構わず、先に魔眼神を仕留めようとしていたイージェスの槍が、透明な結界に阻《はば》まれ、弾《はじ》かれた。

「ちぃっ……！」

魔槍の猛攻から逃れた魔眼神ジャネルドフォックに、螺旋《らせん》の魔法陣が描かれる。

『俯瞰眼域《ふかんがんいき》』

垂れ下がった神の布に、無数の石の魔眼《め》が浮かぶ。それが開き、ぎろりと四邪王族全員を監視した。

水葬神、結界神、魔眼神、三つの神域を同時に具現化した融合神域。それぞれの秩序が反発することがないのは恐らく、深化神の権能、螺旋随行森羅森庭の力によるものなのだろう。三神は限りなく深化し、独力では到達できない領域に辿《たど》り着《つ》いている。その融合神域の力が厄介なのはさることながら、なにより問題なのはディルフレッドの姿が見当たらぬことだ。冥王、詛王、燬死王は素早く魔眼を巡らせ、奴《やつ》の姿がこの神域のどこにもないことを把握する。水葬神たちに時間を稼がせ、その間に魔王城を崩壊させるつもりだ。守る者がいなければ、十秒とかかるまい。

「飛べ！　イージェスッ、エールドメードッ！」

即座に詛王カイヒラムは、アフラシアータへ向かって走り出す。対して、水葬神アフラシアータはその槍の先を湖に浸した。激しい水音を立てて、噴水が立ち上る。水葬湖沼の水という水が槍に変わり、詛王カイヒラムの周囲を囲むように牢獄《ろうごく》と化した。傷つければどんな呪いが発動するかわからぬカイヒラムを封じるつもりだろう。

しかし――

「《犠牲蘇生《イグドウル》》」

魔法陣が描かれ、カイヒラムの全身が黒い靄《もや》に変わった。その直後だった。

「――フフフ、残念だったねぇ」

カイヒラムとは別の声が響く。詛王が変化した黒い靄《もや》が晴れると、そこには蘇生《そせい》されたギリシリスがいた。水葬神が視線を移せば、ギリシリスの身代わりとばかりに一三本の槍にカイヒラムが貫かれ、死んでいる。

他者の死を引き受け、自らが死ぬ代わりに相手を蘇生《そせい》する《犠牲蘇生《イグドウル》》。本来はさほど使い勝手がいいとは言えぬ魔法だが、敵の攻撃により呪いを発動するカイヒラムが使えば、無類の力を発揮する。

『俺様を殺したな、水葬神』

――殺したな、俺様を。

――俺様を殺したな。

――俺様を。

――殺したな、水葬神。

――俺様を。

不気味な怨嗟《えんさ》が、幾重にも重なり、繰り返し繰り返し響き渡る。詛王の遺体から、その根源から、呪いの魔力がどっと溢《あふ》れ出《だ》した。

『《死死怨恨詛殺呪泥城《ギヤギ・ギギヨル・ギガ》》』

カイヒラムの遺体から、禍々《まがまが》しき呪泥《じゅでい》が溢《あふ》れ、透明な水葬湖沼を呪いで汚染する。それは、結界神リーノローロスの神域が作り出す結界すら蝕《むしば》み、周囲を包囲する布が瞬《また》く間《ま》に呪いの泥へと変わっていく。

俯瞰眼域にあった半数の魔眼《め》は呪泥の術式を覗《のぞ》き、それを爆破する。だが、呪詛《じゅそ》を直視したことにより同時に呪われ、その石の瞳は次々と潰れた。

――許さぬ。

――この国を、滅ぼすなど。

――俺様の国を。

　――許さん。

　――壊せせ壊せ！


　呪泥は水葬神に勢いよく迫る。水葬神は飛《と》び退《の》いて泥を避け、水の牢獄《ろうごく》を破壊しようとしていたギリシリスを盾にするように位置取った。だが、泥は止まらない。水の牢獄《ろうごく》ごと、ギリシリスを飲み込んでいく。

「ぐ、おおぉぉおっ、詛王ッ！　吾輩《わがはい》を呪う気か。敵味方の区別もできんとは、使えん魔法なのだよっ……！」

　襲いかかってくる呪泥をアフラシアータは湖沼《こしょう》にある大量の水を槍に変え、迎え撃った。しかし、水の槍は悉《ことごと》く呪泥に侵され、泥へと変わる。泥の量はみるみるかさを増し、その場に呪いの城を構築していった。

「冥王」

　跳躍し、泥から身をかわしていた熾死王が、杖《つえ》で神域の空間を指す。許容量を超えたとばかりに、そこにヒビが入っていた。

「承知！」

　神域の急所であろうその箇所へ、イージェスが槍を向けた。

　紅血魔槍、秘《ひ》奥《おう》が弐――

「――《次元閃《じげんせん》》!!」

真紅の槍閃でヒビを斬り裂けば、虚空《こくう》に黒い穴が空く。《死死怨恨詛殺呪泥城《ギャギ・ギギョル・ギギガ》》の泥は、津波の如《ごと》くそこへ注ぎ込《こ》まれ、呪いに侵された融合神域がどろりと溶け落ちていく――

§46.【神はサイコロを振らない】

溢《あふ》れ出《だ》した大量の呪泥とともに、エールドメードたちは融合神域から脱出した。

直後、なにかが崩落したような音が耳を劈《つんざ》く。レプリカのデルゾゲード、その本棟が、ディルフレッドの深淵草棘により、瓦解《がかい》していた。数秒前まで建物の形をしていた瓦礫《がれき》の下には、世界を四つに分ける《四界牆壁《ベノ・イエヴン》》の魔法陣が浮かび上がっている。城という護《まも》りを失った今、深化神ならば、その術式を書き換えるのは容易《たやす》いだろう。奴《やつ》は螺旋《らせん》の杖《つえ》を、《四界牆壁《ベノ・イエヴン》》の術式へ向け、魔法陣を描いていた。

「ぬんっ！」

紅血魔槍ディヒッドアテムの穂先が消え、次元を超えて、深化考杖ボストゥムを弾く。水の槍が上空から降り注ぎ、イージェスはそれを飛《と》び退《の》いてかわす。水葬神アフラシアータが地面に着地する。

魔眼神ジャネルドフォック、結界神リーノローロスも神域から戻り、振り返った深化神ディルフレッドとともに冥王、熾死王を囲んだ。

「いかに強固な事物も、弱き急所が存在する。四邪王族たる貴君らの弱点は、緋碑王ギリシリス。その一点が崩壊すれば、たちまちに瓦解《がかい》する」

「そうかね？」

熾死王はニヤリと笑い、足元に漂う呪泥に杖《つえ》をつく。背後には《死死怨恨詛殺呪泥城《ギヤギ・ギギヨル・ギギガ》》により、泥の城が構築されていた。

「四邪王族に優劣はない。泥に飲まれ、神域に置き去りにされたと思ったかもしれないが、奴《やつ》はここにいるぞ？　その神眼《めがん》で、もっとよくこの泥の深淵《しんえん》を覗《のぞ》いてみるがいい。この熾死王にも、冥王にも、詛王にも、あの犬にどうしても劣る点がある。それは――」

杖《つえ》に魔力を込めながら、エールドメードは周囲に呪泥を撒《ま》き散《ち》らした。

「――犬死にの回数だ！」

泥を避けるように、ディルフレッドたちは退き、リーノローロスが布の結界を張り巡らせる。

深化神は《深奥の神眼》にてイージェスの深淵《しんえん》を覗《のぞ》き、ジャネルドフォックにエールドメードを見張らせた。

蒼《あお》と真紅の火花が弾《はじ》けた。アフラシアータの水の槍とイージェスの血の槍が、幾度となく鬩《せめ》ぎ合う。

「カカカ、どこを見ている、深化神？　呪泥の中で犬死にしたあの嚙《か》ませ犬が、実はまだ生きているということもあり得るぞ？　このオレがなにを企《たくら》んでいるのか、探らなくてもいいのか？　ん？」

エールドメードはまるで手品でもするかのような手つきで、指先から黄金の炎を放出し、数十本の神剣ロードユイエを宙に並べる。それが次々と射出されれば、魔眼神は《暴爆の魔眼》にて、その神剣を爆破する。天父神の権能であるその武器は折れることはないものの、勢いを殺され、地面に散らばった。

「《死死怨恨詛殺呪泥城《ギヤギ・ギギヨル・ギギガ》》の泥は、詛王カイヒラムが死と引き換えにした呪詛《じゅそ》の塊」

神眼を光らせながら、ディルフレッドは言う。

「自力では蘇生《そせい》も不可能なればこそ、あらゆるものを呪い、泥へと変える。その深淵《しんえん》を覗《のぞ》こうものなら、その魔眼《め》はたちまち呪いに浸食される」

その場に広がっていく呪泥に、深化神ディルフレッドは棘《とげ》を放つ。寸分違わず、泥の中にいる詛王の遺体を狙ったが、冥王は紅血魔槍にてそれを次元の彼方《かなた》へ弾《はじ》き飛《と》ばした。

「カカカ、そう言いながら、オマエは見ているではないか」

イージェスの隙をつき、アフラシアータの槍が彼の脇をすり抜け、燦死王を狙った。ロードユイエを手にし、奴《やつ》がそれを弾《はじ》き返《かえ》そうとした瞬間、かくんと水は上方へ曲がった。槍の先端が一〇に分裂し、その九つが燦死王の周囲に突き刺さる。

逃げ場を塞ぎ、遅れて真下に落ちた一本の穂先を、エールドメードは神剣にて迎え撃つ。瞬間、手の中が爆破され、ロードユイエは地面に落ちた。《暴爆の魔眼》だ。防ぐことも避けることもできぬ水の槍が、燦死王の脳天に突き刺さり、体を地面に縫い止めた。

「然り。私の神眼《め》は呪いの深淵《しんえん》すらも覗《のぞ》く」

水の槍が突き刺さったままの状態で、エールドメードはニヤリと笑った。

「逆に言えば、魔眼神は呪泥を見ることができないということだが、オマエの視野の狭さでは、オレのイカサマを見逃すのではないか？」

深化神にそう告げながらも、熾死王は杖《つえ》でジャネルドフォックを指す。

――壊せ壊せ壊せ。

――あの魔眼《め》を、壊せ。


カイヒラムの呪詛《じゅそ》とともに、その呪泥がドバッとかさを増し、魔眼神に襲いかかった。リーノローロスの結界布では押さえきれず、ジャネルドフォックは《魔雷《デモンド》》を放った。魔なる稲妻を、自ら《暴爆の魔眼》にて爆破し、魔眼神は泥を弾《はじ》き飛《と》ばしていく。しかし、直接《死死怨恨詛殺呪泥城《ギャギ・ギヤギヨル・ギギガ》》を見ることのできない魔眼神は、その魔眼《め》にて、泥を消し去ることはできない。周囲に撒き散らされた泥は、なおも魔眼神に迫る。ジャネルドフォックは、それを《魔雷《デモンド》》の爆破で退けるのが精一杯の様子だ。

「貴君の策謀は犬死にした緋碑王が生きていると錯誤させ、魔眼神の魔眼《め》を閉塞させること」

「――と、見せかけ、実は生きているという可能性も考えられる」

「然り。だが、それを確かめるために魔眼神を使い捨てれば、犬の生死にかかわらず、ペテンにかかった私の敗北だ」

ディルフレッドは螺旋《らせん》の杖《つえ》を呪泥へ向けた。魔法陣が描かれ、そこに深淵草棘が現れる。

「貴君を相手にするならば、思考によぎる思い込みと疑念こそが最大の敵。正攻法が定石だ」

ディルフレッドが神の棘《とげ》を射出する。

「秘奥《ひおう》が肆《し》」

熾死王がそう口にすると、冥王が即座に魔槍の秘奥《ひおう》を放った。

「――《血界門《けつかいもん》》」

イージェスの全身が斬り裂かれ、大量の血が飛び散る。ディルフレッド、アフラシアータに相対するよう二つの門が構築された。静かに、血の扉が開く。その門の内側は、足を踏み入れた者を遠ざける次元結界だ。ディルフレッドから放たれた深淵草棘は、門をくぐった途端に、アフラシアータの後方へ転移する。勢いをたもったまま直進する神の棘《とげ》を、身を翻《ひるがえ》して水葬神はかわした。

「よく見えるオマエの神眼《めんめ》と、よく回るオマエの思考を封じる方法を知りたいかね？」

「拝聴しよう」

躊躇《ためら》わず、ディルフレッドとアフラシアータは血界門へ向かって進み出す。エールドメードは言った。

「ギャンブルだ」

エールドメードが杖《つえ》を振れば、そこから紙吹雪が舞い、リボンが伸びる。イージェスの紅血魔槍にリボンが巻きつき、引っぱられる。飛んできた魔槍を、熾死王が受け取った。

「《熾死王遊戯一化八果《エルドメードルン》》」

水の槍にて脳天から串刺しにされながらも、エールドメードは愉快そうに両手を広げた。彼の魔力で宙に浮いた紅血魔槍が、くるくると回転する。天父神の魔力がそこに宿っていた。ディルフレッドとアフラシアータは視線を鋭くし、身構える。ボンッと音を立てて、ディィルフレッドの眼前にあった《血界門》が無数の果実に変わった。

りんご、なし、バナナ、いちご、キウイ。様々な種類の果実が、エールドメードに引き寄せられ、その周囲に浮かぶ。

「この果実は、一つ一つが《血界門》だ。今からこれを呪泥の城へ突っ込ませる。果実が腐ることにより、血界門が腐り、内側にある物を周囲のどこかへ飛ばしてしまう。果実の腐り具合によって、次元結界の歪《ゆが》み方は異なり、飛び方が変わる。つまり――」

熾死王は手にした果実をかじる。

「呪泥がどこへ飛ぶかわからない」

彼はかじった果実を放り投げる。すると、浮かんでいた無数の果実も呪泥の城へ突っ込んでいく。瞬《また》く間《たま》に、泥に飲み込まれて見えなくなった。

「天父神の秩序をもって、熾死王エールドメードが定める」

唇を吊《つ》り上《あ》げ、愉快そうに奴《やつ》は言った。

「神の遊戯は絶対だ」

ドバァッと早速、大量の呪泥が転移し、ディルフレッドの真横をかすめた。《血界門》による転移は前触れがなく、見た後にかわすのは至難だ。

「カカカ、惜しいではないか。次々行くぞ」

呪泥の城が内側に取り込んだ果実――すなわち《血界門》により、強制的に転移させられ、辺りに撒《ま》き散《ち》らされていく。

「神はサイコロを振らない」

生真面目な口調で、深化神は言う。

「貴君らは深淵《しんえん》を覗《のぞ》く神眼《め》を持たぬゆえ、賭け事が成立する。《深奥の神眼》にギャンブルを挑むは、浅き思考だ」

ディルフレッドは泥にも、泥の中の果実にも目をくれず、深藍に染まった神眼《め》を、まっすぐエールドメードに向けた。その二秒後、大きく飛《と》び退《の》いた。ディルフレッドが数瞬前までいた場所に、ドッと呪泥が出現する。まるで、あらかじめそこに呪泥が現れるのを知っていたかのようだった。

「《熾死王遊戯一化八果《エルドメードルン》》の術式は、無数の果実の腐敗に連動し、常時、複雑怪奇に変化する。それが難解で、変化に富み、高速だからこそ、貴君らには無作為に見え、賭けとなる。だが、その術式の深淵《しんえん》を覗《のぞ》けたなら、なにをどこへ飛ばすかは明白だ」

ディルフレッドが螺旋《らせん》の杖《つえ》で魔力を放ち、七メートル左方に丸い円を描いた。

「次はその場に出現する」

口にした通り、そこにドッと呪泥が転移した。

「カカカ、さすがは《深奥の神眼》ではないか！　では、これでも見えるかね？」

エールドメードが煙とともにシルクハットを飛ばし、《不揃意分身《バーラー・バラ》》の魔法を使う。数十体に彼は分身した。それだけではなく、熾死王の内側に隠されている《熾死王遊戯一化八果《エルドメードルン》》の術式もまた同じ数だけ分割されていた。

天父神の秩序により、絶えず変化する術式は、数十で一つの結果を表す。だが、ディルフレッドの神眼《め》は視野が狭く、同時にそのすべてを見ることができない。

「無論だ」

エールドメードが爆発した。

「がっはぁっ……！」

魔眼神ジャネルドフォックの《暴爆の魔眼》により、十数体のエールドメードは爆発し、また一人に戻った。《不揃意分身《バーラー・バラ》》の術式が破壊されたのだ。全身から血を流しながらも、しかし、奴《やつ》は愉快そうに笑っていた。

「まんまと解放されたではないか」

《暴爆の魔眼》の爆発により、脳天に突き刺さっていた水の槍が形を崩した。同時に爆風で吹き飛ばされることにより、そこから脱したのだ。エールドメードは楽しげなステップを刻み、跳躍した。

「では、これではどうかね？」

落下する熾死王が向かう先、それは呪泥の城だ。《死死怨恨詛殺呪泥城《ギャギ・ギギヨル・ギギガ》》に身を投げたのである。泥に埋まった奴《やつ》の神体は、ギリシリスと同じようにみるみるそこへ飲まれていく。カイヒラムのものとはいえ、呪いは呪い。触れれば味方さえも蝕《むしば》み、死に至らしめるだろう。

「呪泥の中とて、私の神眼《めがね》は貴君の深淵《しんえん》を覗《のぞ》く」

深化神が射抜くように泥に神眼《めがね》を向け、そうして視線を険しくした。

「《不揃意分身《バーラー・バラ》》」

エールドメードは呪泥の中で、根源を分割したのだ。

「カッカカッ！　見えるかね、ディルフレッド。その《深奥の神眼》で、この泥の中、薄っぺらく《不揃意分身《バーラー・バラ》》になった《熾死王遊戯一化八果《エルドメドルン》》の術式が。視野の狭いオマエの神眼《め》ではさすがに一つぐらいは見逃すのではないか？」

硬い表情をしながら、深化神は神眼《め》を深藍に染める。

「天父神の神体といえども、《死死怨恨詛殺呪泥城《ギヤギ・ギギヨル・ギギガ》》を無事に生き抜くには、五分割が限度だ」

「その通り。だからこそ、五〇に割る！」

泥の中で《不揃意分身《バーラー・バラ》》の魔法陣が光り、熾死王が分身する。

「さあ、さあさあさあっ！　これでオレは泥に呪われ滅びるのは時間の問題。しかし、オマエの神眼《め》では五〇に分割されたすべての術式を見ることができず、ジャネルドフォックの《暴爆の魔眼》では見た瞬間に、泥の呪いを受ける」

カカカカ、と無数の笑い声が泥の中から木霊《こだま》する。

「一か八か、伸るか反るか、愉快なギャンブルの始まりだ！」

ドバババババババッと呪泥が転移する。前触れなしに出現するその《死死怨恨詛殺呪泥城《ギヤギ・ギギヨル・ギギガ》》を、さすがのディルフレッドも予測することはできない様子だ。深化神は一瞬、敷地《しきち》内に倒れている生徒たちに視線を向けた。

今のところ、彼らは呪泥に当たっていない。熾死王は彼らをギャンブルに巻き込むのか？　そう考えたのだろう。しかし、生徒たちが倒れている場所は安全地帯だと深化神が見なしたとしよう。だからこそ、熾死王はそこへ作為的に泥を飛ばしてくる可能性があった。

ゆえに彼が取った行動は、被弾する確率を下げること。向かったのは、なんの狙いも意図も伴いようがない場所だ。そこへ水葬神、魔眼神らと集合し、結界神リーノローロスを中心に、全員で結界を張り巡らせる。いくつかの呪泥は受けるが、いかに《死死怨恨詛殺呪泥城《ギャギ・ギギョル・ギギガ》》といえど、一撃で神の結界を破れるわけではない。

少なくとも、一〇回は耐えられる。同じ場所に一一回目が飛んでくる確率は、皆無に等しかった。一方で熾死王は、ジャネルドフォックの魔眼《め》から逃れる度に、呪泥に身を曝《さら》し続けなければならない。どこに飛ぶかわからないその攻撃は、熾死王にとってあまりに分の悪い賭けと言えた。

「カッカッカ！　では、一気に結果を見ようではないか！」

呪泥の中で、熾死王の魔力が光ったかと思えば、そこにあった泥の山が一気に転移した。ドバアァァァァァアアッと泥という泥が辺りに撒《ま》き散《ち》らされる。リーノローロスの結界布に呪泥が直撃した回数は二回。確率通りの結果だった。ゆえに、深化神は声を上げた。

「あの呪泥を破壊せよ……！」

深淵草棘と水の槍、結界布と《暴爆の魔眼》が同時に魔力を発した。だが、泥の中から現れたエールドメードが、そのすべてを自らの神体で受け止める。がっくりと膝をつきながら、そのエールドメードは言う。

「さすがは、深化神。己の敗北が、よく見えているではないか！」

エールドメードが大仰に両手を広げれば、泥という泥が光り輝いた。秩序魔法《輝光閃弾《ジオッセロム》》。それが、ディルフレッドら神の周囲に飛び散った呪泥に光の魔法文字を描いていた。呪泥に飛び込んだエールドメードは、《根源再生《アグロネムト》》を繰り返していた緋碑王ギリシリスを助け、そのジエル状の体を、薄く伸ばし泥に混ぜ合わせたのだ。泥が転移すれば、一緒にギリシリスの一部も飛ぶ。ディルフレッドらがなんの意図も伴わない場所に集合し、結界を張るなら、賭けに負ける確率は皆無に等しい。だが、全員を確実に守るために一箇所に集めたことにより、泥に混ざったギリシリスは、自《おの》ずと奴《やつ》らを取り囲むこととなった。

同じく《不揃意分身《バーラー・バラ》》にて分身し、泥に潜んでいた自らの魔眼《め》を使わせ、緋碑王が単独では書くことのできない魔法文字を書かせた。

ひどく時間がかかる上、冗長性のない魔法だ。それゆえ、呪泥の中に隠しておく必要があったのだ。

「やりたまえ、犬」

《魔支配隷属服従《エンペルム・ディディヤ》》。神の秩序さえも縛る隷属魔法が発動する。やむを得ないとばかりに、ジヤネルドフォックが呪泥の中に《暴爆の魔眼》を向けた。《魔支配隷属服従《エンペルム・ディディヤ》》の術式が爆発すると同時に、魔眼神は呪われ、ボロボロと崩れ落ちていく。呪いが浸食するように、魔眼神は呪泥に変わり、近くにいたリーノローロスを結界の内側から飲み込み、泥に変えていく。

それを助けるべく駆《か》け出した水葬神アフラシアータは、血の水溜《みずた》まりを踏んだ。目の前に、血の門が立ち塞がる。

「《血界門《けつかいもん》》」

紅血魔槍の秘奥《ひおう》を放ったのは、冥王イージェス。更に後ろにもう一つの門が現れ、同時に扉が閉められた。

「紅血魔槍、秘奥《ひおう》が漆《しち》――」

水葬神の水の槍が《血界門《けつかいもん》》の扉へ突き出されるも、イージェスが魔槍にてそれを打ち払う。

彼の隻眼が、鋭く光った。

「――《血池葬送《ちちそうそう》》」

アフラシアータの水の体が、血の池に沈んでいく。その根源から溢《あふ》れ出《だ》す夥《おびただ》しい量の水すべてを飲み込み、《血池葬送《ちちそうそう》》は水葬神を遙《はる》か次元の彼方《かなた》に飛ばした。襲いくる呪泥を避け、ディルフレッドが螺旋《らせん》の杖《つえ》にてそれを貫く。要を突かれたその泥が一気に瓦解《がかい》すると、中からロードユイエを手にしたエールドメードが現れた。

「貴君以外の分身は、呪いに侵され行動できない」

「カカカ。では、最後の大勝負といこうではないか！　泥の中に一〇〇本のロードユイエを置いてきた。弾がそれに変わっただけで、条件は同じ。天父神の秩序をもって、熾死王エールドメードが定める。神の遊戯の始まりだ！」

《熾死王遊戯一化八果《エルドメドルン》》が発動し、深化神はその術式の深淵《しんえん》を覗《のぞ》く。深化神が間合いを詰めるように前進すれば、先程までいた場所に一本のロードユイエが転移してきた。

螺旋《らせん》の杖《つえ》を彼は、熾死王に向かって突き出す。いかに分割されていようと、根源の要は一つ。それを貫けば、熾死王は瓦解《がかい》するだろう。《不揃意分身《バーラー・バラ》》にて分割されている彼は、ピンピンしているように見えるが、呪いに侵され、瀕死《ひんし》の状態だ。深化神の攻撃を防ぐ余力は、もはや残っていまい。

「残念。外れではないか」

「……がっ……！」

体内に転移してきた三本の神剣ロードユイエが、ディルフレッドに突き刺さっていた。

《不揃意分身《バーラーバラ》》により弱体化しているため、本来は深化神の反魔法を貫けぬはずだが、剣身には呪泥が塗られている。更に泥という泥から、神剣ロードユイエが次々と転移する。反射的にディルフレッドが術式の深淵《しんえん》を覗《のぞ》き、避けた瞬間――

「……がっ……はっ……………」

九〇を超える神剣に穴だらけにされ、ディルフレッドの手から、螺旋《らせん》の杖《つえ》がこぼれ落ちる。剣に塗られた呪泥が、その根源を浸食し始めたのだ。

「……不可解……なり……。術式の深淵《しんえん》は、見えていた……」

「わざわざオマエの神眼《め》が届くところで、術式《カード》を再構築《シャッフル》してみせたのだ。テーブルにつく前に、カットするべきだったな」

エールドメードが指を鳴らす。ボン、ボボボンッと校舎の瓦礫《がれき》から煙が上がった。中から現れたのは、《不揃意分身《バーラーバラ》》のエールドメードだ。

「……成る程……今の《織死王遊戯一化八果《エルドメードルン》》は一人ではなく、二人で行っていたか……」

魔眼神を倒した直後、分身を瓦礫《がれき》の下に飛ばしておいたのだ。そうして、二つで一つの術式を、ディルフレッドにただ一つの術式と勘違いさせた。

「一つ目の術式でオマエが避ける方向を誘導し、二つの術式でそこに神剣を飛ばしてやれば、ご覧の通りだ。ありふれたイカサマではないか」

エールドメードは煙とともにすべての《不揃意分身《バーラーバラ》》を解除すると、落ちた深化考杖を拾いあげる。そうして、数十本の神剣に串刺しにされた深化神に顔を近づけ、ニヤリと笑った。

「サイコロも振ったことがない神が賭場《とば》に来るとは、身包《ぐる》みを剝がされたいと言っているようなものだぞ？」

§47.【絶望の壁】

呪泥が塗られた神剣ロードユイエに全身を蝕《むしば》まれ、ディルフレッドは膝を折った。糸が切れた人形の如《ごと》く、彼はその場に崩れ落ちる。

「最後は、慈愛の火で屠《ほふ》ってやろうではないか」

エールドメードの瞳が赤く輝き、崩れ落ちた深化神が燃えた。淡い白銀の炎は、一分で根源を滅ぼす呪い。もはや、ディルフレッドに、天父神の呪いから逃れる力は残っていない。

「ああ、そうだ、忘れていたが、冥王。詛王の《死死怨恨詛殺呪泥城《ギャギ・ギギヨル・ギギガ》》を解呪してやらねば、いい加減滅びる頃ではないか？」

「とうに始めている」

冥王は重低音の声を響かせる。見れば、四つの《血界門》を四方に構築し、すでに《血池葬送《ちちそうそう》》にて、呪泥を飲み込ませていた。血の池に沈むのは泥のみであり、まるで濾過《ろか》されるように、ジェル状の破片が地表に残った。

エールドメードが杖《つえ》を向ければ、ジェル状の破片はうねうねとひとりでに動き、一箇所に集まっていく。彼はシルクハットからハンカチを取り出す。それを一度振れば倍の大きさに、再び振れば更に倍になった。十分な大きさのハンカチにて、集まったジェル状の破片が覆われる。

「種も仕掛けもありはしない」との声とともに、ハンカチがぱっと取り除かれれば、そこには元の体に戻った緋碑王ギリシリスがいた。

「汝《なんじ》の手品につき合わされる身になってほしいものだねぇ」

「さっさとやりたまえ。さすがのマゾヒストも、本当に昇天してしまうではないか」

命令に逆らえないギリシリスは、秩序魔法《輝光閃弾《ジオッセロム》》にて、周囲に魔法文字を刻んでいく。時間がかかる上に、壊れやすい魔法術式だが、戦闘中でもなければ成立させるのは容易《たやす》い。

「《魔支配隷属服従《エンベルム・ディアディヤ》》」

《死死怨恨詛殺呪泥城《ギヤギ・ギギヨル・ギギガ》》に対して、それを隷属させる《魔支配隷属服従《エンベルム・ディアディヤ》》を使う。支配したところで、そもそも術者自体が呪いを止められぬのが厄介なところだが、呪泥の動きを制限することはできる。

「ぬんっ！」

イージェスが魔槍を突き出す。穂先は次元を超え、泥の奥にいるカイヒラムを貫いた。

「はっ！」

彼が思いきり槍を引けば、呪泥からカイヒラムの遺体が飛んできた。

「《蘇生《インガル》》」

蘇生《そせい》を行い、呪いの発動条件を止める。熾死王、冥王、緋碑王は、同時に同じ魔法陣をカイヒラムに描く。

「「「《封呪縛解復《ラエルエンテ》》」」」

魔力を注ぎ込《こ》み、呪いを解いていく。四邪王族三名の解呪魔法を用いて、ようやく

《死死怨恨詛殺呪泥城《ギャギ・ギギョル・ギギガ》》は収まり、呪泥が少しずつカイヒラムの体の中へ戻り始めた。

「天父神の秩序に従い、熾死王エールドメードが命ずる。産まれたまえ、一〇の秩序、理を守護せし番神よ」

シルクハットを放り投げれば、それが一〇個に増え、紙吹雪とリボンがキラキラと大量に降り注ぐ。出現したのは、二本の杖《つえ》を持った、長い髪の幼女だ。再生の番神ヌテラ・ド・ヒアナである。

一体はエールドメードたち四人に杖《つえ》を向け、治癒の光を浴びせた。残りは瀕死《ひんし》の状態の生徒や教員たちを運び、その秩序によって再生させていく。

ふいに、熾死王の魔眼《め》の端に黒い粒子がよぎる。地面に落ちていた《知識の杖《つえ》》が、ドクロの顎をカタカタと鳴らした。

『きな臭いではないか、きな臭いではないか』

エールドメードとイージェスは同時にそこを振り向いた。

崩れ落ちた本棟部分。そこから、黒き粒子が無数に立ち上っている。今まさに、発動しようとしている魔法は《四界牆壁《ベノ・イエヴン》》である。

「カカカ、どういうことだ、冥王？」

エールドメードは杖《つえ》を向け、治療中の生徒や教員を指す。次の瞬間彼女たちは煙に包まれ、熾死王の後ろに移動した。

「わかれば、とうに動いているというものよ」

深化神の神体は、灰さえ残らず、すでにそこから消えている。

「奇怪、奇天烈《きてれつ》、不可解千万。深化神はあの通り、慈愛の火に焼かれ、滅んだが――」

はたと気がついたように、エールドメードは唇を吊《つ》り上《あ》げた。

「な・る・ほ・どぉ。終焉は深化に克す」

「然り」

深化神の声が響き、積み重ねられた瓦礫《がれき》が吹き飛んだ。立ち上った漆黒のオーロラとともに、そこに姿を現したのは深化神ディルフレッド。その神体には、白き火の粉がまとわりついている。根源の深淵《しんえん》に宿っているのは終焉神の魔力。つまり、ニギットたちと同じだ。

「いやいや。神族を滅ぼしても、骸傀儡《むくろくぐつ》にはならないと思っていたが、オマエは別のようだな」

終焉は深化を克す。樹理廻庭園の秩序通り、深化神であるディルフレッドには、終焉神の権能が強く作用する。それゆえ、滅びに近づいたことで骸傀儡と化したのだ。

「二千年前、平和をもたらした壁は、絶望へと変わる」

ディルフレッドが魔法陣を描き、深淵草棘が現れる。その神の棘《とげ》を奴《やつ》は己の神体へ向け、根源を貫いた。

「《四界牆壁《ベノ・イエヴン》》」

黒きオーロラが広がり始める。

――解呪を止めろ。

――止めろ止めろ止めろ。

――止めろ！

カイヒラムの呪詛《じゅそ》が響き、三人は《封呪縛解復《ラエルエンテ》》の術式を破棄した。瞬間、《四界牆壁《ベノ・イエヴン》》を押さえるように、残ったカイヒラムの呪泥が広がり、上から覆《おお》い被《かぶ》さった。

「させん！」

イージェスが槍を構えれば、呪泥を飲み込むために構築してあった四つの《血界門《けっかいもん》》が閉ざされる。その魔槍は黒きオーロラへと照準を定めた。

「紅血魔槍、秘奥《ひおう》が漆《しち》――」

イージェスの体から流れ落ちる血が、その場に池を作り出す。

「――《血池葬送《ちちそうそう》》!!」

一気に膨れあがろうとしたそのオーロラが、血の池に飲み込まれていく。

「《魔支配隷属服従《エンペルム・ディディヤ》》！」

緋碑王が《輝光閃弾《ジオツセロム》》にて《四界牆壁《ベノ・イエヴン》》を隷属させるための魔法文字を描いていく。だが、深化神が神の棘《とげ》を放てば、《輝光閃弾《ジオツセロム》》が瞬《また》く間《ま》に瓦解《がかい》し、魔法文字はすべて消えた。構わず、ギリシリスは《輝光閃弾《ジオツセロム》》にて魔法文字を描き続ける。少なくともそうすることで、深化神の手を塞げる。

しかし、イージェスの《血池葬送《ちちそうそう》》、カイヒラムの呪泥で押さえつけてなお、黒きオーロラはその外側へと溢《あふ》れ出《だ》す。

「慈愛の火に裁かれたまえ」

熾死王は魔眼を赤く染め、漏れ出る黒きオーロラを呪い、燃やし尽くしていく。

「世界を四つに分けた滅びの牆壁《しょうへき》。勇者カノン、大精霊レノ、創造神ミリティア。そしてエヴァンスマナとデルゾゲードの魔力を行使し、なお暴虐の魔王はこれを発動するために、命を捨て転生する必要があった」

四邪王族と鬩《せめ》ぎ合いながらも、ディルフレッドは言う。

「すなわち、灯滅せんとして光を増し、その光を持ちて灯滅を克す。深化の秩序を有するがゆえに届かなかったその領域に、骸傀儡となった今は到達できるのだ」

ディルフレッドの神体が、目映《まばゆ》い光に包まれていた。自ら貫いた根源がみるみる滅びに近づき、膨大な魔力を発しているのだ。深化と終焉の重なり合った場所こそ、火露が奪われる深淵《しんえん》の底。終焉に手の届かぬ深化神であったがゆえに、見ることのできなかったその場所が、今確かに《深奥の神眼》に映っているのだろう。

秩序の根幹、樹理四神が滅びる際の魔力は尋常なものではなく、世界を四つに分ける《四界牆壁《ベノ・イエヴン》》の術式すら、起動させるだけの力を有していた。奴《やつ》の根源が、終わりゆく星のように激しく瞬《またた》く。ディルフレッドは、転生するつもりすらないのだろう。そのまま滅びと引き換えに、世界を絶望で覆う《四界牆壁《ベノ・イエヴン》》を行使しようとしている。

熾死王、詛王、緋碑王、冥王の四人といえども、それをいつまでも封じ込めておくことはできまい。結界の構築はそもそも四邪王族の得意分野ではなく、なによりカイヒラムが限界に近い。他の三人もすでにかなりの魔力を消耗している。

《四界牆壁《ベノ・イエヴン》》の広がりを押さえ込んでいる《死死怨恨詛殺呪泥城《ギャギ・ギギヨル・ギギガ》》がなくなれば、瞬《また》く間《ま》に形勢はあちらに傾き、その漆黒のオーロラはミッドへイズを飲み込むほど大きく膨れあがるだろう。連鎖的に、地上という地上に刻んである術式が起動し、世界中に《四界牆壁《ベノ・イエヴン》》が出現する。術式を書き換えられたそれは、奴《やつ》が言う通り、人々を襲う絶望の壁と化す。

だが――

「…………」

ディルフレッドは不可解そうに眉をひそめる。四邪王族の誰一人として新たな手を打とうとはしないのだ。冥王も、詛王も、熾死王も、緋碑王でさえ浮き足立つことなく、ただ目の前の《四界牆壁《ベノ・イエヴン》》を封じ込めることに没頭していた。

「問おう。魔の王族たちよ。残り少なき魔力と命。時間を稼ごうと救援は来ず、逃走を計ろうと、壁は世界を覆う。しかし貴君らの心は諦観に至らず。ならば、いかにして絶望に挑む？」

「我らに問うた時点で、そなたの負けということよ」

冥王が言う。続いて、得意気に口を開いたのは緋碑王だ。

「骸傀儡だったねぇ？　術者が滅びれば、いかなる権能も働くわけがないのだよ。吾輩《わがはい》が動くまでもないねぇ」

ディルフレッドは神眼《め》を険しくする。四邪王族の狙いは理解した。しかし、不可解なのだろう。

「……滅んだ神が行きつく先が枯焉砂漠。終焉神はその主ゆえ、たとえ滅ぼうとも己の神域に戻るのみ。滅びを迎える毎《ごと》に終焉の神は力を増し、神体を封じようと骸傀儡は停止しない」

カッカッカ、とエールドメードが愉快そうに笑う。

「封じる？　カカカ、カカカカ、カーカッカッカッカッ‼　最愛なる娘を傷つけられ、魔王の国に土足で足を踏み入れた輩《やから》を、あの男が封じるだけで済ますと思ったかね？　いかに不滅だろうと、どれだけ力を増そうと関係がない。魔王の右腕が取るべき選択肢は一つ――」

彼は両手を勢いよく伸ばし、黄金の炎を空中に飛ばす。それは無数の神剣に変わった。ダダダダンッとロードユイエを空から落とし、剣と剣をつなぐように巨大な魔法陣を描く。時間稼ぎの結界を張りながら、エールドメードは大きく声を上げた。

「斬殺《ざんさつ》、斬壊《ざんかい》、斬滅《ざんめつ》だぁぁぁぁぁっっっ！！！」

§48.【不滅の深淵】

ミッドヘイズ南方、枯焉砂漠。

霧を漂わせ、悪戯《いたずら》好きな妖精ティティが飛び回っていた。

「レノ、レノー」

「大変大変っ」

「魔族の人たち、またやられたー」

「ゾンビー、ゾンビー」

「街の中も沢山沢山」

慌てふためくように、ティティたちはレノの周りを飛んでいく。彼女は優しげな表情で、足元に待機していた狼《おおかみ》の頭をそっと撫《な》でる。

「行って、ジェンヌル。ここは大丈夫」

隠狼《いんろう》ジェンヌルはその場から姿を消した。街へ向かったのだ。神隠しの精霊。その噂《うわさ》と伝承にて、骸傀儡と化した魔族たちを異空間に閉じ込めるつもりなのだろう。枯焉砂漠がある限り、魔法による治療はできず、負傷者は増える一方だ。そうなれば、自《おの》ずと骸傀儡と化し、いくら神の軍勢を倒しても敵は減少しない。

「リニヨン、ギガデアスッ！」

荒れ狂う八つ首の水竜が土砂降りの雨を降らし、白き砂漠に津波が巻き起こる。手乗り妖精ギガデアスが小槌《こづち》を振り下ろせば、雷の弓と矢がレノの手元に現れた。

母なる大精霊たる魔力を矢に込め、彼女は弓を引く。神の軍勢は、けれどもリニヨンの大津波に耐えかね、洗い流されていた。レノが矢を放てば、激しい雷鳴が耳を劈《つんざ》く。それは巨大な雷と化し、水に流される神々を撃ち抜いた。かろうじて難を逃れた者どもも、水に伝わった電流に感電し、あっという間に滅び去る。《攻囲秩序法陣《アルネスト》》が、まるで役に立っていなかった。

精霊たちは数多《あまた》無数の噂《うわさ》と伝承により生じたものだ。その不可思議な現象一つとっても、数十万、数百万といった人々の心によりできている。それゆえか、精霊一体の根源は確かに一つにもかかわらず、多数が少数を制す軍神の秩序があまり意味をなさないのだ。

「シンッ」

神の軍勢を一掃すると、レノは砂漠にあいた大穴へ向かった。枯焉砂地獄《こえんさじごく》。砂の滝が流れ落ちる、その底にはシンが魔剣を構えている。

「――終焉に没せっ!!」

アナヘムが枯焉刀グゼラミを構え、シンの背後から襲いかかった。

刹那、レノは魔法陣を描く。

「《精霊達ノ軍勢《アルハ・アルフレム》》ッ！」

彼女の背の六枚の羽が淡く輝く。翠《みどり》の光に包まれたティティとギガデアスがレノのもとに集った。グゼラミがシンの背中に突き刺さる。途端に、彼の体が霧に変わった。

「……ぬっ……!?」

グゼラミの刀身ごと、アナヘムの体は霧化したシンをすり抜けていく。ティティの力を宿した彼は枯焉砂地獄から脱し、流れるような足捌《さば》きで終焉神の背後をとっていた。

「流崩剣、秘奥《ひおう》が壱――」

せせらぎが響く。振り向いたアナヘムと彼の間に、薄い水鏡が現れる。ぽちゃん、と水滴が落ち、そこに映ったアナヘムの神体に波紋が立てられた。

「――《波紋《はもん》》」

流崩剣が閃光《せんこう》の如《ごと》く、水鏡の波紋を斬り裂く。

「……が……ぐ、がが、がぁあっっっ……！！！」

パリンッとアナヘムの神体にヒビが入り、そうして根源もろとも粉々に砕け散った。奴《やつ》は滅びた。けれども、シンは油断なく周囲に視線を配る。

「シン。このまま一緒に、《精霊達ノ軍勢《アルハ・アルフレム》》で」

レノは翠《みどり》の魔法体となり、シンのもとへ飛び降りてきた。

「けっこう」

背中越しにレノへ言いながら、シンは流崩剣を構える。

「レノ。あなたは先に深層森羅の界門を閉ざしてください。どうやら樹理四神を滅ぼしても、神域は消えない様子。この樹理廻庭園をできるだけ早く消すことが、ディルヘイドの被害を最小限に食いとめる方法です」

界門を閉ざすのは、ナフタとディードリッヒでさえも苦戦している様子だ。精霊たちの力を束ねる《精霊達ノ軍勢《アルハ・アルフレム》》を使っても、そう一筋縄ではいくまい。時間がかかることを見越しての言葉だろう。

「でも……」

レノは心配そうに、シンの左腕を見た。アナヘムにやられ、血だらけになっている。十全には動かせぬだろう。腹部も派手に裂かれており、服に血が染《し》み込《こ》んでいる。足も傷を負っており、もはや全速で走ることはできまい。

「他の樹理廻庭園が消えれば、この枯焉砂漠への魔力の循環が滞ります。秩序が弱まれば、回復魔法にも効果が現れ、奴《やつ》は不滅ではなくなるでしょう」

はっとしたような顔で、レノはうなずいた。

「わかったよっ！　すぐに行ってくるから、それまで絶対に死んじゃだめだよっ！　絶対だよっ？」

「ええ」

レノは飛び上がり、六枚の羽を広げて、低空で枯焉砂漠を飛んだ。

「みんな力を貸してっ！　《精霊達ノ軍勢》《アルハ・アルフレム》で、深層森羅の界門を閉ざす。みんなの噂《うわさ》と伝承を合わせれば、きっとできるはずだよっ！」

翠《みどり》の魔法体になった沢山の精霊たちが、次々とレノのもとへやってくる。彼女たちは飛ぶような勢いで、深層森羅へ向かっていった。

「一〇度殺し、七度滅ぼし、ようやく悟ったか」

白い砂がそこへ集まり、人型を象《かたど》る。一瞬その砂が歯車に変わったかと思えば、再び終焉神アナヘムが姿を現した。

「剣では終焉を斬れぬということを」

アナヘムは地面に落ちた枯焉刀グゼラミを拾う。

「精霊どもを深層森羅へ差し向けようと、もう遅い」

砂嵐を彷彿《ほうふつ》させる魔力が、終焉神を中心に渦を巻いた。神界にいたときよりも遥《はる》かに莫大《ばくだい》な力が、今、奴《やつ》の神体から放出されていた。

「一度目はうぬの魔剣をへし折り、二度目はその指先を、三度目は腕を引き裂いた。四度目は腹を抉《えぐ》り、五度目は足を奪った。先の六度目、あの精霊の助けがなくば、うぬは砂地獄に飲まれ終焉に没している。この七度目、界門を閉ざすまでうぬの命が終わらぬと思うたか？」

「ええ」

涼しい顔で即答したシンを、アナヘムが睨《ね》めつける。

「聞き分けのない人ですので。彼女の前では、そう伝えましたが」

シンは前進する。流れるような歩法で、アナヘムを間合いに捉えた彼は、流崩剣アルトコルアスタにてその神体を斬りつける。かろうじて身を引き、終焉神はそれをかわす。だが、胸元がぱっくりと割れ、血が勢いよく溢《あふ》れ出《だ》した。

「あなたこそ、界門が閉ざされるまで生きていられると思いませんように」

「粋がるな、魔族風情《ふぜい》が」

白いマントを勢いよくはためかせ、シンの視界を遮る。彼がそれを斬り裂くも、アナヘムの姿はすでになかった。

「遅いわ！」

背後だ。砂中からぬっと現れたアナヘムが、グゼラミを振り抜く。シンは反転しながらも、血に染まった左手で魔剣イジニアを抜いた。剣閃《けんせん》が交錯し、枯焉刀が魔剣をすり抜ける――アナヘムが笑みをたたえた瞬間、その刀は弾《はじ》き返《かえ》されていた。

「……なっ………!?」

シンの手の中で、魔剣イジニアが砕け散る。根源のみを斬り裂く枯焉刀。ゆえにシンは魔剣の根源と引き換えにそれを打ち払ったのだ。とはいえ、魔剣の根源は定まっており、動かすことはできぬ。針のように細いその一点を、目にも止まらぬ速度で迫るグゼラミにぶつけるだけでも驚嘆に値する技量だろう。

その上、当てたところで、グゼラミを前にしては、魔剣の根源は一方的に斬り裂かれるのみだ。しかし、斬り裂かれるということは干渉できるということ。ならば、一瞬にも満たない僅かな時間は、魔剣はグゼラミに抵抗している。そのごくごく僅かな間ならば、斬り結ぶことができる。ならば後は剣の勝負とばかりに、シンはグゼラミを弾《はじ》き返《かえ》したのだ。まさに、常軌を逸した技としか言いようがない。

「二度通じると思うな、塵《ごみ》めがっ！」

再び振り下ろされたグゼラミを、新たな魔剣を抜き、シンは迎え撃った。今度こそすり抜けるかに思えたグゼラミは、やはり弾《はじ》き返《かえ》され、同時に魔剣が砕け散る。

「あがくなぁぁっ――」

「三度目はありませんよ」

二度刃を打ち払われ、僅かながらアナヘムは、体勢を崩していた。常人を相手にするならば、有り余る速度と膂力《りょりょく》で無にできるほどの僅かな隙――それが、シンを相手には命取りだった。

彼の魔眼《め》が、冷たく光る。本能で危機を感じとったか、アナヘムが砂に変わろうとした瞬間、リーン、と鈴の音が聞こえた。風が吹いていた。砂に変わったアナヘムの体に、けれども波のような模様が浮かぶ。

「流崩剣、秘奥《ひおう》が弐――」

アナヘムが砂漠に沈むより、シンの剣が速かった。

「《風紋《ふうもん》》」

風を斬るように走った流崩剣が、アナヘムの体に浮かぶ風紋を斬り裂いた。アナヘムの神体とその根源に、大きな亀裂が入る。だが――

「……あが……けど、も……あがけども……砂の一粒ぞぉっ!!」

踏みとどまった。根源を流崩剣の秘奥《ひおう》で斬り裂かれ、実体に戻ったアナヘムは、しかし滅びることなく、そこに立っている。

「もはやその神の魔剣でも、このアナヘムを滅ぼすことなどできんわぁっ！」

力任せにグゼラミが振るわれ、シンは新たに抜いた魔剣で打ち払う。一、三、七、一四。みるみる速度を増すグゼラミを一四回斬り払い、一四本の魔剣が砕け散った。千剣を持つシンといえども、このペースで打ち合いを続ければ、所有している魔剣があっという間に枯渇《こかつ》するだろう。左腕の出血も激しく、いつまでその技を駆使できるかもわからぬ。

「うぬらが築くは砂上の楼閣」

シンの魔剣を次々と砕きながら、枯焉刀グゼラミが鳴く。音が反響し、シンを中心に砂塵《さじん》が渦巻いた。砂の塔が無数に構築され、内側に彼を閉じ込めていく。巨大な砂の楼閣が、白き砂漠に出現していた。

「グゼラミの一鳴きに、すべては崩れ、枯れ落ちる」

グゼラミが打ち払われる。だが、その終焉の刀が不気味に鳴けば、シンの体が少しずつ砂粒へ変わっていく。魔剣が尽きても、時間が過ぎても、シンの滅びは必至だ。それから逃れるためには、先にアナヘムを滅ぼすしかない。そして、それこそが奴《やつ》の狙いだろう。隙を見せぬシンが焦《あせ》って攻勢に転じた瞬間、グゼラミの一振りにて終わらせるつもりだ。

「砂上の楼閣崩れゆき、グゼラミ鳴くは、終焉の跡」

シンとの剣戟《けんげき》を続けながら、アナヘムは詠《うた》う。すでに一〇〇本以上の魔剣が砕け散った。流崩剣をゆるりと握り直し、シンは奴《やつ》を冷たく見据える。

「たとえ、擦《す》り傷一つとて、抵抗空《むな》しく幕ぞ引け」

不気味な鳴き声が響き渡り、砂の楼閣が激しく揺れる。外壁と化した塔が、ただの砂に戻っていき、一斉に崩落を始める。

「埋没枯焉《まいぼつこえん》――終刀《しゅうとう》グゼラミ」

「斬神剣《ざんじんけん》、秘奥《ひおう》が肆《し》――」・

左手にて抜いた一四七本目の魔剣は、斬神剣グネオドロス。これまでの打ち合いで、アナヘムの体勢と互いの位置を誘導していたシンは、突き出されたグゼラミを、打ち払うことなく紙一重でかわした。

アナヘムの懐《ふところ》へ飛び込んだ彼は、神を斬り裂く魔剣をその根源へ突き刺した。

「――《無滅《むめつ》》」

「……ご、はっ……！」

アナヘムの根源が一瞬にて斬滅《ざんめつ》される。だが、神体が崩れることはなく、斬神剣はそこに刺さったままだ。その秘奥《ひおう》が、根源が滅びれば消え去るはずの神体を保っているのだ。枯焉砂漠の秩序が、再びアナヘムの根源をその神体へ戻す。

「貴さ――が、あぁっ……！」

そのそばからグネオドロスは奴《やつ》を滅ぼした。根源を無限に割り続ける秘奥《ひおう》が参《さん》《無間《むげん》》に対して、《無滅《むめつ》》はそれが無に帰すまで永遠に斬滅し続ける。

「おの……ぐ……れ……ががががが……！　このアナ――ぐ、ごごご……!!　があぁぁあぁっ……!!」

幾度となく、アナヘムは滅ぶ。しかし、そこまでしてなお、終焉神は不滅であった。滅び続けるアナヘムの魔力がどこまでも果てしなく上昇していき、奴《やつ》は憤怒《ふんぬ》の形相を浮かべた。

「……こ、の……愚か者めがぁぁっ……!!」

ついには根源を滅ぼされながらも、アナヘムは動いた。終焉の神に、滅びなどないと言わんばかりに、斬神剣をつかみ、グゼラミを逆手に持って振り上げた。

シンはグネオドロスを手放し、新たな魔剣を抜く。振り下ろされたグゼラミの切っ先へ神業の如《ごと》き技量にて見事に斬り結んだが、しかし、その剣身は一方的に切断された。滅ぶ毎《ごと》に魔力を増すアナヘムの力が、とうとうシンの技を上回ったのだ。

「断たれ、没すは、魔王の右腕」

枯焉刀グゼラミが、シンの肩口に振り下ろされ、その根源を斬り裂いていく——その最中にも、シンは冷静そのもので、右手の魔剣を静かに動かした。

「流崩剣、秘奥《ひおう》が伍《ご》——」

シンの足元に、三つ剣の文様が浮かぶ。それは、剣の間合いの広さだった。

「《剣紋《けんもん》》」

流崩剣アルトコルアスタが閃《ひらめ》き、アナヘムの神体を真っ二つに両断した。ニヤリ、と終焉神は笑う。

「うぬの命など、終焉の前には砂の一粒。終わらぬものなど、あるわけもなし」

「ええ、同感です」

アナヘムは勝ち誇ったように、シンを見下す。砂の楼閣が完全に崩れ去る。砂塵《さじん》が激しく舞い上がる中、終焉神の視線があるものを捉えた。

「……な…………………」

うっすらと砂埃《すなぼこり》が晴れていく。アナヘムの神眼《め》が見据える方向、枯焉砂漠にいた骸傀儡がその場に倒れていた。その一体だけではない。精霊たちと戦闘中の骸傀儡が、次々と倒れていくのだ。アナヘムが、その神眼《め》を驚愕《きょうがく》に染めていた。

「…………な、んだ、これは……なにが…………？」

真っ二つになったアナヘムの体に白い火がつき、サラサラと砂の如《ごと》く崩れ始めた。

「なんなのだ、これは……？　これはぁ……いったい……!?」

「おわかりになりませんか」

アナヘムの体がぐらりと傾き、その場に倒れる。体に刺さった枯焉刀グゼラミを抜き、シンは一歩を刻む。擦り傷一つで滅びるグゼラミに対して、彼が取った策は一つ。滅びへ向かう魔力でぎりぎり滅びを克服できる根源の僅かな一点を見切り、そこをあえて貫かせたのだ。

「それが滅びです」

「……ありえぬ…………このアナヘムに滅びなど…………この枯焉砂漠にて、アナヘムは不滅……すべての滅びは、この終焉神の手の中だっ……!!」

滅びゆく体で虚勢を張るアナヘムを、シンは冷たく見下ろした。

「あなたのグゼラミをあえて根源で受け、滅びに向かう剣にてあなたの根源を斬り裂きました」

ボロボロとアナヘムの体が崩れ落ちる。これまでの滅びとは明らかに様子が違った。

「……な、んだ、暗い……？　このアナヘムの神眼《め》が見えぬだと……!?　馬鹿、な……それしきで……？　それしきのことで、なぜ、このアナヘムが……！　ありえぬ。なにをしたっ？

滅びるわけがないっ……！　いったい、なにをしたのだっ⁉」

終焉の神には、想像だにできぬ事態だったのだろう。混乱が極まったとばかりに、アナヘムは叫《わめ》き散らした。その根源は少しずつ崩れ去り、消えていく。これまでとは違う未知の感覚が終焉神を襲ったか、奴《やつ》は恐怖に染まったような顔をした。

「滅びの只中《ただなか》に、あなたの手が及ばぬ領域があったということでしょう。詳しいことはエクスにでも聞いてください。私はただ剣の深淵《しんえん》を覗《のぞ》き、あなたを斬れる方法をとったにすぎませんので」

深層森羅と枯焉砂漠の狭間《はざま》に、火露が奪われる場所があった。それは、深化と終焉の重なり合う場所。終焉でありながらも、アナヘムの手が唯一届かぬ領域だ。すなわち、灯滅せんとして光を増し、その光を持ちて灯滅を克す。

根源をそこへ導くことこそ、終焉の神を未知の滅びへ誘《いざな》う方法だったのだ。流崩剣が秘奥《ひおう》にて、シンは神業といっても過言ではないほどの絶妙な手加減を行った。それは、根源を滅ぼすぎりぎりまで斬り裂き、強制的に滅びを克服させる剣。普通の敵ならば、魔力が増すだけだろうが、終焉神アナヘムにとっては唯一の滅びをもたらす結果となった。

斬神剣の秘奥《ひおうし》が肆、《無滅《むめつ》》にて、幾度となく滅びるアナヘムの根源を観察し、その深淵《しんえん》を覗《のぞ》き、シンはそこへ至った。樹理廻庭園を直接巡っていないにもかかわらず、終焉神唯一の滅びを見抜き、不滅を斬り裂くとは、相も変わらず、恐ろしいほどの剣の冴《さ》えだ。

「さて、時間もありません」

振り上げられた流崩剣がキラリと瞬《またた》く。冷たい表情を崩さぬままシンは言った。

「速やかに斬滅してさしあげましょう」

「──まっ……!?」

容赦なく振り下ろされた刃が、終焉神の神体を一瞬で細切れにし、細切れになった神体が更に散り散りになり、霧散していく。

一呼吸の間にいったい幾度斬ったのか、そこに残ったのは砂の一粒だった。

§49. 【戦うために生まれた命】

魔王学院敷地《しきち》内。

今にも結界から溢《あふ》れ出《だ》しそうだった《四界牆壁《ベノ・イエヴン》》の勢いが、僅かに弱まった。力の天秤《てんびん》が逆転するかのように、瞬《また》く間《ま》に黒きオーロラはイージェスの《血池葬送《ちちそうそう》》に飲まれていき、カイヒラムの呪泥に浸食される。深化神ディルフレッドが纏《まと》っていた白い火の粉が消え、煙に変わる。骸傀儡が、終わろうとしているのだ。奴《やつ》の神体がボロボロと崩れ始めた。

「カカカカ。なにか言い残すことはあるか、深化神?」

すると、ディルフレッドは生真面目な顔で口を開く。

「《四界牆壁《ベノ・イエヴン》》の起動術式はたった今、貴君らが破壊した。霊神人剣エヴァンスマナは勇者の手元になく、背理神は意識を喪失している。そして、まもなくサージエルドナーヴェの皆既日蝕《にっしょく》が完了する」

遙《はる》か空を覆う歯車の化け物。その眼《め》の位置にある《破滅の太陽》は禍々《まがまが》しく空を彩《いろど》る。《終滅の日蝕《にっしょく》》は、すでに九割超えて進んでいた。

「これが最後の質問だ。問おう、簒奪《さんだつ》者。人間も魔族も精霊も竜人も、なにもかもを滅ぼす《笑わない世界の終わり《エイン・エイアール・ナヴエルヴア》》が放たれる。反逆するか、恭順するか？」

「冥土の土産に教えてやろうではないか。この熾死王の答えは――」

無駄に跳躍するとダンッと足を踏みならして、エールドメードは仰々しく両手を上げる。気がつけば、ぽつり、ぽつり、と空から小雨《こさめ》が降っていた。《雨霊霧消《フスカ》》の魔法だ。霧が漂い、雨粒が二つ、人影に変わった。現れたのは、レイとミサだ。

「丸投げするっ!!」

人を食ったように、熾死王はニヤリと笑う。

「……浅く……薄く……空っぽと発言したか……」

風にさらわれ、ディルフレッドの神体が塵《ちり》となっていく。今にも消えそうな状態で、最後に奴《やつ》は言った。

「なにもなき虚空《こくう》に、浅く薄く空っぽの領域に、深淵《しんえん》が存在したのかもしれない。願望が叶《かな》うならば、貴君とその虚空《こくう》について、問答を交わしたかった――」

ディルフレッドは完全に崩れ去り、跡形もなく消滅した。一瞬、熾死王は真顔でそこを見つめたが、すぐに振り返った。

「遅かったではないか？」

エールドメードは、再生の番神にカイヒラムの遺体を蘇生《そせい》させ、《封呪縛解復《ラエルエンテ》》をかける。

イージェスとギリシリスも同じく《封呪縛解復《ラエルエンテ》》を使った。

「さすがに、《笑わない世界の終わり《エイン・エイアール・ナヴエルヴア》》は堪えたよ……霊神人剣でも相殺《そうさい》しきれなくて、もう殆《ほとん》ど魔力がない……」

苦々しい表情でレイが言う。

「あたしも、しばらく真体にはなれそうにありません……」

ミサの根源深くには、深淵草棘が突き刺さったままだ。それが精霊としての力の大半を削《そ》いでいるため、偽《にせ》の魔王の姿になれぬのだろう。下手に抜こうとすれば、根源に深い傷を負う。それゆえ、樹理四神を倒すまでは身を潜めるしかなかった。

「ただ隠れていただけではあるまい？　ん？」

エールドメードの問いに、レイはうなずく。

「以前、アノスは地底を支える柱を作ったね」

「《想司総愛《ラー・センシア》》か」

「教皇ゴルロアナ、剣帝ディードリッヒ、ガデイシオラの禁兵にも伝えてきた。もうすぐナフタが大樹母海の界門を閉ざす。《思念通信《リークス》》が世界中に届くようになる」

「つまり、だ。《笑わない世界の終わり《エイン・エイアール・ナヴエルヴア》》を正面から迎え撃つというわけか。正真正銘の滅びの力を。いやいや、どうだろうな、その手は？　背理神をどうにか叩《たた》き起《お》こし、無理矢理、権能を使ってもらった方がまだ確実そうだが？」

「それでも、アノスならきっとそうするよ」

熾死王は興味深そうな表情を浮かべた。

「なぜそう思う？」

　レイは空に浮かぶ《破滅の太陽》を見つめ、言った。

「あそこにいる彼女に。彼女たちに、アノスはそれを教えたいと思っているはずだ。滅びの秩序なんかより、人々の想《おも》いはずっと強いってことを」

「カカカ、まあ、背理神が回復する保証もない。オマエに丸投げしたのだから、任せるとしようではないか」

　レイはミサに視線をやる。こくり、と彼女はうなずき、《思念通信《リークス》》を使った。それは魔法線を辿《たど》り、ディルヘイドの国境を越え、アゼシオンにまで届く。

　ガイラディーテ北東。そこには、エンネスオーネと魔王聖歌隊。そして、アゼシオン軍が駐屯していた。

　まるでこれから歌唱演奏会を始めるとでもいうように、大きな舞台が作られていた。エレンたちは式典用の黒いローブを羽織り、その上に立っている。

『皆さん、そろそろですよ』

　ミサの《思念通信《リークス》》に、エレンはこくりとうなずく。

「うん、いつでも大丈夫っ」

　魔王聖歌隊の八人は円陣を組み、それぞれ手をつないだ。

「いい、みんな？　アノス様は今、遠いところにいらっしゃる。すごく、すごく、遠い場所。神界で戦ってる。あたしたちのするべきことはわかってる？」

「アノス様のもとへ、あたしたちの歌を届けるっ！」

「それから、世界中のみんなで歌って、あの歯車の化け物をここから追い出すっ！」

「みんな、歌えるはず……だよね……？」

「大丈夫っ！　これまで公務で沢山歌ってきたもんっ。ディルヘイドでも、アゼシオンでも、ジオルダルでもアガハでも、ガデイシオラでも。みんな、あたしたちの歌を口ずさんでた。絶対、覚えてるはずだよっ！」

「それに一番大事なのは、想《おも》いだから！」

他国との友好のため、魔王聖歌隊は世界各地で魔王賛美歌を広めてきた。それは想像以上に人々の胸を打ち、今や彼女たちの歌を知らぬ者の方が珍しいぐらいだ。

国が違えば、価値観は異なる。主義主張も千差万別だ。それでも、世界を愛する心に分け隔てなどない。異なる文化を持つ者同士が、その想《おも》いを一つにするには、歌が一番適切だと地底での一件で知ったばかりだ。

だが、あのときよりも、更に規模は大きい。まとめあげられるかどうかは、彼女たちの歌にかかっている。

「アノス様が心置きなく戦えるように。誰も、世界の意思なんかに従ったりしないってことを、この平和の歌に乗せよう」

《音楽演奏《シニアル》》の魔法を使い、エレンたちは曲を奏《かな》で始める。直後、爆音が轟《とどろ》いた。

「なにっ⁉」

瞬《また》く間《ま》に火の手が上がった。魔王聖歌隊を守るように布陣していたアゼシオン軍の部隊に、《獄炎殲滅砲《ジオ・グレイズ》》が直撃したのだ。

「て、敵襲っ、敵襲っ！　北側から、神の軍勢どもが突撃して来ますっ！」

「全軍をあげて迎え撃てっ！　この曲に、世界の命運がかかっている！　彼女たちの舞台には一歩も近づけるなっ！」

アゼシオン軍の兵数は約三〇〇〇。その数でもって《聖域《アスク》》を使い、神の軍勢に対して結界を張った。

「北から敵の増援。数約三〇〇〇！」

神の軍勢が姿を現し、魔法砲撃を開始した。

「更に北東から増援。約五〇〇〇ですっ！」

「北西からも増援です！　約五〇〇〇！　合計一万五〇〇〇っ‼」

「……なにっ⁉」

「なっ、我が軍の五倍だとぉっ⁉　これだけの兵を、ディルヘイドではなく、この場へ向けるために温存しておくとは……こちらの手を見抜いていたというのか……？」

『これが神の兵法だ。愚かな人間どもよ』

アゼシオン軍へ《思念通信《リークス》》が届く。軍神ペルペドロのものだ。

『蹂躙《じゅうりん》せよ、神の兵。ディルヘイドに気をとられた奴《やつ》らは、この拠点の守りを薄くしている。制圧すれば、秩序の勝利だ』

「む、迎え撃てぇぇっ！　歌が終わるまで、持ちこたえればいいっ‼」

アゼシオン軍三〇〇〇に対し、神の軍勢一万五〇〇〇が迫っていく。両者はあっという間に交わり、混戦状態に陥った。人間の兵は個の力でも圧倒的に神に劣る上、五倍の兵数では勝負にならぬ。ぎりぎり防衛線をたもっているのは、最前線にエレオノールの《疑似紀律人形《ジーナレーナ》》がいるからだ。

だが、二〇〇体いる彼女たちが、戦闘を続ける内に、一体、また一体と動きを停止していく。

「エレオノールっ……!?」

魔王聖歌隊と同じく、後方にいたエンネスオーネが心配そうな表情を浮かべる。

《根源降誕母胎《エンネスオーネ・エレオノール》》を使いすぎたのだ。これまで神界と地上の魔法線を維持し続けた彼女の根源は、とうに限界を超えている。

『……大丈夫……だぞ……。エンネちゃん、魔法線が伸びるぎりぎりまで、前線に近づいてくれるかな……?』

神界から魔法線を通じて、エレオノールの《思念通信《リークス》》が届く。

「……どうするの？」

『段々、遠くが見えづらくなってきたから……。近づいて、《疑似紀律人形《ジーナレーナ》》を後一〇〇〇体出すぞ』

「だめだよっ。そんなことしたら……今いる《疑似紀律人形《ジーナレーナ》》だけでも十分に操れないのに……！　死んじゃうよ……！」

『大丈夫。ボクは魔王様の魔法だぞ。それにボクたちにしか、ここは守れないから』

エレオノールは言う。時々、その声には苦しげな吐息が混ざった。《思念通信《リークス》》を使うことさえ、もはや負担なのだろう。

『お願い、エンネちゃん』

決意したように、エンネスオーネは頭の翼をきゅっと硬くする。

「……うん……」

エンネスオーネは魔法線を引っぱりながら、ぎりぎりまで前線へ近づいていく。そうして、彼女は翼を伸ばした。目映《まばゆ》い光とともに、羽と魔法文字が舞い落ちた。いくつもの聖水球が構築され、その中に少女が現れる。

『やっちゃえ、《疑似紀律人形《ジーナレーナ》》――』

「……エレオノール……?」

『……ぁ……く……！』

苦しげな声が響いた。

「何度も、同じ手にやられる我々だと思うな」

軍神ペルペドロの声が木霊《こだま》した。見れば、足元に映る影の形が違う。それは異様に大きなわら人形なのだ。

「魔法人形の傷は、術者に返る」

軍神は行動不能に陥った《疑似紀律人形《ジーナレーナ》》を神剣で斬り裂く。

『……あぁっ、あぁぁぁぁぁぁぁぁっ……‼』

エレオノールの悲鳴が響いた。

「これが呪形神《じゅぎょうしん》デュボラの権能だ。神に呪われ、死の傷に果てよ。不適合者の魔法よ」

そのわら人形の影が、呪形神なのだろう。呪いが広がるように、影は範囲を増していき、《疑似紀律人形《ジーナレーナ》》たちを覆いつくした。

「エレオノールッ！　《疑似紀律人形《ジーナレーナ》》を解除してっ！　今の体じゃ耐えられないよっ！」

切迫した声で、エンネスオーネが叫ぶ。

『……それは、できないぞ……。《疑似紀律人形《ジーナレーナ》》がいなくなったら、みんな死んじゃう……』

神の兵たちが、皆一斉に動けない《疑似紀律人形《ジーナレーナ》》たちを狙い、その武器を振り上げた。すぐさま、アゼシオン軍の隊長が指示を出す。

「全隊、《疑似紀律人形《ジーナレーナ》》を守れっ！」

「愚かな」

アゼシオン軍の陣形が乱れた隙を突き、軍神ペルペドロはそこを一気に突破した。

「と、止めろぉっ！　誰か奴《やつ》を止めるのだっ！」

軍神の突撃はあまりに速く、そして強靭《きょうじん》だった。隊列を乱したアゼシオン軍の兵に、彼を止めることは叶《かな》わず、数十人が弾《はじ》け飛んだ。

「……あ…………」

エンネスオーネの目の前に、軍神ペルペドロが立っていた。その赤銅《しゃくどう》の神剣が、容赦なく振り上げられる。

「終わりだ」

軍神ペルペドロが剣を振り下ろすと同時に、数百の神剣が、数百の神槍が、数百の矢と魔法が、《疑似紀律人形《ジーナレーナ》》に襲いかかった。ガギィィッと甲高い音が多重に響き、けたたましい爆音が轟《とどろ》く。

しかし――エンネスオーネは、無事だった。《疑似紀律人形《ジーナレーナ》》も、一体とて傷つけられてはいない。神々の攻撃のすべてが、光り輝く《聖域《アスク》》の剣によって受け止められていた。

「……な……に…………?」

うっすらと霧が漂っていた。そこに現れたのは、藍色の髪の少女。聖なる魔力を放つ彼女の肩には、妖精ティティが座っている。

「……ママを傷つける……だめ……です……」

辿々《たどたど》しい言葉で、彼女は言った。

「ここは……故郷……」

「許す……ないです……」

「助け……きました……」

幼い言葉を放ちながら、同じ顔を持つ彼女たちが言った。

「……ゼシア………お姉ちゃん……?」

呆然《ぼうぜん》とするエンスオーネの後ろに、霧が漂う。現れたのは、アハルトヘルンの教育の大樹エニユニエンに預けていた一万人のゼシアたちだ。

「一生……懸命……」

「言葉……覚えた……です」

「ママ……わかり、ますか……?」

「助け……ありました……」

「一緒に……戦います……」

地、水、火、風の魔法陣が、その戦場を広く囲うように構築されていた。《四属結界封《デ・イジエリア》》。それは内側にいる人間の力を強化し、瞬時に傷を癒やす結界だ。

「《聖域蘇生《テオ・インガル》》」

一万人の《聖域《アスク》》にて、その場で死んだ兵士たちを蘇生《そせい》する。アゼシオン軍はあっという間に息を吹き返した。

「無駄なことだ。世界は戦火に飲まれる。これは秩序」

ペルペドロが振り下ろした神剣は、ゼシアの《聖域《アスク》》の剣に打ち払われる。

「がぁ……！」

後ろからポニーテールのゼシアが軍神の背中を穿《うが》つ。

「……こ、小癪《こしゃく》な……！」

右からセミロングのゼシアが腕を斬り裂き、

「ぬぁぁ……！」

左からシニヨンのゼシアが足を縫い止めて、

「……ぐぁぁ…………！」

正面からお団子ヘアのゼシアが胸を貫く。

「ま、だだ……!!」

上空から、対になったリボンをしたゼシアが、あっという間にペルペドロの首を刎《は》ね、六人のゼシアは同時に言った。

「「「《聖域熾光砲《テオ・トライアス》》」」」

光の爆発とともに、ペルペドロは根源もろとも消滅した。本体がなくては存在できぬのか、奴《やつ》の影であった呪形神デュボラも同時に姿を消す。言葉はぎこちないが、その戦闘能力は常人を遙《はる》かに上回る。まして、互いの想《おも》いを重ね、一万人の《聖域《アスク》》を維持している状態では、並の神に太刀打ちできるはずもない。

ペルペドロが消えたことで、多数が少数を制する秩序を失った神の軍勢は、ゼシアたちの前に、もはや烏合《うごう》の衆に等しかった。

「戦う……ため……生まれた……」

「ママは……泣いていた……」

「……ゼシア……思う……です……」

「大好きなママ……助ける力……ありました……」

みるみる内に敵を斬り滅ぼしながら、覚えたての言葉を彼女たちは精一杯披露する。戦場にありながら、それでも最初に言うべきことを、決めていたと言わんばかりに。

「……ありがとう……ママ……」

「ゼシアたちは……幸せ……なりました……」

エンネスオーネと《勇者部隊《アスラ》》の魔法線をつなげた彼女たちに、エレオノールは言う。

『……み、みんな……戦場で、油断しちゃだめだぞ……』

辿々《たどたど》しいエレオノールの言葉。根源が限界に迫っている苦しさからくるものでは決してない。

こぼれ落ちそうな涙を、必死に堪えているのだろう。

『か、可愛《かわい》い顔を、傷つけて帰ってきたら許さないんだから』

ほんの少しだけ口元を緩ませたゼシアたちが、剣を振るう。

「「「はい……ママ……」」」

§50.【希望の中の絶望、絶望の中の希望】

そこは――暗黒の空だった。一切の光が存在しない、暗闇に閉ざされた場所。神の姉妹の心の深淵《しんえん》。二人の心象風景だ。

投げかけた声は闇に吸い込まれ、儚《はかな》く消える。幾度となく繰り返し、俺は呼びかけていた。

その言葉は二人の耳には届かない。暗黒の空に、彼女らはぽつんと佇《たたず》んでいた。深い暗黒の淵《ふち》、陰惨な心の底――絶望という名の車輪が姉妹の心を轢《ひ》き裂いている。ぎちぎちと、ぎちぎちと、鈍い音を響かせながら。

その魔眼《めめ》に映るのは――

その神眼《め》に映るのは――

終わりゆく世界の瞬《また》きだった。

「……ごめんなさい……」

譫言《うわごと》のように、ミーシャが言う。彼女の心に略奪者の歯車が食い込み、それを無理矢理に回している。ぎち……ぎち……と不気味な音を立てながら、なにかが少しずつ壊れゆく。

「……優しく創ってあげられなくて……」

こぼれ落ちるのは彼女の想《おも》い。創造神ミリティアだった、少女の願いだ。

——世界には、悪い人なんていない。

——悪いことをする人が、初めから悪意を持っていたわけじゃない。

——なにが人を変えたのか？　なにが彼や彼女を変えたのか？

——大事なのは、その理由。

——大事なのは、悪意のはじまり。

　——戦争、裏切り、絶望、喪失、迫害、虐待……数え上げれば、きりがない。

——それをわたしは悲劇と名づけた。

——初めから悪かった人は、どこにもいない。


「……どこにも、いなかった……」


——たとえ誰がどんな悪をなしたとして、わたしに彼らを裁く権利があるのだろうか？

——二〇万人もの人を滅ぼし悪鬼と呼ばれた男の始まりは幼い頃、友に裏切られたこと。

——だけど、その友は悪魔のような親に人形のように扱われ、人を信用できなくなった。

——けれども、その親にも、悪魔となった原因があった。

——悪意の連鎖は果てしなく続き、世界はいつまでも滅びへと向かっている。

——悪意は彼らの咎《とが》？

——違う。きっと、どこかにはじまりがある。

――わたしはそれを探した。

――罪の在処《ありか》を。

――世界を見つめた。長く、とても長く。

――さかのぼり、さかのぼり、さかのぼって、

――わたしは、とうとう悪意のはじまりを見つけた。

――わたしが、創った。

――優しくなんかないこの世界を、わたしが創ってしまった。

――それが、それ以上さかのぼれない、世界のはじまり。

――覆《くつがえ》しようのない、罪の在処《ありか》。

――悪意の元凶をさかのぼれば、なにもかも、わたしに辿《たど》り着《つ》く。

――わたしに、どうして人が裁けるというのだろう。

――そんな風に、この心が創ったのに。

――この世界はいつも戦火に包まれ、焼かれながら誰もが叫ぶ。

――ゆらめく炎の中には、いつだって、悲しみと怒りと憎悪《ぞうお》が渦巻いていた。

――あの幼い子供を殺したのは、誰？

――あの恋人たちを引き裂いたのは、誰？

――あの子の親を奪ったのは、誰？

――答えは、いつも一つ。

――わたしだった。

――ごめんなさい。
――ごめんなさい。
――ごめんなさい。
――どれだけ心の中で繰り返そうと、それを創ったわたしの言葉は、
――いつも空《むな》しく闇に飲まれる。
――悪意の元凶を、誰がどうして許せるというのか。
――母の想《おも》いを受け継ぎ、心の底から、願ったはずだったのに。
――どうして世界はこんなにも悪意に満ちている？
――秩序の歯車のせい？
――違う。きっと、違う。
――それでも、創ったのはわたし。
――わたしのどこかに、
「この心のどこかに、小さな悪意の種があったのだろうか？」

──終わりを呼ぶ光が、こんなにも残酷に瞬《またた》いている。

──世界を滅ぼす《終滅の日蝕《にっしょく》》。

──わたしの悪意が、こんなにも大きく、

「わたしが、真っ白だったら」

──なんの陰りもないほどに綺麗《きれい》な心を持っていたら、

──こんな悲劇は起きなかったかもしれない。

──秩序の歯車に気がつかなかったのは、わたしの過《あやま》ち。

──もっと早くに気がついていれば、

──創世のときに気がついていれば、

──わたしは、もっと優しい世界を創れた。

──うぅん。気がついていなくても、

──わたしがもっと優しい世界を願えていたなら、

──誰も、歯車には負けなかった。

「ごめんね。サーシャ」

──ごめんなさい。

「ただ世界を見たかった。あなたのお願いすら、わたしは叶《かな》えてあげられなかった」

――だって、

「世界はこんなにも悲しく、悪意に満ちている」

ミーシャは、サーシャを振り向く。彼女は膝を抱えたまま、暗黒の空を漂っている。その神眼《め》は閉じていて、まるで眠っているかのようだった。

「――足りない」

ミーシャが言った。創造神の神眼《め》には、《終滅の日蝕《にっしょく》》を通し、地上が見えていた。少しずつ、光が集まってきている。世界中の人々の想《おも》いを結集する、《想司総愛《ラー・センシア》》の光が。

「創造よりも滅びが多い。愛と優しさよりも、悪意と憎悪《ぞうお》が強い。だから、いつも、いつだって――」

ミーシャの瞳から、涙がこぼれる。

「《想司総愛《ラー・センシア》》は《笑わない世界の終わり《エイン・エイアール・ナヴエルヴア》》を止められない。それが世界の秩序」

すると、サーシャがぼんやりと神眼《め》を開いた。

「……ミーシャ……」

サーシャはゆっくりと指先を伸ばす。そうして、ミーシャの涙を拭った。

「泣かないで」

「……ん……」

「夢を見たわ」

ゆっくりとサーシャは身を起こした。

「……どんな？」

「おかしな夢。わたしが、運命をぶち壊すの。奇跡でも起こらない限り、叶《かな》わない夢」

自嘲気味に、サーシャは言う。

「破壊神のわたしが、地上を救うの。そんなことありえないはずなのにね。本当、おかしな夢だわ……」

サーシャは左眼《ひだりめ》に《終滅《しゅうめつ》の神眼《しんがん》》を浮かべ、ミーシャは両眼に《源創《げんそう》の神眼《しんがん》》を浮かべ、じっと見つめ合った。

「力を貸して、ミリティア」

強い意志を込めて彼女は、言う。

「わたしはもう絶望なんて沢山だわ。みんな、あそこで戦っている。わたしが泣いているとき、レイもミサも、エールドメード先生も、誰も諦めてなかった。ここで怖《お》じ気《け》づいて泣いてるばかりじゃ、みんなに笑われるわ」

サーシャの意志に呼応するように、その神眼に魔力が集う。

「運命をぶち壊すのに奇跡を起こさなきゃいけないっていうなら、わたしが起こしてみせる」

ミーシャの手を取り、破壊神の少女は言った。

「世界が笑っていないなら、無理矢理笑わせてあげる。だから、お願い、ミリティア」

意を決した表情を浮かべるサーシャを見て、ミーシャは薄く微笑《ほほえ》んだ。

「一緒に戦って。世界の秩序は、いつだって同じ結果をもたらしたかもしれないけど、今日は違うかもしれない。わからないけど、保証もないけど、でも、そんな気がするの」

「アベルニユー」

指を深く絡《から》めるようにして、ミーシャはその手をぎゅっと握った。

「ありがとう。わたしも諦めない」

「《終滅の日蝕《にっしょく》》を止めるわ」

じっとミーシャの神眼《め》を見つめ、サーシャは言った。

「元に戻ろう、ミリティア。わたしたちが同時に存在しなければ、《終滅の日蝕《にっしょく》》は起こらない。すぐには消えないかもしれないけど、少しでも威力が弱くなれば、きっとレイたちが《想司総愛《ラー・センシア》》で止めてくれるはず」

ミーシャは二度瞬《まばた》きをする。そうして、こくりとうなずいた。彼女たちは、背中合わせになり、後ろ手で手をつなぐ。

これは心象風景。実際には、二人は魔法陣の歯車に拘束されている。魔力を込めようとして、ふと、ミーシャが顔を上げた。

なにかが聞こえたといったように。

『どれだけ呼びかけようと無駄だ。汝《なんじ》の声は、もう届かない』

爆炎が視界を覆いつくした。ノイズ交じりの声が響き、俺は目の前に降り注ぐ神の猛火を一睨《にら》みする。

《滅紫の魔眼》が、無数の神炎《しんえん》をかき消した。

神々の蒼穹《そうきゅう》。その深淵《しんえん》の底にて、エクエスは宙に浮かんでいる。ずらりと並べられた炎の大砲が、こちらへ照準を向けていた。

『──ミーシャ』

降り注ぐ神の炎を《四界牆壁《ベノ・イエヴン》》で受け止めながら、彼女たちの心の深淵《しんえん》へ魔眼《めあ》を向け、《思念通信《リークス》》にて何度も呼びかける。

『──サーシャ』

「いい加減に理解した頃だ、世界の異物よ。私の歯車が埋め込まれた破壊神と創造神は、汝《なんじ》を認識することができない」

炎の大砲の掃射が止《や》む。エクエスは十字架のような姿勢をとり、ぎちぎちと体の歯車を回し始めた。

それだけで、奴《やつ》の莫大《ばくだい》な魔力が更に高まっていく。《遠隔透視《リムネト》》に使っていた五つの巨大な歯車が縦になり、こちらに狙いを定める。その歯を、刃の代わりにでも使おうというように。

「呼び覚ますことなど不可能だ」

「くはは。ブラフならマヌケだが、エクエス、本気ならば、その頭の歯車に油をさしておけ。錆《さ》びてろくに回っておらぬ」

奴《やつ》がその指先を俺へ向ける。不気味な音を立てながら、一枚の巨大な歯車が発射された。迎え撃つように、俺は魔法陣を描いていく。

「あいにくサーシャは寝起きが悪くてな。なかなか起きぬのはいつものことだ。仲の良い妹《い》の方は、それにつき合っているといったところか」

激しく回転しながら歯車は、俺に突っ込んでくる。放った《獄炎殲滅砲《ジオ・グレイズ》》と《魔黒雷帝《ジラスド》》を轢《ひ》き裂きながら、俺の体を深く抉《えぐ》る。

「普段の登校前となにも変わらぬ」

根源が斬り裂かれ、魔王の血がどっと溢《あふ》れ出《だ》した。それにより僅かに腐食した一点へ、《焦死焼滅燦火焚炎《アヴィアスタン・ジアラ》》を叩《たた》き込《こ》み、内側に《灰燼紫滅雷火電界《ラヴィア・ギーグ・ガヴエリイズド》》を撃ち放つ。

膨大な紫電とともに、歯車は灰燼《かいじん》へと変わる。

「それにお前が言うほど、絶望してはおらぬようだぞ」

「汝《なんじ》はわかっていない。歯車はとうに回り始めた。絶望は希望の中にこそあるのだ」

二発、三発、四発と今度は歯車が大地へ向かって放たれていた。ガガガガガッとそれは深《しん》淵《えん》の底を削る。

大地に埋まっていた火露が、歯車にまとわりつき、その魔力を高めていた。火露が奪われれば奪われるだけ、循環するはずの生命が滅ぶ。それ以上、やらせるわけにはいかぬ。

「守り続けるがいい、世界の異物よ。汝《なんじ》は、あのセリス・ヴォルディゴードの息子。彼になにが救えた？　自らの妻を見殺しにしてまで平和を望んだあの男は、結局なにを守れた？」

俺は大地を蹂躙《じゅうりん》する歯車へ突っ込み、あえて根源を傷つけさせては魔王の血で腐らせ、《焦死焼滅燦火焚炎《アヴィアスタン・ジアラ》》と《灰燼紫滅雷火電界《ラヴィア・ギーグ・ガヴエリイズド》》で、歯車を灰燼《かいじん》に帰した。

「俺を守り、平和を守った。その誇り高き意志を伝え、父はすべてを守り通したのだ。今、この瞬間もな」

「誤りだ。力を失ったあの男は、なにも守れなかった」

エクエスの背後に光が満ち、巨大な歯車が再び姿を現した。更にもう一つ、二つと歯車が出現していく。

「これが、その結末だ」

巨大な歯車に《遠隔透視《リムネト》》の魔法陣が描かれる。そこに映ったのはミッドヘイズにある鍛冶・鑑定屋『太陽の風』だ。

「守る者はいない。どうする、不適合――」

エクエスが息を呑《の》む。勢いよく飛び上がった俺は両手に、紫電を握り締めていた。右と左からこぼれ落ちる紫電にて、合計二〇の魔法陣を描く。それらが連なり、巨大な魔法陣が二重に重ねられた。

「《灰燼紫滅雷火電界《ラヴィア・ギーグ・ガヴエリイズド》》」

二重重ねの滅びの魔法が、エクエスを紫電の結界で覆う。紫電と紫電が衝突し、圧倒的な破壊が内側で巻き起こる。荒れ狂う稲妻と雷光が、世界を紫で埋め尽くした。

「――間違えたのは貴様だ、エクエス。絶望の中にこそ、希望があるものだ」

けたたましい雷鳴が響き渡り、やがて、光が収まっていく。

しかし――エクエスは、健在だ。その歯車の神体は、やはり傷一つついていない。

「では、その魔眼《め》でとくと見るがいい。絶望が回る瞬間を」

ぎちり……ぎちり……と歯車が回る。《遠隔透視《リムネト》》に映った鍛冶・鑑定屋が、立ち上った猛火に包まれた――

§51. 【最期の魔法】

ミッドへイズの市街地に、聞き覚えのある曲が響き始める。

家の中で身を小さくし、震えていた魔族の民たちは顔を上げ、その調べに耳をすました。何度も耳にしたその曲は、現ディルへイドに君臨する唯一の王を称《たた》える賛美歌である。彼らは、戦いの終結が近づいていることを理解しただろう。緊張していた表情が、ふっと和らいだ。

『ナフタは宣告します。界門の閉塞を完了しました。大樹母海が消滅し、《思念通信《リークス》》の通常使用が可能となります』

魔王学院前にて、レイはそれに応答する。

「了解。始めよう」

熾死王、冥王、緋碑王が《思念通信《リークス》》の魔法陣を描き、戦局を他の部隊へ伝える。すると、ミッドへイズ各地に次々と《思念通信《リークス》》の魔法陣が描かれ始めた。魔眼《めめ》に見えてはっきりとわかるほど、その魔力が広がっていく。

地上のディルへイド、アゼシオン、アハルトへルン。地底のジオルダル、アガハ、ガデイシオラ。ミッドへイズに集った六国の強者たちの魔力にて、それぞれの国へ《思念通信《リークス》》の光がつながっていく。

『皆さん。聞こえますか？　魔王聖歌隊のエレンです』

アゼシオンにいるエレンの声が、《思念通信《リークス》》を通して世界中に届けられた。厳粛に、丁寧に、彼女は人々に語りかける。

『今、あたしたちの国、ディルヘイドは空に浮かぶ歯車の化け物、エクエスに襲われています。《終滅の日蝕《にっしょく》》があたしたちの国を、世界を灼《や》き滅ぼそうとしています』

《遠隔透視《リムネト》》の魔法も使われ、地上の空と、魔王聖歌隊の姿が映し出される。

『《全能なる煌輝》を名乗るエクエスは、それが秩序だと言います。二千年前、ディルヘイドの魔王は長きにわたって続いた大戦を終わらせました。世界に平和が訪れ、人々が戦いで命を落とすことはなくなりました』

後ろに響く優しげな曲とともに、エレンは語る。

『エクエスが言うには、その代償が今回の戦いだそうです。滅びと創造はできる限り等しく、そして世界は少しずつ滅びに向かわなければならない。二千年間、人間が、魔族が、竜人が、精霊が、滅ぶはずのものが滅ばなかった分だけ、今日ここで滅ばなければならない……』

その声が震えた。言葉を発する度に、抑えた彼女の感情があらわになっていく。

『そんな、馬鹿な話ってありますかっ？　この世界では戦いがずっと続かなければならないなんて、そんな理不尽な話がありますかっ？』

神々の蒼穹《そうきゅう》で知ったことを、エンネスオーネがエレンに伝えたのだろう。それを今度はエレンが世界中に伝えていた。

『神の軍勢が地上にも地底にも侵攻してきて、多くの国が、多くの街が戦火に飲まれました』

悲哀をたたえながら、静かにエレンは口を開く。

『大切な人が傷つき、友達が倒れ、亡《な》くなった人も少なくありません。これが、こんなひどいことが、これからもずっと続くって、それがこの世界の秩序だって、あの化け物は言ってるんです！』

彼女はすうっと息を吸い込む。強い視線を前へ投げかけた。

『あたしたちの魔王は神界でエクエスと戦っています。この世界の秩序こそ、この理不尽の方こそ、滅ぼすべき存在だと確信し、暴虐の魔王は決して引くことはないでしょう』

レイは、自らを中心に魔法陣を描く。《想司総愛《ラー・センシア》》の術式だ。

『魔王はいつも、沢山のものを守ってきました。二千年前、平和を築き、この魔法の時代に転生した彼は、アゼシオンとディルヘイドの戦争を止め、両国を守りました。大精霊レノと彼女の娘を救い、アハルトヘルンを守りました。地底では、ジオルダル、アガハ、ガデイシオラの争いを止め、天蓋の落下から竜人たちを守りました』

エレンの息づかいが、《思念通信《リークス》》を通して伝わる。彼女の想《おも》いが、世界を覆っていた。

『暴虐と呼ばれた魔王は今も、エクエスと戦いながらもこの世界を守っています。あの《終滅の日蝕《にっしょく》》が、あたしたちを灼《や》こうとしている。二千年前、世界を四つに分けた壁を使えば、魔王はその終滅の光からも、あたしたちを守ることができるかもしれません』

必死に、切実に、エレンは世界へ語りかける。

「神の侵攻によって、その術式は破壊されましたが、きっと魔王にはそれを復元させることもできるはずです。二千年前と同じく、その命と今度はもっと多くのものを代償として……」

彼女の決意が表情に表れる。胸を打つような声で、エレンは言った。

『今度はあたしたちが守る番ですっ！　《想司総愛《ラー・センシア》》。みんなの想《おも》いが、世界中の想《おも》いが一つになれば、きっとあの日蝕《にっしょく》は止められる。あたしたちの歌で、あたしたちの想《おも》いで、暴虐の魔王に見せてあげましょう』

彼女は優しく、愛を込める。

『あなたが守り続けてきた世界は、こんなにも素晴らしいんだって』

静かに、光が集い始める。まずはディルヘイドから、そして次にアゼシオン。アハルトヘルン、アガハ、ジオルダル、ガデイシオラと、世界中から、ゆっくりとその想《おも》いは集い始め、白き魔力の粒子となって、レイの周囲に輝いた。

『魔王賛美歌第九番――』

エレンが曲のタイトルを口にしようとしたそのとき、激しいノイズが伴奏に混ざった。ミサが頭を押さえ、一瞬ふらつく。その体を抱きとめて、レイは彼女に反魔法を張った。

「……魔法に干渉されている…………」

冥王イージェスが言い、その隻眼を光らせる。《思念通信《リークス》》から伝わる曲を乱され、それを耳にしたものの体が蝕《むしば》まれているのだ。敵の神が、まだどこかに潜んでいる。瞬間、ゴオオオオオォォォォォッと激しい火柱が市街地から上がった。

「……あの場所は…………!?」

イージェスが血相を変え、駆け出した。レイがそれに続き、エールドメードは犬と化したギリシリスに乗った。

高速で風景が流れていき、近づけば近づくほどノイズが激しさを増す。その音は魔力を伴い、呪いのように染《し》み入《い》っては、体を浸食する。そうして、イージェスが到着したその場所で、唱炎が上がっていた。

炎に包まれているのは鍛冶・鑑定屋『太陽の凪』。ロォン、ロォン、と音を響かせ、そこに現れたのは目に見えぬ音の神、福音神《ふくいんしん》ドルディレッドだ。

「紅血魔槍、秘奥《ひおう》が弐――《次元閃《じげんせん》》」

紅《あか》き槍閃が、唱炎を斬り裂き、次元の彼方《かなた》へ吹き飛ばす。店舗は焼け、崩れ落ちているものの、《血界門《けつかいもん》》が作り出した次元結界があったため、かろうじて原形を保っている。イージェスが、ドルディレッドに魔槍を向けた。

直後、彼は隻眼を険しくする。鍛冶・鑑定屋を守っていた四つの《血界門》に、魔法文字が描かれていた。いつのまにか門の隣に立っていたのは、ツギハギの服を纏《まと》った幼い男の子。握り締めた羽根ペンからは、《血界門》に描かれた魔法文字と同じ波長の魔力が発せられていた。

狂乱神アガンゾン。その改竄《かいざん》の権能を発揮するが如《ごと》く、四つの門が不自然に曲がり、次元結界が歪《ゆが》められた。ぱっくりと切り裂かれた空間の向こうから、獰猛《どうもう》な唸《うな》り声が聞こえる。家よりも遥《はる》かに巨大な漆黒の獣がそこに現れ、顎《あぎと》を大きく開いていた。

「暴食神《ぼうしょくしん》ガルヴァドリオン……！」

イージェスが魔槍を突き出し、《次元衝《じげんしょう》》にて漆黒の獣に一〇の穴を穿《うが》つ。だが、アガンゾンが羽根ペンを振るえば、その穴がイージェスの目の前に転移し、彼を吸い込んでいく。

神剣ロードユイエが飛んできて、《次元衝《じげんしょう》》を塞ぐ。一〇の剣が一〇の穴に吸い込まれ、事なきを得たかと思えば、けたたましい音が響いていた。

食らっている。暴食神ガルヴァドリオンがその巨大な口を開き、地面ごと抉《えぐ》りながら、鍛冶・鑑定屋『太陽の風』を丸飲みしていくのだ。

「きゃあぁぁぁぁあっ……！！！」

「――つかまれぇぇぇ、ルナアァアッ！！！」

母さんと父さんの声が響いた。それも束《つか》の間《ま》、その店は暴食神ガルヴァドリオンの腹に飲み込まれた。

僅かに遅れて追いついてきたエールドメードとレイは、その三神に対峙《たいじ》する。奏《かな》でられる賛美歌の音を暴食神が食らい、福音神が新たな曲を奏《かな》でて不協和音を作り出す。更に狂乱神が改《かい》竄《ざん》することで、《思念通信《リークス》》に不気味な曲が流れているのだ。

ガルヴァドリオン、ドルディレッド、アガンゾン。三神とも屠《ほふ》らねば、《想司総愛《ラー・センシア》》は使えぬ。父さんと母さんを丸飲みしたのは、その腹の中で二人が生きているかもしれぬと思わせ、全力での攻撃を封じる算段だろう。

『すべては――』

ぎちり、ぎちり、とアゼシオン上空の歯車が回る。遙《はる》か彼方《かなた》から、ノイズ交じりの声が響き渡った。

『すべては秩序の歯車が回るが如《ごと》く。汝《なんじ》らはこれで、《終滅の日蝕《にっしょく》》に対抗するすべての手段を失った。サージエルドナーヴェの皆既日蝕《にっしょく》まで、残り六〇秒。絶望に圧《お》し潰されるがいい、世界の異物に与《くみ》した愚かな人々よ』

《終滅の日蝕《にっしょく》》が刻一刻と進む。世界が闇に閉ざされていく中、レイ、イージェス、エールドメードは動いた。神剣ロードユイエが放たれ、紅血魔槍の秘奥《ひおう》が唸《うな》る。レイは尽きかけた魔力を振り絞り、《愛世界《ラヴル・アスク》》にて突っ込んだ。

だが、間に合わない。音の神であるドルディレッド、事象を改竄《かいざん》するアガンゾン、万物を食《く》らうガルヴァドリオンが時間稼ぎに徹すれば、不意をつきでもしない限り、僅か六〇秒で滅ぼすのは不可能だ。

本調子ならいざしらず、熾死王も冥王も、レイもすでに消耗しきっている。残酷なまでに進んでいく時計の針に、さすがの三人にも焦燥のかげりが見えた。

「──見ているか、アノス」

声とともに、細い紫電が一〇本、天に向かい、走っていった。耳を劈《つんざ》く雷鳴と、暴食神ガルヴァドリオンを覆いつくすほどの紫電が溢《あふ》れる。天は轟《とどろ》き、地は震撼《しんかん》し、漆黒の獣の体が散り散りになっていく。

引き裂かれたガルヴァドリオンの腹の中から、ボロボロになった家がこぼれ、地面に落ちる。次の瞬間、膨大な紫電が落雷し、ガルヴァドリオンを灰燼《かいじん》と化した。

残ったのは万雷剣。落雷した膨大な紫電が、天の柱の如《ごと》くその魔剣に帯電している。柄を握っているのは、母さんを抱き抱えた父さんだ。その外見はこの時代のものなれど、その魔力は確かに転生前のもの。セリス・ヴォルディゴードのものだった。

「見ているか、アノス。これは、二千年前の俺が贈る魔法」

一歩、父が足を踏み出す。

「我が生涯、最後の《波身蓋然顕現《ヴェネジアラ》》」

グラハムに敗れた、あのときだ──

最期《さいご》にありったけの魔力を使い、父セリスは《波身蓋然顕現《ヴェネジアラ》》を使った。直後に、グラハムに首を刎《は》ねられ、魔法はなんの効果も及ばさなかった。だが、違う。《波身蓋然顕現《ヴェネジアラ》》は発動していたのだ。可能性となったセリスは、再び《波身蓋然顕現《ヴェネジアラ》》を使った。その《波身蓋然顕現《ヴェネジアラ》》のセリスも、《波身蓋然顕現《ヴェネジアラ》》を使う。

延々と《波身蓋然顕現《ヴェネジアラ》》だけを使い続ける限り、可能性としてのセリスは消えることはない。無論、それでは外界になんの影響も及ぼすことはできない。ただ可能性として存在する。それだけだった。

そうして、今日まで父は、可能性をつないできた。文字通り、亡霊となり、その魔法は二千年を生きてきた。もしも可能性の剣を振るったなら、たちまち消え去るだろう。たった一度のその機会を、彼は息子のために遺《のこ》したのだ。

即座に、冥王が動いた。

「ぬんっ！」

紅血魔槍を突き出される。秘奥《ひおう》が壱、《次元衝》にてアガンゾンとドルディレッドに穴を穿《うが》つ。アガンゾンは改竄《かいざん》し、ドルディレッドは音となってすり抜けようとするも、滅紫に染まったセリスの魔眼《めがん》がそれを妨げた。次元の穴に吸い込まれ、二名の神体は空に投げ出されるように転移していた。

「よくやった、一番《ジェフ》」

巨大な剣と化したその紫電が、アガンゾン、ドルディレッドめがけて振り下ろされる。

「《滅尽十紫電界雷剣《ラヴィアア・ネオルド・ガルヴァアリイズエン》》」

空を引き裂くような雷鳴がどこまでも彼方《かなた》へ響き渡り、滅びが神へと落雷する。ディルヘイドの空が紫に染まり、狂乱神も福音神も灰さえ残さず滅尽していく。

「二千年前――」

滅びの魔法を放ちながら、父が言う。

「お前の母を、見殺しにした」

紫電が収まる毎《ごと》に《波身蓋然顕現《ヴェネジアラ》》が終わり始め、その魔力が消えていく。

「だが――」

母さんをぐっと抱き抱えながら、セリス・ヴォルディゴードは言う。

「今度は守れた」

紫に染まった空が、元に戻った。

アガンゾンもドルディレッドもそこにいない。滅びたのだ。

「お前の母と父を。お前の帰るべきこの場所を」

父は万雷剣を突き刺す。ふっとその体から力が抜けていく。

「俺は、守り通したぞ………」

倒れかけた二人をイージェスが支えた。

「……見ているか、アノス……？」

最期《さいご》の《波身蓋然顕現《ヴェネジアラ》》が消えていく。

父の声が、消えていく。

「……お前は俺の息子だ。世界の意思などに、負けはしない……」

今にもその魔法が終わろうとする中、最後に残った可能性を絞り出すように、父はイージェスの背中に手をやり、そして言った。

「……待っているぞ……アノ……ス…………お前を、この……家で」

意識を失ったように、がっくりと父はうなだれた。二千年前のその声を聞くことは、もう永遠にないのだろう。

僅か一瞬の出来事だった。それでも、最期《さいご》の瞬間、鮮やかに時代を超えてきたその目映《まばゆ》い紫電は、確かに俺のかけがえのないものを守っていった。

§52. 【重なる想い、束ねた力】

音が戻った――

福音神、暴食神、狂乱神の妨害がなくなり、《思念通信《リークス》》から再び魔王賛美歌の優しい音色が奏《かな》でられた。それはアゼシオンからミッドヘイズへ。ミッドヘイズから、アハルトヘルン、ジオルダル、アガハ、ガデイシオラへ。みるみる広がっていくその曲は、世界中に響き渡る。光が集う。《思念通信《リークス》》を通して、無数の目映《まばゆ》い光の粒子がレイを中心として溢《あふ》れ出《だ》していく。

「僕たちの勝ちだ、エクエス」

平和を願う人々の想《おも》いをその身に纏《まと》いながら、レイはアゼシオンの遥《はる》か上空に浮かぶ《終滅の日蝕《にっしょく》》と巨大な歯車の化け物を睨《にら》む。

「終滅の光を世界のどこへ放とうと、平和を願う人々の想《おも》いがそれを受け止める」

空は暗闇に覆われた。それは、サージエルドナーヴェの皆既日蝕《にっしょく》、世界を闇に閉ざす暗黒に飲まれながらも、しかし、ディルヘイドの光は失われていない。アゼシオンでも、アハルトヘルンでも、ジオルダルでも、アガハでも、ガデイシオラでも——人々の想《おも》いが魔力に変わり、地上と地底に希望の光を満たしていた。

『想《おも》いが、秩序に優《まさ》ると思うのか？』

ぎちり、ぎちり、と歯車が回る。ノイズ交じりの不気味な声が、遠く地上へ響き渡った。

『愛と優しさを持てば、世界を救えると思うのか？』

「救えるよ」

気負わぬ口調で、レイは言う。

「救ってみせる」

『汝《なんじ》らが救おうとしている世界こそ、この私なのだ。世界《わたし》は滅びを欲《ほっ》している。汝《なんじ》ら、生きとし生けるものの滅びを。それが定められた秩序だ。決して覆《くつがえ》すことはできない』

天を覆う闇と地に満ちる光。世界と人、闇と光が鬩《せめ》ぎ合うが如《ごと》く、両者は彼方《かなた》の距離を挟み対峙《たいじ》する。

『世界を救うために、世界と戦う矛盾が汝《なんじ》らを殺す。絶望の車輪は、その想《おも》いのすべてを轢《ひ》き裂き、踏み潰していく』

黒檀《こくたん》の光が、空に浮かぶ《終滅の日蝕《にっしょく》》に凝縮されていく。暗く、禍々《まがまが》しく、そしてなおも神々《こうごう》しい力。破壊神の滅びの権能が、今まさに世界へ向けて牙を剝《む》こうとしていた。

『刻限だ』

歯車の化け物が、アゼシオン上空からミッドヘイズを睨《にら》む。その瞬間、終滅の光が鮮やかに瞬《また》いた。

『終滅の光が、今、地上を灼《や》き尽くす』

放出されたのは、一度目とは比べものにならないほどの膨大な光だった。ディルヘイドを丸ごと飲み込まんばかりの終滅が、瞬《また》く間《ま》に押し寄せ、地上の光を黒檀《こくたん》に塗り潰していく。それを迎え撃つが如《ごと》く、地上からは純白の光が天を突く柱のように立ち上る。

レイの手の中に現れたのは、真っ白な聖剣である。人々の想《おも》いが凝縮され、具現化されたものだ。その想《おも》いの聖剣を握り締め、終滅の光に向かって、レイは地面を蹴った。後押しするように純白の光がその体をみるみる押し上げ、彼は滅びの真っ直中へ飛び込んでいく。

霊神人剣の加護がない今、彼に奇跡は起きない。僅かでも押し負ければ、レイは今度こそ確実に消滅するだろう。それでも、彼は地上にいるすべての者に見せなければならない。

人々の想《おも》いは、世界の秩序などに決して負けはしない、と。迷わず飛び込んだ彼の姿を見れば、誰もがそう確信し、その想《おも》いは益々《ますます》強まるだろう。恐れはあろう。恐怖を感じぬわけがない。だが、レイはありったけの勇気を振り絞り、黒檀《こくたん》の光に白き想《おも》いの聖剣を突き出した。

「《想司総愛《ラー・センシア》》アアアアアアアアアアッッ！！！」

終滅の光と《想司総愛《ラー・センシア》》が、真正面から衝突する。激しく鬩《せめ》ぎ合い、渦を巻く黒檀《こくたん》と純白の光は大気を震撼《しんかん》させ、その余波だけで割れた大地を更に引き裂いていく。圧倒的な滅びの力を一身に受け、純白の光を纏《まと》うレイの体が灼《や》け焦げていく。握り締めた真白の聖剣に、僅かに亀裂が走った。

『助け合い、手を取り合い、汝《なんじ》らは希望をつないできたつもりだった。世界の意志を挫《くじ》き、デイルヘイドにやってきた神を撃退した。そう信じていた』

人々の想《おも》いを挫《くじ》くように、ノイズ交じりの声が響く。

『すべては秩序の歯車に従っている。汝《なんじ》らは、滅びに立ち向かうための希望を一つずつ失ってきたのだ。霊神人剣エヴァンスマナを。不適合者グラハムが備えていた背理神を。セリス・ヴォルディゴードが遺《のこ》した《波身蓋然顕現《ヴェネジアラ》》を、汝《なんじ》らは失った』

ぎちり、ぎちり、と歯車が回る。膨大な黒檀《こくたん》の光に撃たれ、聖剣の亀裂が更に広がる。

『歯車は回り、世界は回り、そして、絶望が回り始める。宿命を断ち切り、運命を覆《くつがえ》す唯一にして最大の武器を失った時点で汝《なんじ》は敗北していたのだ、愚かなる勇者よ』

レイの体が、《想司総愛《ラー・センシア》》の光が黒檀《こくたん》に飲み込まれ、押し返されていく。すでに彼は一度目の終滅の光に撃たれ、その根源は激しく傷ついている。ここまで動いていること自体が、不思議なぐらいなのだ。かろうじて想《おも》いにて支えられていた体も、最早《もはや》、限界を迎えようとしていた。

『世界《わたし》は、優しくもなければ、笑ってもいない』

終滅の光が一際《ひときわ》大きく瞬《またた》く――そのときだった。地上から、光とともに飛び上がってきた者がいた。終滅の光に押されていたレイの背中がその者の手によって支えられる。

「情けない。その程度ですか、あなたの力は」

シン・レグリアだ。レイを支えながらも、流崩剣アルトコルアスタに魔力を注《つ》ぎ込《こ》み、彼は黒檀《こくたん》の光にそれを突き刺す。

「世界も救えぬような男に、娘はやれません」

「……それは、困るね……」

ぐっと歯を食いしばり、ボロボロの体に鞭《むち》を打つように、彼は魔力を振り絞った。

「「命剣一願っ！」」

地上から、再び光とともに飛び上がってきた人影があった。ディードリッヒ、ネイト、シルヴィア。アガハ最強の子竜たちだ。

「「「お・お・お・おおおおぉぉぉぉぉぉぉぉおっっ！！！」」」

カンダクイゾルテの剣を、彼らは終滅の光に突き刺す。ナフタの作り出す理想世界が、その滅びと闘《せめ》ぎ合う。

「行きたまえっ、犬ぅっ！」

ジェル状の犬が黒檀《こくたん》の光に突っ込み、「ぎゃん、ぎゃわんっ」と鳴き声を上げる。滅びながらも、《根源再生《アグロネムト》》にて復活を繰り返し、緋碑王ギリシリスは終滅の光が持つ力を消耗させている。

「カカカ、気をつけろ。うっかり当たり所が悪ければ《根源再生《アグロネムト》》の術式ごと滅ぼされるぞ」

地上から飛んできたのは、冥王イージェスと熾死王エールドメードだ。二人は神剣ロードユイエと紅血魔槍ディヒッドアテムを突き出し、終滅の光に対抗した。

「行くよっ、みんなっ！　《精霊達ノ軍勢《アルハ・アルフレム》》っ！」

六枚の羽を輝かせ、翠《みどり》に輝く精霊たちを引き連れながら大精霊レノがそこへ飛んでくる。数多《あまた》の精霊の力を束ね、輝く手の平を黒檀《こくたん》の光に差し出して、それを支えた。

《想司総愛《ラー・センシア》》と魔族、竜人、精霊の力を結集して作り出したその純白の魔力場は、かろうじて黒檀《こくたん》の光を押《お》し止《とど》めた。二つの力が衝突する場所は、暴風域の如《ごと》く荒れ狂っては無数の火花を散らし、黒と白の粒子が膨大に撒《ま》き散《ち》らされている。

「さてさて、どうにか押《お》し止《とど》めたはいいが、どうするか？　サージエルドナーヴェの皆既日蝕《にっしょく》が終わるまで、この終滅の光は消えないのではないか？」

燼死王が言う。死力を尽くしたこの状況では、残り数十秒、膠着《こうちゃく》状態を続けられれば良い方だろう。それでは終滅に飲まれるのは時間の問題にすぎぬ。

「カノン、アレを使おうっ！　二千年前、一緒に戦ったときみたいに！」

レノが叫ぶと、燼死王がそれに続いた。

「良《い》い考えではないか。あの《破滅の太陽》を斬り裂くしか道はない。オレたちの力を持っていくがいい。なあ、アゼシオンの大勇者」

「かつて見た未来では、お前さんと力を合わせることもあった。我らの剣も託そうぞっ！」

ディードリッヒが声を上げ、レイはうなずく。シンに背中を支えられながらも、最後の力を振り絞り、彼は魔法陣を描いた。

《勇者部隊《アスラ》》、仲間の魔力を勇者一人に集める軍勢魔法である。今その場にいる者たちの力を合わせたならば、それは二千年前、レイが人間たちを率いて戦ったときの比ではあるまい。

「みんなの想《おも》いと、魔力をこの剣に」

レイの体から膨大な光が噴出し、欠けていた六つの根源が一気に再生する。せせらぎが聞こえた。終滅の光とレイの間に、薄い水鏡が現れる。そこに波紋が浮かんでいた。

「あそこが終滅の光の急所です」

レイの背中を支えながら、シンは流崩剣の秘奥《ひおう》を使う。

「あれが剣だとすれば、隙だらけの大振りもいいところ。最も滅びの力が集中する一点こそが、自らの滅びをも強める。つまり、《笑わない世界の終わり《エイン・エイアール・ナヴエルヴァ》》を斬り裂く活路――」

レイがうなずくと同時に、シンは彼に魔力を分け与え、全力で背中を押した。

「――あなたに斬れぬ道理はありませんっ！」

後退するシンたちに代わり、膨大な《勇者部隊《アスラ》》の魔力を体に纏《まと》い、レイは《想司総愛《ラー・センシア》》を一振りの剣に束ね上げる。

「たとえ滅びが定められた運命でも、霊神人剣がこの手になくても、僕たちはっ‼」

真っ白な光の尾を引いて、レイは黒檀《こくたん》の光を斬り裂いていく。近づけば近づくほどに、《終滅の日蝕《にっしょく》》の威力は莫大《ばくだい》なものとなり、黒檀《こくたん》の光が獰猛《どうもう》に襲いかかる。凝縮された滅びという滅びが《想司総愛《ラー・センシア》》の剣としのぎを削り、世界の空を黒白《こくびゃく》に染め上げた。

「そんな宿命、何度だって断ち切ってみせるっっっ‼」

暗き滅びの太陽、《終滅の日蝕《にっしょく》》にレイは肉薄し、膨大な光の剣と化した《想司総愛《ラー・センシア》》を突き出す。

「《総愛聖域熾光剣《ラー・センシア・トレアロス》》ツッッ！！！」

黒檀《こくたん》と純白が空を揺るがし、世界を覆いつくすような光の大爆発が巻き起こった――

§53. 【この世界は】

終滅の光が瞬《またた》いている。三角錐《さんかくすい》の神殿内部。《破滅の太陽》と《創造の月》が重なり、《終滅の日蝕《にっしょく》》を引き起こしていた。その間近で、歯車の魔法陣に拘束されているのは破壊と創造の姉妹神。彼女たちの胸を刃が突き刺し、そこに縫い止めている。

「もう会えなくなるわ……」

サーシャが言った。彼女たちが再び背表背裏《はいひょうはいり》の姉妹神となれば、破壊神と創造神が同時に存在することはなくなり、《終滅の日蝕《にっしょく》》は消えるはずである。だが、それは二人の別れを意味していた。

「ようやく会えたのに……やっと思い出したのにね……」

ミーシャはこくりとうなずく。

「寂しい」

「ねえ、ミリティア」

彼女へ視線を向け、サーシャは語りかける。

「運命はいつも残酷で、薄情で、わたしは大嫌いだったわ。神様なのに、奇跡なんて起こせなくて、ただ壊れていくものを見つめるばかり」

ミーシャはそっと相槌《あいづち》を打つ。

「破壊の秩序を押しつけられて、わたしは壊すことしかできない。この神眼《め》で見たものはみんな、あっという間に砕け散った」

　悲劇を振り切るように、まっすぐサーシャは前を見て、力強く言った。

「だから、この運命からわたしは目を逸《そ》らさない。わたしが壊すことしかできないなら、大嫌いな運命を直視して、ぶち壊してやるのっ」

　破壊神の少女は、運命に挑むようにそう声を上げた。それに応じるように、ミーシャが口を開く。

「わたしが創ったこの世界は、冷たくて、残酷だった」

　彼女は悲しい神眼《め》をしながら、どこか遠くを見つめる。

「愛と優しさはいつも憎悪《ぞうお》と悪意に負けて、いつの日も争いが絶えることはない。やっと平和になったはずだったのに、世界の意思は滅びを願っている」

　サーシャがそっとうなずいた。

「でも、信じたい。そうじゃないって」

　まっすぐ前を見て、ミーシャが優しく言う。

「この世界に優しさが少しでも残っているのなら、わたしたちのお願いを叶《かな》えてくれる」

　二人の姉妹を、淡い光が包み込む。彼女たちの魔力が光り輝いていた。

「アベルニユー」

　優しくミーシャは言った。

「勝たせてあげたい。せめて一度ぐらい、愛と優しさを信じたみんなに、わたしは創造神として報いてあげたい。想《おも》いを束ねて、人々は終滅の光に真っ向から立ち向かった。それが負けるような悲しい世界ではあってはならない」

はっきりとサーシャはうなずく。

「奇跡を起こそう、ミリティアッ！　わたしたち二人なら、きっとできるはずだわっ！」

ミーシャは微笑《ほほえ》んだ。

「いつもそばにいる」

「うん」

「わたしはあなた」

「あなたはわたしね」

キラキラと二人の周囲に、雪月花が舞った。

「いつも、一緒に――」

ミーシャの言葉と同時に、姉妹の体を白銀の光が覆う。創造神ミリティアの権能が、二つに分かれた彼女たちを再び一つに創り直していく。背表背裏の姉妹神へと。

彼女たちの神眼《め》には、今まさに激突する《想司総愛《ラー・センシア》》と終滅の光が映っている。

ディードリッヒが、シルヴィアが、ネイトが。

エールドメードが、イージェス、ギリシリスが。

シンが、レノが、そしてレイが。

その想《おも》いを信じて、終わりの光に立ち向かっている。

――彼らに奇跡を。

——優しくないこの世界に、それでもほんの少しの優しさがあると信じたい。
——秩序の歯車が、たとえ絶望の車輪を回していても。
——わたしが創った世界には、
——わたしが、願った世界には、
——沢山の希望が込められていて、それを止めてくれるはず、
——そう、信じている。
——もしも、世界に優しさが足りないのなら、
——わたしが、その代わりになるから、
——お願い。

——どうか、どうか、今だけは、
——この世界が愛とともに、回りますように。

まだ足りない。刃に縫い止められながらも、サーシャとミーシャは必死に互いへ手を伸ばす。血が胸に滲《し》み、苦痛を堪えながらも、懸命に姉妹は身を乗り出した。そうして、二人の指先が、僅かに触れた。

「「《分離融合転生《ディノ・ジクセス》》」」

半円の魔法陣をそれぞれ描き、二人はそれをつなぎ合わせる。ミリティアの神体とアベルニユーの神体。かつて一つだったそれを、再び重ね、元に戻そうというのだ。創造神の権能とネ

クロンの魔法《分離融合転生《ディノ・ジクセス》》。それらを併用することで、二人はもう一度、背表背裏の姉妹神と化そうとしていた。

光に包まれた二人の輪郭が僅かに揺らぎ、交わろうとしたその瞬間――二人の心臓に、光の歯車が現れた。神族に埋め込まれたその秩序が、二人の意志を挫《くじ》くように、《分離融合転生《ディノ・ジクセス》》の発動を妨げる。

「……負けないわ……今度は……今度こそ……！」

「みんな、戦ってる。ディルヘイドを、この世界を守るために。わたしも」

歯車に抵抗するように、苦痛に表情を歪《ゆが》ませながら、二人は更に指先を伸ばす。突き刺さった刃が彼女らの体に食い込み、歯車が心臓を引き裂くように回転する――だが、それでも、二人の想《おも》いは、挫《くじ》けはしない。

――笑顔が見たい。

――贅沢《ぜいたく》は言わない。傷ついたっていい。

――悲しんだっていい。

――それでも最後に、みんなが笑っている世界を。

――がんばって、がんばって、がんばって、やっと平和になったんだもの。

――それをわたしがぶち壊すなんて、そんなのまっぴらご免だわ。

――運命なんてぶち壊してやる。

――秩序なんてぶち壊してやる。

──たとえ、わたしが二度と笑えなくなっても、

──お願い。

──どうか、どうか、今日だけは、

──この世界が笑顔とともに、回りますように。

「消えなさい……‼」

サーシャの五指が、ミーシャに届く。彼女らの頭上で、《終滅の日蝕《にっしょく》》は、暗く瞬《またた》いている。

「消えて……！」

二人は魔力を振り絞る。混ぜ合うようにそれが互いの体を駆け巡った。

日蝕《にっしょく》は──消えない。

地上の空では、《想司総愛《ラー・センシア》》の剣を突き出したレイが、黒檀《こくたん》の光に突っ込んでいた。必死の形相で彼は叫ぶ。もう幾許《いくばく》も猶予はない。

「お願い……！」

レイと一緒になって、サーシャは叫んでいた。

「お願い、今日だけでいいっ！　明日はいらないからっ！　ねえ、わたしの力は、破壊神の秩序はただ壊すためだけにあるのっ⁉　壊すために生んで、生まれたからまた壊して、そんなのもう沢山だわっ！　こんな歯車引き千切って、わたしも、わたしもみんなと一緒に、この世界を守りたいのっ！」

「夢を見させて……今だけは。遅くないって、信じさせて。世界を創るのに失敗したわたしに、もう一度だけチャンスを与えてほしい。今度こそ、わたしは真っ白な心で、愛と優しさを込めてあなたを創るから。お願い、まだ――」

ミーシャは大きく声を上げる。

「終わらないで……!!」

心臓の歯車に、亀裂が入る。それを粉々に砕きながら、二人の手がしっかりと握り合った。

二人は、その神眼《め》を合わせた。

「最後でいい。神様の奇跡を」

「見せてあげるわっ!!」

《分離融合転生《ディノ・ジクセス》》の魔法陣が一際《ひときわ》大きく光を放ち、彼女たちの輪郭がぐにゃりと歪《ゆが》む。その瞬間、ぎちり……ぎちり……と歯車が回る音が聞こえた。不気味なノイズ交じりの声が響き渡る。

『《笑わない世界の終わり《エイン・エイアール・ナヴエルヴア》》』

黒檀《こくたん》の光が煌《きら》めく。彼女たちの目の前で、地上の空すべてを覆いつくすほどの、とてつもない大爆発が巻き起こった。

ゆっくりと《分離融合転生《ディノ・ジクセス》》の光が収まっていく――

神殿内を照らしていた目映《まばゆ》い光は消えてなくなり、そうして、そこには、二人の少女がいた。

歯車の魔法陣に拘束されたまま、ぽつんと取り残されたように。

失敗した。背表背裏の姉妹神には、戻れなかったのだ。

「……どう……して……」

サーシャの目の前で、《終滅の日蝕《にっしょく》》が輝いている。

「だめ……だったの……」

呆然《ぼうぜん》とした言葉とともに、涙の雫《しずく》がこぼれ落ちる。

――起こせなかった。

――奇跡は……起きない……

――そう、この世界は、残酷なまでに秩序の通り……

「……ごめんなさい……」

神眼《め》に涙をいっぱいにため、ミーシャの口から悲しみがこぼれ落ちた。

――この世界を救うために、

――みんな、がんばってくれたのに、

――それなのに、

「……世界は、優しくなんかない……」

――創造よりも、いつだって破壊が強い。

――憎悪《ぞうお》と悪意がいつだって、愛と優しさを消し去っていく。

――人々は死んでいき、希望は消える。

「……わたしが創った……」

――ああ、やっぱり、

――わたしは、一番最初に間違えた。

――この心のどこかに、

――小さな悪意の種があったから。

『馬鹿を言うな』

響いた声に、二人の少女が反応した。

その表情は驚きに満ちている。声など届くはずがない。自分たちに語りかけてくる者などいるはずがない。そう思っているかのようだった。

『お前が創った？　悲しく、悪意に満ちた世界をか？』

神眼《め》を丸くしながら、二人は声に耳を傾ける。

『よく神眼《め》を開き、もっと耳をすませ。なにが聞こえる？』

ミーシャが問いかけようとして、しかし、口を噤《つぐ》んだ。

どこからともなく、音楽が聞こえていた。

優しい、優しい、そんな歌が。

――いつか、この世界の創造主に出会ったら、ありがとうと伝えたい。

――悲しいことと苦しいことは、いくらでも転がっている人生だけど、

――それでも、私たちには、いつだって大きな希望が残されていた。

――目を開き、耳をすまそう。

――ほら、沢山の人たちが、一緒に歌っている。

――毎日をともに笑い合い、

――挫《くじ》けそうなときに、手をさしのべてくれたよ。

――ああ、きっと、この世界は、綺麗《きれい》で透明な心から始まった。

――だから、ほら、

――世界はこんなにも優しく、あなたに笑いかけている。


『くはは、なんだその顔は。なにを泣いている、サーシャ。滅びるものか。この世界は、お前が睨《にら》んだぐらいで壊れるほど、やわにできてはおらぬ』

サーシャが、耳をすまし、息を呑《の》んだ。

『なにを謝っている、ミーシャ。創造よりも破壊が強い？　愛と優しさよりも、悪意が強いだと？　ならば、その神眼《め》ではっきりと見るがいい』

純白の光が目映《まばゆ》く煌《きら》めく。《終滅の日蝕《にっしょく》》――暗黒よりもなお深い黒檀《こくたん》のサージエルドナー

ヴェに、真っ白な剣閃《けんせん》が走った。

「あ………」

終滅の光を斬り裂いて、《終滅の日蝕《にっしょく》》の中から姿を現したのは、想《おも》いの結晶である聖剣を握り締めた一人の勇者――地上から、絶望を斬り裂き、ここまでやってきたのだ。

「レイ……」

『愛と優しさが強い』

力強く声が響く。

彼女たちの魂を揺り動かすように。

『戻れなかったのではない。戻らなかったのだ。お前たちの心は、俺との約束を覚えていた。世界もお前たちも、すべてを救う、と。世界中の人々の歌う歌が、あの終滅の光を必ず打ち消すと信じていたのだ』

地上から昇ってきた勢いのまま、まっすぐレイはその神殿の壁をぶち抜いていく。どでかく空いた穴へ、少女たちは視線を向けた。

『お前の心には、小さな悪意の種すらない』

これまで認識できなかったこの背中を、彼女たちははっきりと視界に捉えた。

俺は振り返り、二人の顔を見つめる。隙だらけの背後からエクエスの歯車が襲ってくるが、レイが《想司総愛《ラー・センシア》》の剣を長大に伸ばし、それを薙《な》ぎ払《はら》った。

「これが、お前が創った世界だ。お前が俺たちに与えてくれた世界だ。聞け、ミーシャ、お前に贈るこの歌を」

彼女たちを拘束する魔法陣の歯車に亀裂が走った。

「この世界は、こんなにも優しさに溢《あふ》れている」

——ああ、思い出した。

「地上を見よ、サーシャ。お前が望むこの世界は、こんなにも豊かに笑っている」

——そうだ。

——そうだった。

——奇跡なんて一度も起きなかったけど、

——わたしたちにはいつも、無敵の魔王さまがついていた。

「いつまで寝ぼけている？　もうまもなく夜明けだ。早々にアレを片付けねば、学校に遅れるぞ、ミーシャ、サーシャ」

そのとき、レイが叫んだ。

「アノスッ……！」

撃ち出された複数の歯車のうち一つが、彼の聖剣をすり抜け、俺の背後に迫りくる。だが、それに見向きもせず、俺はただ二人の姉妹を迎えるように腕を広げた。

我がもとへ帰ってこい。

瞬間、二人を拘束する魔法陣の歯車が粉々に砕け散る。彼女たちは弾《はじ》き出《だ》されたように、《飛行《フレス》》にてまっすぐこちらへ飛んだ。

「わたしの魔王さまに、手を出してるんじゃないわっ！」

《終滅の神眼》が歯車を睨《ね》めつけ、それをズタズタに引き裂いていく。

「氷の世界」

《源創の神眼》が瞬《まばた》きをする。小さなガラスの球体がそこに出現し、構築した氷の世界に歯車を飲み込んでいった。

そのままの勢いで彼女たちは、俺の腕に飛び込んできた。

「ふむ。相変わらず朝が弱いことだ」

俺の腕の中で、二人は涙を浮かべる。そうしながらも、俺に応じるように、微笑《ほほえ》んだのだ。

「……だって、弱いんだもの……」

「……寝坊した……」

レイが俺の背後を守るように飛んできて、エクエスに《想司総愛《ラー・センシア》》の剣を構えた。

「さて」

ゆるりと振り向き、俺は歯車の集合神を睨《にら》みつける。

「守るものは守った。ずいぶんと好き勝手してくれたものだが――」

全身から黒き魔力を解放し、俺は言った。

「これで存分に踏み潰せる」

§54.【滅びが近づくとき】

俺を狙っていた巨大な四つの歯車が、エクスのもとへ戻る。それらは、まるで盾のように奴《やつ》の四方を覆った。

「勝ったと――」

ノイズ交じりの声で、エクエスは言う。

「――これで勝ったと思っているのか。矮小《わいしょう》な異物が四つ集まったところで、巨大な歯車は止まらない。絶望がほんの僅か遠のいただけだ」

「せっかく集めた神の力を失ったくせに、よく言うわ」

《破滅《はめつ》の魔眼《まがん》》を浮かべながら、キッとサーシャは歯車の集合神を睨《にら》む。

「あなたが地上へ送り込んだ神々は滅びた」

淡々とミーシャが言う。

「歪《ゆが》んだ選定審判により、彼らはあなたの手足となった。たとえ、それが滅びても、あなたさえ無事ならばその秩序は消えない。あなたは手足を再生することができる。だけど――」

その神眼《めがん》で、ミーシャはエクエスの深淵《しんえん》を覗《のぞ》く。

「あなたに失った神の権能は戻っていない」

「戻してないいんじゃないわ。戻せないんでしょ？」

「彼らも戦っている。滅びの間際《まぎわ》、神々は世界の歯車であり続けることを拒否した」

静謐《せいひつ》な声が、神界の底に響く。

「《笑わない世界の終わり《エイン・エイアール・ナヴエルヴア》》に打ち勝った人々の想《おも》い、あなたの歯車であることを拒否した神々の想《おも》い」

穏やかで、けれども強い視線がエクエスに突き刺さる。はっきりとミーシャは断言した。

「それが本当の世界の意思。あなたじゃない」

「決着はついたんだよ、エクエス」

真白の聖剣をエクエスに向け、レイは言う。

「君が僕たちを追い詰めるか、アノスが僕たちを守りきるか。これはそういう勝負だったんだ」

ミーシャ、サーシャ、レイは、全身から魔力の粒子を立ち上らせる。

「彼はすべてを守りきった。もう君に、勝ち目は残っていない」

「守りきった？」

ぎちり……ぎちり……と、不気味な音を立て、歯車は回る。エクエスは言った。

「世界《わたし》には、そうは見えない」

大きく腕を広げ、エクエスは周囲の歯車を勢いよく回転させる。それを、サーシャはキッと睨《にら》みつけた。その魔眼《め）》に浮かんだ魔法陣が途方もない魔力を放つ。転生したサーシャの魔族の体には《破滅の魔眼》が宿っていた。それは元々彼女が有していた魔眼とは別物だ。《破滅の魔眼》を手に入れた俺の、その子孫たる器に、サーシャの根源が入ったことで誘発して目覚めた力である。

無論、取り戻したアベルニユーの神体にも《破滅の魔眼》がある。《破滅の魔眼》は、元々が《終滅の神眼》を二つに割ったことにより発生したもの。アベルニユーの神体と魔族のサーシャが融合している今、二つの《破滅の魔眼》は重なっている。つまり、俺がこの《破滅の魔眼》をサーシャに返さずとも、今の彼女はほぼ完全な《終滅の神眼》を使うことができるというわけだ。つい先程、歯車から俺を守ったときのように。

「気に入らないわ、その歯車」

サーシャの魔眼《め》の中で、魔法陣と魔法陣が二つ重なり、それは闇の日輪へと変わった。その視線を辿《たど》るように黒陽が放たれ、周囲の歯車ごとエクエスは灼《や》かれた。

「消えなさいっ！」

サーシャの視線が歯車を貫き、光に灼《や》かれてそれらは消滅する。だが、エクエスは《終滅の神眼》をものともせず、真っ向から突っ込んできた。ぎちり、と歯車が回転し、その指先がサーシャを襲う。レイが想《おも》いの聖剣にてそれを受け止めた。

「させないよ」

「どれだけ神の力が欠けようと、歯車の回転は止まらない」

エクエスは《想司総愛《ラー・センシア》》の剣を、その歯車の指先にてわしづかみにする。そのまま、尋常ではない力でレイを振り回すようにして、後ろを振り返った。

「汝《なんじ》はそれを思い知るだけだ。世界の異物よ」

背後に迫っていた俺へ、エクエスはレイの体を叩《たた》きつける。構わず、《焦死焼滅燦火焚炎《アヴィアスタン・ジアラ》》の指先を突き出した。輝く黒炎の手が、レイの体を貫こうとする直前、彼は真白の聖剣を手放し、俺の目の前をすり抜けていく。

エクエスの土手っ腹に、《焦死焼滅燦火焚炎》《アヴィアスタン・ジアラ》が直撃した。だが、奴《やつ》にはなんの痛痒《つうよう》も与えられない。奪った《想司総愛》《ラー・センシア》の剣を、エクエスはそのまま俺に振り下ろす。しかし、その純白の聖剣は忽然《こつぜん》と消え、奴《やつ》の手は空を切った。

「世界は君に味方してはいないよ、エクエスッ！」

《想司総愛》《ラー・センシア》は、レイが完全に制御している。消すも現すも自由自在。再び世界中の想《おも》いを、聖剣に変えたレイは、下方からエクエスの体を突き上げた。

ガギギギギッと激しい音が鳴り響き、エクエスの体の歯車が回転する。ぎちぎちと鈍い音を立てながら、それは《想司総愛》《ラー・センシア》の剣身を飲み込み、へし折っていく。

そのとき、空が雪景色に変わった。

「氷の光」

ミーシャが瞬《まばた》きを二度すれば、ひらりと舞う雪月花が光を放ち、エクエスの歯車を凍《い》てつかせていく。だが、奴《やつ》はなおも止まらない。

「《断裂欠損歯車》《アビス》」

エクエスは四方八方に魔法陣を描く。欠けた小さな歯車が奴《やつ》の全方位に射出された。レイ、ミーシャ、サーシャは空を旋回するように、それらを避けていく。

俺は向かってくる《断裂欠損歯車》《アビス》を、《破滅の魔眼》と《四界牆壁》《ベノ・イエヴン》にて受け止める。だが、それは黒きオーロラを容易《たやす》く貫通し、《焦死焼滅燦火焚炎》《アヴィアスタン・ジアラ》の手でつかんで、ようやく止まった。握り締めてやったが、しかし灰には変わらず、原形をたもったままだ。

「世界は今も秩序に従い回り続けている」

ぎちり……ぎちり……とエクエスの胸部の歯車が回り、それが開いた。その胸には、空洞があった。中に入っていたのは、木造の古びた車輪だ。それをつかみ、エクエスは外へ出した。

「粛々と——そう、粛々と」

光とともに、巨大な歯車の魔法陣が九つ現れ、その木造の歯車を含めて、それぞれが複雑に嚙《か》み合《あ》った。エクエスがその中心で、魔法線を延ばす。そうして、魔法陣の歯車と連結し、自らの歯車を回し始めた。連動して、くるくると回り出す九つの歯車は、神々《こうごう》しいまでの魔力を放つ。

不可解だった。一番巨大な歯車が小さな歯車を回し、その小さな歯車が古びた車輪と連結している。小さな歯車は目にも止まらぬほどの速度で回転しているにもかかわらず、その車輪はぴくりとも動いていない。つまりは——あの古びた木の車輪を回すのに、それほどの力が必要というわけか。

「異物を優しく砕きながら。絶望へと向かい」

瞬間、古びた車輪がゆっくりと回り始めた。次第にそれは速度を増し、高速で回転していく。放出される銅色の魔力が、その車輪を本来よりも遙《はる》かに大きく見せていた。一見して底が見えぬほどの力だ。

「《古木斬轢車輪《ボロス・ヘテウス》》」

激しく飛び散った魔力とは裏腹に、車輪は緩やかに射出された。それは、まっすぐ大地へと向かっていた。

「このっ、やらせるわけないでしょうが……！」

サーシャは《古木斬轢車輪《ボロス・ヘテウス》》の前に飛び込んで、《終滅の神眼》にて睨《にら》みつけた。その魔法の深淵《しんえん》がようやく見え、俺は叫んだ。

「避けよっ！」

サーシャが神眼《め》を丸くする。《古木斬轢車輪《ボロス・ヘテウス》》が黒陽を斬り裂いたのだ。それに彼女が気を取られた瞬間、別方向から飛んできた《断裂欠損歯車《アビス》》が直撃し、その全身を切り刻んだ。

「……ぁ………」

身動きの取れぬサーシャへ《古木斬轢車輪《ボロス・ヘテウス》》がゆるりと迫る。

「させない」

サーシャの目の前に、《創造建築《アイリス》》で創られた氷の盾が現れる。すぐさま、《古木斬轢車輪《ボロス・ヘテウス》》がそれを轢《ひ》き裂くと、次々とミーシャは氷の盾を創っていく。

「はあぁぁあっ!!」

空を旋回してやってきたレイが、《想司総愛《ラー・センシア》》の剣にて、その古びた車輪を斬りつけた。だが、斬れぬ。想《おも》いの聖剣を弾《はじ》き返《かえ》し、《古木斬轢車輪《ボロス・ヘテウス》》はレイの体に食い込んだ。

「……がぁっ……！」

ぎちぎちと一回転ごとに、レイの根源が潰されていく。二つ、三つ、五つ潰されたところで、俺は彼の盾となり、その車輪に手を伸ばしていた。いとも容易《たやす》く、《焦死焼滅燦火焚炎《アヴィアスタン・ジアラ》》の両手は弾《はじ》き飛《と》ばされ、俺の体に車輪が食い込む。だが、弾《はじ》かれながらも、俺は輝く黒炎の手を伸ばし続け、強引にその車輪を押さえつけていく。回転する車輪と俺の両腕の間に、激しい魔力の火花が散っていた。

「離れよ」

俺の体は車輪に押され、地面へと落下していく。追い打ちとばかりに、《断裂欠損歯車《アビス》》が雨あられの如《ごと》く降り注いだ。

「なかなかどうして、尋常な車輪ではないな」

体から鮮血が散り、根源深くに《古木斬轢車輪《ボロス・ヘテウス》》が食い込んだ。魔王の血が激しく溢《あふ》れ出《だ》し、古びた車輪に浴びせられる。《古木斬轢車輪《ボロス・ヘテウス》》が腐食していくと同時に、俺の根源は激しく裂傷を負い、滅びの力が荒れ狂った。それをそのまま車輪へと叩《たた》きつける。

「《波身蓋然顕現《ヴェネジアラ》》」

更に可能性の《焦死焼滅燦火焚炎《アヴィアスタン・ジアラ》》を叩《たた》き込《こ》み、その車輪を押さえつける。避けるだけならば容易《たやす》いが、これが大地に食い込めば、神界はただではすまぬ。車輪に引《ひ》き摺《ず》られるように、俺の体は三角錐《さんかくすい》の神殿をぶち破って、大地に足をつく。二つ、三つ、四つ、可能性の両腕を《古木斬轢車輪《ボロス・ヘテウス》》に叩《たた》きつけ、ようやくそれは止まった。

「ふむ。二発目を撃ってこないところを見ると、さすがの奴《やつ》も《古木斬轢車輪《ボロス・ヘテウス》》は同時に一つが限界といったところか」

あるいは、この古びた車輪が一つしかない、ということか？

「《終滅の神眼》で傷一つつかないなんて、あの歯車なにでできてるのかしら……？」

上空から、ミーシャ、サーシャ、レイが俺のもとへ降りてくる。

「エクエスは、世界そのもの。真実はどうあれ、その力は」

ミーシャが言う。

「世界を滅ぼす力じゃないと倒せない」

「……《笑わない世界の終わり《エイン・エイアール・ナヴェルヴァ》》級じゃないとだめってことね……今のわたしたちならできるかもしれないけど、そんなことしたら、エクエスは倒せても世界が滅びるわ……」

「理解したか」

ノイズ交じりの声が響く。振り向けば、十数メートルの距離に、エクエスが立っていた。

「絶望を止めれば、世界が止まる。汝《なんじ》ら異物に叶《かな》うのは、歯車を破壊し世界を滅ぼすか、自らが潰れるまでただ時間を稼ぐことのみ」

エクエスは足をそろえ、両腕を伸ばし、十字架のような姿勢で己の歯車を回した。

「滅びは進む。粛々と。なにも変わってはいないのだ」

奴《やつ》の前方に魔法陣が描かれ、欠けた車輪が無数に現れる。

「初めから、そう、この世界《わたし》と対峙《たいじ》したときから、汝《なんじ》らの運命は決まっている。変えられるのは、どの道を辿《たど》り、絶望に至るかということだけだ」

「さてな。もう一度、よく考え直した方がいいのではないか？　歯車のお前が矮小《わいしょう》な異物だと思っているそれは――」

一歩前へ出て、古びた木造の車輪をぐしゃりと握り潰す。

「存外、巨人の手やもしれぬぞ」

俺はミーシャに視線を向ける。彼女はこくりとうなずいた。

「《断裂欠損歯車《アビス》》」

欠けた車輪が、次々と射出される。それをかいくぐり、《破滅の魔眼》と《四界牆壁《ベノ・イエヴン》》、《焦死焼滅燦火焚炎《アヴィアスタン・ジアラ》》で防ぎながらも、前進していく。

「レイ、サーシャ。アノスが全力で戦えるように」

ミーシャが言う。サーシャとレイはすぐに反応した。

「守りはわたしたちがってことでしょ。わかってるわっ！」

「アノス、神界の底は僕たちに――」

足を進めながらも、俺は魔法陣を一〇〇門描く。

「任せる。流れ弾だけは防げ」

《獄炎殲滅砲《ジオ・グレイズ》》と《魔黒雷帝《ジラスド》》を重ね、エクエスへ撃ち出す。漆黒の太陽が黒き稲妻の尾を引いて、流星の如《ごと》く次々とエクエスに着弾する。奴《やつ》の歯車が回転すれば、反魔法が展開され、それらは彼方《かなた》へと弾《はじ》き飛《と》ばされた。

一発だけでも神界の大地を抉《えぐ》るほどの威力を秘めたそれを、サーシャは《終滅の神眼》で睨《ね》めつけ、レイは《想司総愛《ラー・センシア》》を魔法障壁にして遮断した。その隙間から逃れ、傷ついた神界も、ミーシャがすぐさま創り直していく。

「《波身蓋然顕現《ヴェネジアラ》》」

可能性の右手に、放った《獄炎殲滅砲《ジオ・グレイズ》》を利用して、《焦死焼滅燦火焚炎《アヴィアスタン・ジアラ》》を使う。それを七つ重ねて、エクエスの腹部に突き刺した。ギィイイイイイッと歯車が擦れる音が耳を劈《つんざ》き、さすがの奴《やつ》の神体も軽くへこんだ。

「世界の根源には届かない」

「世界とて、何度も耐えられるものではあるまい」

奴《やつ》の腕の歯車が刃のように回転し、俺を襲う。身を低くしてそれをかわし、再び七つ重ねの《焦死焼滅燦火焚炎《アヴィアスタン・ジアラ》》を突き出した。寸分違わず同じ箇所に、輝く黒炎の指は突き刺さる。

「無駄だ」

エクエスは大きく飛び退《との》きながら、自らに回復魔法をかける。俺がそれを《破滅の魔眼》で遅らせれば、奴《やつ》は無数の《断裂欠損歯車《アビス》》を撃ち出した。

「逃がさぬ」

右手に凝縮した紫電にて十の魔法陣を描き、欠けた無数の歯車を迎撃する。

《灰燼紫滅雷火電界《ラヴィアズ・ギーグ・ガヴエリイズド》》。神界を揺るがし、破壊せんとばかりに紫の光が明滅する。そこを一足飛びに抜け、エクエスに接近すれば、奴《やつ》は巨大な歯車の魔法陣を九つ作り出していた。歯車の手が握っているのは、先程俺が握り潰した車輪の木片。

「《焦死焼滅燦火焚炎《アヴィアスタン・ジアラ》》」

治りかけていたエクエスの傷に、再び七つ重ねの《焦死焼滅燦火焚炎《アヴィアスタン・ジアラ》》をねじ込む。エクエスの体がくの字に折れた。

「絶望は回る。粛々と」

みるみるうちに、エクエスの手の中で木片は復元され、古びた木の車輪が再生した。九つの歯車は噛《か》み合《あ》い、回転を始める。

「汝《なんじ》が世界を貫くより、遙《はる》かに早く」

「そう思うか？」

《焦死焼滅燦火焚炎《アヴィアスタン・ジアラ》》を土手っ腹に叩《たた》き込《こ》んだまま、俺は力任せに、エクエスの体をぐぅっと持ち上げていく。描いたのは多重魔法陣。それを砲塔のように幾重にも重ねた。黒き粒子が、魔法陣の砲塔を中心に七重の螺旋《らせん》を描く。エクエスの体が悲鳴を上げるように、軋《きし》んだ。

「今度は、少々大きいのがいくぞ。うまく止めよ」

「……嘘《うそ》……でしょ……それ……」

サーシャが神眼《め》を見開く。

放出される魔力だけで、この神界の底にミシミシと亀裂が入り、空が地割れのように割れていく。

「《極獄界滅灰燼魔砲《エギル・グローネ・アングドロア》》」

魔法陣の砲塔から、終末の火が放たれる。かつて、グラハムに使ったときとは違い、奴《やつ》の根源は貫いていない。ゆえにその威力をエクエスの内側に留《とど》めることは出来ず、滅びは歯車の体を炎上させながら、ゆっくりと空へ持ち上げていく。

レイとサーシャ、そしてミーシャが全速力で空に飛び上がっていた。

「正直、それしかないと思ってたけどね」

レイは、《極獄界滅灰燼魔砲《エギル・グローネ・アングドロア》》に対峙《たいじ》するよう上空に位置取った。想《おも》いの聖剣が激しく瞬《またた》き、莫大《ばくだい》に膨れあがる。終滅の光にさえ勝利を確信して飛び込んだレイの表情が、しかしその滅びを前にしては、さすがに決死の形相だった。

だが、追い詰められれば追い詰められるほど輝くのが、かつて大勇者と呼ばれたその男だ。ぐっと真白の聖剣を握り締め、レイは想《おも》いを振り絞る。そうして、魔力を解放するとともに、叫んだ。

「《総愛聖域熾光砲《ラー・センシア・トライアス》》ッ!!」

突き出された純白の聖剣から、膨大な光の粒子が放たれ、エクエスを飲み込んでは、《極獄界滅灰燼魔砲《エギル・グローネ・アングドロア》》と衝突した。真っ白に染まっていく。《笑わない世界の終わり《エイン・エイアール・ナヴエルヴア》》に打ち勝ったその人々の想《おも》いに、七重螺旋《らせん》の暗黒の火が衝突し、黒き灰と純白の閃光《せんこう》が舞っていた。世界を滅ぼす魔法の威力を相殺《そうさい》することで、外界へ与える影響を最小限に留《とど》める。

《総愛聖域熾光砲《ラー・センシア・トライアス》》と《極獄界滅灰燼魔砲《エギル・グローネ・アングドロア》》の衝突点、すなわちエクエスの神体には、世界を滅ぼす以上の力が加えられているだろう。その歯車の神体は、純白の光線に撃ち抜かれ、終末の火に灰燼《かいじん》と化す。

「……くっ……!」

レイが奥歯を噛《か》みしめる。さすがに、完全には相殺《そうさい》しきれぬか。《総愛聖域熾光砲《ラー・センシア・トライアス》》よりも、《極獄界滅灰燼魔砲《エギル・グローネ・アングドロア》》の方が強いのだ。このままでは終末の火が打ち勝ち、この神界は滅び去る。そうなれば、地上もただではすまぬ。

「……こんな流れ弾……どうしろっていうのよっ……ほんとにもうっ……!!」

サーシャの《終滅の神眼》が、《極獄界滅灰燼魔砲《エギル・グローネ・アングドロア》》を睨《にら》みつける。視線から放たれた滅びの光が、レイの援護をするように終末の火を相殺《そうさい》していく。だが、なお、その滅びは止まらない。荒れ狂う火の粉は、《終滅の神眼》と《総愛聖域熾光砲《ラー・センシア・トライアス》》でも消しきれず、神界の底へ撒《ま》き散《ち》らされていく。

「氷の光」

舞い降る雪月花から一斉に放たれた光が、終末の火を凍《い》てつかせていく。飛び散った火の粉は凍り、傷ついた神界は彼女の創造魔法によって創り直された。ミーシャ、サーシャ、レイ。三人はその魔力を全開まで引き出し、俺が放つ《極獄界滅灰燼魔砲《エギル・グローネ・アングドロア》》をかろうじて食いとめていた。

「……ちょっ……と……アノスッ……もういいんじゃないっ!?　そんなに本気出さないで、もっと手加減しなさいよっ！　あいつもう絶対とっくに消滅してるわよっ!!」

「すまぬな」

俺の言葉に、サーシャは、まさかといった表情を浮かべる。レイはぐっと歯を食いしばった。

「少々、根源が傷つきすぎた。これが手加減の限界だ」

《総愛聖域熾光砲《ラー・センシア・トライアス》》が、更に《極獄界滅灰燼魔砲《エギル・グローネ・アングドロア》》に押される。神界の底が灰に変わり始め、ミーシャの力でさえも瞬時に創り直すことができなくなってきた。

「限界って……嘘《うそ》でしょ……？　このままじゃ……」

「こっちはもう、普通に限界なんだけどね……」

「……滅びが、早い……」

滅びの魔法を押さえ込みながら、三人は刻一刻と焦燥に駆られていく。

「ミーシャ」

終末の火を凍《い》てつかせながら神界を創り直している彼女に俺は言う。

「いつぞや話《い》したな。俺に助けてもらったお返しがしたい、と。力になりたいが、なんでもできる俺に自分は必要ないとお前は言っていた」

こくりとミーシャはうなずく。

「覚えてる」

「今、俺にはお前の力が必要だ。その創造の魔法が。守ってくれ、ミーシャ。この世界を」

心からの願いを、彼女へ伝える。

「俺にはできぬ」

ぱちぱち、と二度瞬《まばた》きをして、彼女は言った。

「任せて」

想《おも》いを振り絞るように、彼女は《源創の神眼》にて神界中を見据えた。その優しい視線が、みるみる滅びの亀裂を埋めていく。

「レイ」

想《おも》いの聖剣を握り締める彼へ、俺は言う。

「最期《さいご》にグラハムが言っていてな。誰も俺のいる場所まで辿《たど》り着《つ》けはしない、と。多くの配下に囲まれながらも、この俺は孤独な化け物なのだそうだ」

俺は今にも暴れ出そうとしている滅びの根源を抑え、《極獄界滅灰燼魔砲《エギル・グローネ・アングドロア》》を限界ぎりぎりまで押さえつける。

「俺を一人にしてくれるな。止めてくれ、友よ」

苦しげな表情をしながらも、それでも彼は微笑《ほほえ》みを見せた。

「わかっているよ、アノス」

純白の光が膨れあがる。《総愛聖域熾光砲《ラー・センシアス・トライアス》》に、真っ白な秋桜《コスモス》の花びらが舞う。《愛世界《ラヴル・アスク》》

が重ねられた。彼のその想《おも》いが、注ぎ込《こ》まれたのだ。

「サーシャ」

上空にて、必死に滅びを食いとめる少女へ俺は視線を合わせる。

「俺に世界を滅ぼさせるなよ」

一瞬絶句した後、サーシャの瞳に強い意志が宿る。

「……当たり前でしょうがっ!! こんな、こんな手加減した魔法一つ、あなたが戯《たわむ》れに放った滅びの一つや二つ、わたしが滅ぼしてあげるわっ！」

サーシャの《終滅の神眼》が終末の火をきつく睨《にら》む。彼女の激情が夥《おびただ》しい量の黒陽を放ち、迫りくる滅びを灼《や》いていった。そうして、三人は魔力と想《おも》いを限界を超えて振り絞る。

信じている。

彼らはこの滅びの力さえも止め、世界を守ると。

必ず。

瞬間、神界の一切が黒き炎に包まれた――

§55. 【三面世界】

神界の底に建ち並ぶ無数の神殿が炎上していた。空は真っ黒に燃え、地は暗澹《あんたん》と焼ける。終末の火が、ありとあらゆるものを黒き灰へと変えていく。神界の底が滅尽すれば、たちまち滅びは樹理廻庭園へ波及し、それは世界のすべてを灰燼《かいじん》に帰すだろう。

だが――

神界の底は黒き灰に包まれながらも、崩れ去ることはない。平常ならば、とっくに灰に変わっているはずのその場所が、見事に原形を残していた。《極獄界滅灰燼魔砲《エギル・グローネ・アングドロア》》の威力は、その大半が先の衝突で相殺《そうさい》されたのだ。

「この――」

上空に浮かぶサーシャが神界の底を一望する。

「――いい加減に、消えなさいっ！」

《終滅の神眼》が空と大地、あらゆる滅びを見据え、それを終滅させていく。みるみるうちに、終末の火は消えた。

割れた空と亀裂の入った大地にレイは《想司総愛《ラー・センシア》》の剣を向ける。純白の粒子が次々と神界の傷口に入っていき、失われた魔力を補う。

ミーシャは雪月花を舞い散らせながら、ゆっくりと三角錐《さんかくすい》の神殿へと降りていく。彼女が描く軌跡から、キラキラと氷の光が放たれ、黒き灰が空や大地、神殿に創り直されていった。

「もう……」

精根尽き果てた様子で、サーシャが肩を落とす。彼女はそのまま、ゆっくりと下降を始めた。

「どうして味方の流れ弾の方が、世界を滅ぼそうとした《終滅の日蝕《にっしょく》》を止めるより大変なのよ……」

サーシャと同じく、静かに下降しているレイが苦笑した。

「普通に死ぬかと思ったよね」

「もう二度とやらないわ……」

同意を示すように、レイがうなずく。

「結局、エクエスは、絶対に手を出してはならない相手に手を出してしまったってことなんだろうね」

殆《ほとん》ど元通りに戻った神界の底を、彼は見渡した。

「たとえ、あの歯車が本当に世界の意思だとしても、世界を滅ぼす魔王の前にはただの人と同じだ」

言いながら、レイは視線を巡らせている。

「どうしたの？」

サーシャが不思議そうに訊《き》いた。

「これで終わりじゃないよ。エクエスは数多《あまた》の神の集合体。滅びれば、秩序が保てなくなり、世界が崩壊する。だから、アノスは《極獄界滅灰燼魔砲《エギル・グローネ・アングドロア》》を手加減したんだ」

「……秩序が保てなくなるっていうか……」

そもそも手加減しなかったら相殺《そうさい》できなかったとサーシャは言いたげだ。

「……まあ、いいけど。じゃ、あれを食らって、あいつまだ生きてるってこと？」

目を丸くするサーシャに、レイは微笑《ほほえ》む。

「そうじゃなきゃ困るよ。君はどういうつもりでエクエスに黒陽を叩《たた》き込《こ》んだんだい？」

気まずそうに、彼女は俯《うつむ》く。

「……ぶ……ぶち壊してやろうと思って……」

レイが笑顔のまま、固まった。なんとも言えぬ視線がサーシャに突き刺さる。

「そっ、そういうのは、アノスがなんとかすると思ってたわ。いつもそうだもの……！」

サーシャの弁解に、レイは苦笑した。

「まあ、あってるけどね。あとは、どう世界を滅ぼさずにエクエスを滅ぼすか。その方法を見つけるだけだけど、たぶんアノスに考えが――」

ザザッと微《かす》かなノイズが、空に響き渡る。

「――言ったはずだ」

その声に、レイが振り向く。

「世界を守ろうとする限り、世界《わたし》を滅ぼすことはできない。汝《なんじ》らの戦いは、最初から秩序に矛盾している」

地面から放たれた無数の《断裂欠損歯車《アビス》》が、レイとサーシャに迫っていた。すぐさま二人は左右に分かれ、それをかわす。大地に積もった黒き灰の中からエクエスが現れ、空へ飛ぶ。ぎちぎちと歯車を回転させた奴《やつ》の速度は極まり、一瞬にしてレイの目の前に立ちはだかる。

真白の聖剣が振り下ろされるより速く、至近距離から放たれた《断裂欠損歯車《アビス》》が、レイの全身をズタズタに斬り裂いていく。

「……嘘《うそ》……でしょ……？」

《終滅の神眼》でエクエスを睨《にら》みつけながら、サーシャは呟《つぶや》く。

「あれを食らって、焼け焦げた程度なんて、冗談じゃないわっ……！」

黒陽が、エクエスを灼《や》く。だが、その体の歯車が勢いよく回転すれば、終滅の視線は瞬《また》く間《ま》に轢《ひ》き裂かれた。

「世界が原形を残すということは、私が原形を残すということ。どんなやり方であれ、この世界が滅びないのならば、私もまた滅びることはない」

放たれた無数の《断裂欠損歯車《アビス》》をサーシャは《飛行《フレス》》にて方向転換を繰り返しながら避けていくが、その隙に彼女はエクエスの接近を許していた。

「この――」

「それが、秩序だ」

歯車の指先が、サーシャの胸を貫いた。

「……くっ……ぁ……！」

神体から血がどっと溢《あふ》れ出《だ》し、彼女は苦痛に顔を歪《ゆが》める。それでも、その神眼《め》はキッとエクエスを睨《にら》みつけ、奴《やつ》の体を灼《や》いていた。

「今度はもっと強力な歯車を埋め込んでやろう」

彼女の左胸に、魔法陣の歯車が三重に描かれる。それは、彼女の心と心臓を轢《ひ》き裂くように、ぎちぎちと回転を始めた。

「……あ、あ、あぁぁぁぁぁっ‼」

サーシャの口から悲鳴が上がる。埋め込まれていく三つの歯車に、更に莫大《ばくだい》な魔力が込められた。

「再び世界の歯車と化すのだ。破壊神アベルニユー」

「ふむ。俺から神眼《め》を離すとは、増長がすぎるな」

歯車仕掛《じか》けの奴《やつ》の頭を、七つ重ねの《焦死焼滅燦火焚炎《アヴィアスタン・ジアラ》》にてわしづかみにし、サーシャから引き剥がす。

「握り潰してやる」

ミシミシとその歯車の頭が軋《きし》む音が聞こえる。同時に俺は《滅紫の魔眼》にて、サーシャの心臓に埋め込まれた歯車を睨《にら》む。魔眼《め》に見えぬ秩序の歯車とは違い、強力な分姿は隠蔽できていない。これならば、いくらでも滅ぼせよう。

「二千年かけ、平和を築いたつもりか、世界の異物よ」

エクエスの指先が俺の腹部を貫き、回転する歯車が根源をぐりぐりと抉《えぐ》る。

「それは歯車が回った結果にすぎない。汝《なんじ》一人だけならば、この世界の意思とまともに戦うこともできただろう。だが、汝《なんじ》は守るべき平和を手にしてしまった。幸運か？　汝《なんじ》の力か？　違う。万が一にも、危険な存在である不適合者が、世界を滅ぼしても構わないと思わないように、秩序の歯車がそうしたのだ」

《飛行《フレス》》にて、エクエスは俺を地表へ押していく。奴《やつ》の頭からは手を離さず、指に力を込め、ぐっと締めつけた。そうしながらも、俺はサーシャを睨《にら》み続ける。埋め込まれた歯車を、止めてやらねばならぬ。

「世界の異物よ。汝《なんじ》はその手に平和を抱えている。脆《もろ》く崩れやすく、儚《はかな》いガラス細工のような夢を。私を滅ぼそうと拳を握れば、それはたちまち手の中で砕け散る」

エクスエスは夥《おびただ》しいほどの魔力を放出し、更に俺を地表へと押しやる。神々《こうごう》しい光が、空に尾を引いていた。

大地に見えたのは歯車の魔法陣が九つと、古びた木の車輪。深淵《しんえん》を覗《のぞ》けば、それは魔法線でエクエスの歯車と連結していた。車輪は激しく回転し、落下する俺の体へ向けられている。放出される魔力が、その小さな木の車輪を何十倍にも大きくしていた。

「世界《わたし》が与えた仮初めの平和を抱え、滅びるのだ」

《古木斬轢車輪《ボロス・ヘテウス》》が俺の背へ向け、勢いよく射出された。エクエスと至近距離で対峙《たいじ》したままのこの体勢では、迎撃は困難だ。それに加え、俺とエクエス、車輪を結ぶ直線上にはサーシャがいる。

彼女はまだ動けぬ。避ければ、車輪がサーシャの体を轢《ひ》き裂くだろう。エクエスは刹那の判断を迫る。俺は迷いなく決断した。サーシャに埋め込まれた歯車を、《滅紫の魔眼》にて睨《にら》み滅ぼす。瞬間、《古木斬轢車輪《ボロス・ヘテウス》》が俺の背中を轢《ひ》き裂き、ぎちぎちと回転しては、肉を破り、骨を断ち、根源を削り始めた。

更にエクエスが俺の体をぐっとつかみ、《古木斬轢車輪《ボロス・ヘテウス》》に押しつける。魔力の粒子が飛び散り、魔王の血がどっと溢《あふ》れ出《だ》す。俺の体内にて、滅びの根源が暴走を始め、押さえている力が世界に漏れ出した。

歯を食いしばり、それを全力で体の内側に留《とど》める。

「どうした、世界の異物よ。力を解放すれば、《古木斬轢車輪《ボロス・ヘテウス》》は簡単に吹き飛ばせるはずだ」

「……世界ごと、な」

ぎちぎちと俺を嘲笑《あざわら》うように、エクエスの歯車が回転する。

「決して守れぬと知りながらも、守り続けるがいい。世界と仲間とこの平和を。世界の異物よ、汝《なんじ》は選択を誤った。この場所へは、一人で来るべきだったのだ。そう、平和を手にすることなく」

高速で回転する車輪は俺の根源深くに食い込み、それを削っては、漆黒の火花を撒《ま》き散《ち》らす。今にも滅びの力が溢《あふ》れ出《だ》し、世界に深い傷痕を残そうとしていた。そのダメージを自らの体と根源で肩代わりし、ますます俺は傷を負う。押さえきれなかった禍々《まがまが》しい血が一滴地面に、ぽとりとこぼれ落ちた。瞬間、大地が腐り落ち、黒き灰に変わった。

「回れ、回れ」

エクエスの声とともに、更に激しく《古木斬轢車輪《ボロス・ヘテウス》》は回転する。

「世界よ。回れ――」

「おあいにくさま」

胸に埋め込まれた歯車を、どうにか右手で引き抜いたサーシャが、上空にて《終滅の神眼》を光らせていた。彼女にはミーシャからの《思念通信《リークス》》が届いている。

「世界も、平和も、わたしたちが守るわ。あなたはアノスに滅ぼされる」

サーシャの《終滅の神眼》が、視線上のすべてを薙《な》ぎ払《はら》う。

「わたしの魔王さまの本気を、見せてあげるんだからっ‼」

黒陽が煌《きら》めき、灼《や》き滅ぼされたのは三角錐《さんかくすい》の神殿だ。あらわになったその場所にはミーシャと、それから《終滅の日蝕《にっしょく》》が浮かんでいた。

日輪を取り囲むが如《ごと》く、雪月花で魔法陣が描かれている。

「サーシャの言う通り」

ミーシャが《終滅の日蝕《にっしょく》》に手を伸ばす。

「創るから、アノス」

深き闇の日輪が反転して、それが赤銀《しゃくぎん》の光に変わる。ぱち、ぱち、と瞬《まばた》きを二度。ミーシャの月の瞳が、同じく赤銀に変わった。

「あなたが全力で遊び回れる、壊れない世界を」

サージエルドナーヴェの皆既日蝕《にっしょく》が、アーティエルトノアの皆既月蝕《げっしょく》へと変わった。赤銀に輝く創世の光が、俺とエクエスを目映《まばゆ》く照らす。

「《優しい世界はここから始まる《アール・アント・エルトノア》》」

瞬間、俺とエクエスを取り巻く世界が変わった。天はどこまでも高く、空には《創造の月》アーティエルトノアと《破滅の太陽》サージエルドナーヴェが寄り添うように浮かんでいる。大地はどこまでも広がり、白銀の氷が、森や草原、山や街を構築していた。

俺とエクエス以外には、誰もいない。

ここは、創造神ミリティアが創り出した彼女の神域――

「三面世界《魔王庭園》」

完全に《魔王庭園》が具現化するや否《いな》や、俺の根源に食い込んでいた《古木斬轢車輪《ボロス・ヘテウス》》がボロボロと崩れ落ち、黒き灰へと変わった。滅びの根源から溢《あふ》れ出《だ》した漆黒の粒子が、俺の体を中心に七重の螺旋《らせん》を描く。

「……ぐ、ぎっ……!?」

エクエスが俺の腹部に突き刺していた腕をへし折り、その頭蓋に指を食い込ませた。頭の歯車を破壊されながら、奴《やつ》は大きく後退する。それより速く、俺の掌《てのひら》がその顔面を打ち抜いていた。

ズゴォォォォンッと奴《やつ》は氷の木々を薙《な》ぎ倒《たお》し、地表にめり込んだ。軽く手を振れば、魔法陣の砲塔が現れ、七重の螺旋《らせん》がそこに集う。

《極獄界滅灰燼魔砲《エギル・グローネ・アングドロア》》。

終末の火が、エクエスの体に着弾し、世界の一切が黒く炎上する。刹那、神域が黒き灰燼《かいじん》と化したかのような感覚を覚えたが、天も地も灰に変わってはいない。眼前には氷の大地が広がっている。

創造神ミリティアの権能と破壊神アベルニユーの権能を合わせて創られた三面世界。その《魔王庭園》では、《破滅の太陽》が滅びを滅ぼす光を放つ。致命的な威力の攻撃が神域に与えられれば、その瞬間、サージエルドナーヴェの力にて相殺《そうさい》しているのだ。たとえ神域が深い損傷を負おうとも、たちまち《創造の月》が世界を創り直す。

なによりこの世界は、三重に重なっている。サージエルドナーヴェの相殺《そうさい》、アーティエルトノアの再生を超えた力で一つ目の世界が滅ぼされようと、重なっていた二つ目の世界が姿を現すのみだ。

そして、その瞬間に滅びた一つ目の世界は創り直される。俺の滅びが止められぬのなら、止めずに新しく創世すればよい、といったところか。何百何千もの世界を滅ぼす力を解き放とうと、延々と世界は創造され続ける。ミーシャが俺のために創った、まさしく魔王の庭だ。

「ふむ。なかなかどうして、よい世界だ」

ゆるりと俺は大地に足をつき、指を鳴らした。根源からこぼれ落ちた魔力が、俺の体に禍々《まがまが》しい螺旋《らせん》を描く。

「……ぎ……ぎ…………」

倒れたエクエスが、その歯車の神眼《め》をこちらへ向ける。

「いつまで寝ている？　さっさと絶望の歯車とやらを回せ。その錆《さ》びついた頭蓋に、今から優しく刻みつけてやる」

ゆるりと前へ歩を進ませながら、俺は告げる。

「真の絶望を」

§56.【矛盾】

緩やかに歯車の回る音が聞こえる。エクエスに神々《こうごう》しい魔力が集ったかと思えば、奴《やつ》は何事もなかったかのように、ムクリと身を起こした。

「――汝《なんじ》はなにも知らない」

奴《やつ》がその手に持っているのは、ボロボロの木片だ。そこに魔法陣が描かれれば、再び古びた木の車輪が再生された。

「ほう」

「世界の秩序を乱す意味を。秩序を失った世界が辿《たど》る末路を。この歯車が、どれだけ精密で、どれほど大きく、どこまで広大な存在であるかを、矮小《わいしょう》な汝《なんじ》は、ついには知ることさえできない」

ぎちり、ぎちり、とエクエスの歯車が回転し、胸部が開く。奴《やつ》は古びた木の車輪をそこへ戻し、結合させた。

「世界は適合者を求めている。汝《なんじ》はその枠から、外れたのだ。世界の異物よ。ゆえに歯車に潰され、砕け散るがこの世の秩序だ。ちっぽけなその存在では、計り知ることすらできないものがあると知れ」

がち、がち、と音が響き、木の車輪と奴《やつ》の全身の歯車が嚙《か》み合《あ》っていく。

「お前を滅ぼす前に、一つ訊《き》いておく」

指先で軽く円を描き、黒き粒子にて七重螺旋《らせん》を描く。

「奪った火露をどこへやった？」

エクエスはただ神眼《め》を光らせ、全身の歯車を嚙《か》み合《あ》わせていくばかりだ。

「ミリティアの世界だけでも七億年、彼女の母エレネシアの世界、その母の世界、その更に母の世界、創造神の祖は代々、この世界を創り直してきた。その度に火露をお前に奪われながら。神界の底に貯蔵されていた火露の量では到底勘定が合わぬ」

「愚かなる世界の異物よ。汝《なんじ》は火露を取り戻せば、失った命が戻るとでも思っているのか？」

「さてな。だが、我が配下の先祖が、平和を願いながらつないできたものだ。お前が手をつけていい代物ではない。すべて取り戻し、この母なる世界に返す」

ぎちぎちと歯車が嘲笑するように回転した。

「言ったはずだ。私が、世界だと」

エクエスが大きく腕を広げる。

「回れ。回れ、絶望よ――」

神体すべての歯車が勢いよく回転し、夥《おびただ》しい火花が散った。奴《やつ》の胸に連結された車輪がゆるりと回り始める。

「回れ」

古びた車輪が放つ神々《こうごう》しくも銅色の光が、エクエスの全身に伝わっていく。
ゴ、ゴゴ、ゴゴゴゴゴ、とミーシャの創り出した《魔王庭園》が揺れていた。奴《やつ》の背後に光がたちこめ、そこに現れたのは銅の歯車だ。褐色に輝きを放ちながら、それは次々と無数に現れ、高い空を覆いつくすほど広がった。
銅の歯車は互いに嚙《か》み合《あ》っていき、球体を構築する。まるでそれは、歯車の太陽だった。

「見るがいい、世界の異物よ」

エクエスが言う。

「これこそが、世界《わたし》が奪った火露のなれの果て。始まりの世界より今日の世界まで、歯車に飲み込まれていった人々の今の姿だ」

大きく両手を掲げ、エクエスはノイズ交じりの声を発した。

「《運命の歯車》ベルテクスフェンブレム」

その無数の歯車がぎちぎちと回転すれば、エクエスの魔力が跳ね上がり、破壊された腕と頭、焼け焦げた神体があっという間に再生された。噴出される神々《こうごう》しい光が、それだけで《魔王庭園》の地表を削り、氷の木々や山脈を震わせている。

「今、大いなる運命の歯車が回り、汝《なんじ》は絶望の車輪に轢《ひ》き裂かれる」

「試してみよ」

エクエスの視線と俺の視線が衝突し、しんとその場に静寂が訪れた。

「《極獄界滅灰燼魔砲《エギル・グローネ・アングドロア》》」

魔法陣の砲塔を構築し、終末の火を放つ。エクエスはそれに腕を向け、歯車の魔法陣を描いた。魔法陣内部にある無数の歯車が回転し、出現したのは銅の車輪。連結されたそれが、勢いよく回る。

「《神世歯車支配車輪《ボロス・ヘテロ・アーヴィス》》」

褐色に輝く車輪がみるみる巨大に膨れあがり、魔力の渦を巻きながらも凄《すさ》まじい速さで回転する。それは終末の火に向かって勢いよく射出された。左右から直線を描くが如《ごと》く、車輪と火が衝突する。世界の一切が炎上し、無数の亀裂が走った。三面世界でなければ、数度滅んでお釣りが来ている頃だろう。《極獄界滅灰燼魔砲《エギル・グローネ・アングドロア》》は神の車輪を灰燼《かいじん》と化し、《神世歯車支配車輪《ボロス・ヘテロ・アーヴィス》》は終末の火を轢《ひ》き裂く。

「――汝《なんじ》だけと思っていたか？」

滅びの魔法同士の激しい衝突音が響く中、エクエスがノイズ交じりの声を発す。

「世界の意思に立ち向かったのが、自分だけと思っていたか？　エレネシアの世界にも、その前の世界にも、その遙《はる》か前の世界にも、不適合者は存在したのだ。汝《なんじ》のような矮小《わいしょう》な異物など、これまで数えきれぬほど《運命の歯車》に飲み込んできた。かつて不適合者と呼ばれた彼らは今や、例外なく秩序に——この歯車になった」

自らの歯車を回転させ、エクエスは神々《こうごう》しい魔力を纏《まと》う。銅色と漆黒が火花を散らし、三面世界を神々《こうごう》しさと禍々《まがまが》しさで染め上げた。

「魔力を抑えなければ世界が滅びる。それは、私も同じだ」

エクエスは《極獄界滅灰燼魔砲《エギル・グローネ・アングドロア》》を完全に相殺《そうさい》してのけ、俺を見下すようにそう言った。

「くはは」

エクエスが歯車の神眼《め]》を驚愕《きょうがく》に染める。すでに二発目の《極獄界滅灰燼魔砲《エギル・グローネ・アングドロア》》が奴《やつ》に迫っていた。

「でなければ興醒《きょうざ》めだ」

ゴオオオオオオオオオォォォォッと黒き終末の火に、奴《やつ》の神体が包まれる。

「そら、せっかく滅びぬ遊び場だ」

指先を弾き、ゆるりと魔法陣を描く。《極獄界滅灰燼魔砲《エギル・グローネ・アングドロア》》の砲塔が七つだ。

「もっと派手に遊べ」

終末の火が連射され、次々とエクエスの神体へ向かって放たれた。猛然と襲いかかる七つの滅びを神眼《め》にし、次の瞬間、奴《やつ》はその場から姿を消した。

「世界《わたし》によって秩序を定められた。かつて不適合者だった者の歯車により、滅びるがいい」

ノイズ交じりの声が響く。

「時間の歯車は回り始める。過去と未来が交わることのないように、過去に置き去りにされた

「汝《なんじ》は、未来の私には永久に追いつけない」

時間をすっ飛ばしたかのような速度で、《極獄界滅灰燼魔砲《エギル・グローネ・アングドロア》》を避け、俺の背後に回り込んだエクエスは、右腕を振り上げていた。その手の歯車が高速で回転し、俺の顔面を轢《ひ》き潰さんとばかりに突き出された。左手でそれをわしづかみにし、俺は無造作に受け止めた。歯車が手の中で回転するが、それをぐっと押さえつけ、停止させる。

「……ギッ……!?」

「お前の未来が、俺の過去に届くと思ったか？」

《運命の歯車》ベルテクスフェンブレムが回転し、再び奴《やつ》の魔力が上昇する。歯車が一つ回る毎《ごと》に奴《やつ》の膂力《りょりょく》が増し、拳を受け止めている俺の手を押し返す。

「上限の歯車は回り始める。限界は歯車により引き上げられ、汝《なんじ》と私は、力の次元にて隔てられる」

秩序の上限を超えたような力で、エクエスは俺を圧《お》し潰そうとする。かつての世界で、秩序を超えた膂力《りょりょく》を発揮した不適合者がいたのだろう。それすら屠《ほふ》り、秩序の歯車に変えてきたということを奴《やつ》は誇示したいのだ。だが、この左手は微動だにしなかった。

「どうした？　世界の上限を超えてその程度の力か？」

「汝《なんじ》は、上限の歯車に轢《ひ》き裂かれる――」

勢いよくエクエスの車輪が回り、《運命の歯車》が奴《やつ》に力を与える。思いきり飛《と》び退《の》いた奴《やつ》は、足の歯車と大地をぐっと噛《か》み合《あ》わせた。弾《はじ》き出《だ》されたように、歯車で地表を削りながら奴《やつ》は猛突進を仕掛けてきた。

「――それは、世界の重さに圧《お》し潰されるが如《ごと》く」

奴《やつ》の体の重さがみるみる増す。その小さな体に世界の重さを乗せて、奴《やつ》は俺に突っ込んでくる。

「お前の世界は軽い」

全膂力《りょりょく》を込めたエクエスの突撃を、俺は小指一本で止めていた。

「命の重さの伴わぬ、がらんどうの世界だ」

ズガンッと俺の小指がエクエスの右手を貫く。

「いつまで遊んでいる？　真面目に歯車を回せ」

そのまま、ぐしゃりと手を握り潰し、腕を引き千切った。

「……ギッ……ギィイイッ……！」

「ずいぶんと錆《さ》びた音が響く」

《根源死殺《ベブズド》》の指先で顔面を貫き、両手で胸の歯車をぶち破っては、中にあった大きめの歯車をぐっとつかむ。それが上限の歯車に連動している。

「上手《うま》く回せぬのなら、俺が回してやる」

ぐんっと勢いよくその歯車を回転させれば、エクエスの全身の歯車が一気に回転する。俺につかみかかってきた奴《やつ》の左手の力が、限界を更に突き破った。手と手を組み合わせながら、奴《やつ》を押し返していく。

「くはは。なかなか力強くなったな。そら、まだ回るだろう。もっと回せ」

更に膂力《りょりょく》を与えるべく、俺はエクエスの歯車をぐんと回す。無理矢理、限界以上の速度を与えられた歯車という歯車が、ミシミシと軋《きし》んでは歯が砕け、亀裂が入った。

「不滅の歯車は回り始める。不滅の秩序に満たされた神体に滅びはなく、私は死と隔てられる」

《運命の歯車》がエクエスに力を与え、今にも崩壊しそうだった歯車が原形を留《とど》めた。

「さて、世界の秩序には、矛盾があるやもしれぬぞ？」

奴《やつ》の喉をつかみ上げ、俺は問う。

「世界《わたし》に矛盾など存在しない。すべては秩序の歯車通りに回っている」

「そうは思えぬ」

エクスの周囲を取り囲むように、一〇〇門の魔法陣を描く。

「《獄炎殲滅砲《ジオ・グレイズ》》」

エクエスの喉を指先で突き破ると同時に、漆黒の太陽を集中砲火した。穴の空いた神体から炎が入り込み、奴《やつ》の根源を焼いていく。

「《魔黒雷帝《ジラスド》》」

漆黒の稲妻が走り、エクエスを撃ち抜く。その根源に電流が走った。

「《焦死焼滅燦火焚炎《アヴィアスタン・ジアラ》》」

輝く黒炎の手にて、エクエスの根源を貫いた。

「《四界牆壁《ベノ・イエヴン》》」

黒きオーロラが球体となり、歯車の集合神を包み込む。

「《極獄界滅灰燼魔砲《エギル・グローネ・アングドロア》》」

その根源の中心に終末の火を叩《たた》き込《こ》まれ、エクエスが滅びに飲み込まれる。内側からその身を引き裂かんとするように《極獄界滅灰燼魔砲《エギル・グローネ・アングドロア》》は暴れ狂い、耐えきれなかった奴《やつ》が弾《はじ》け飛んだ。ゴロゴロと氷の大地を転がっていく奴《やつ》の神体は、滅びの火に焼かれ、黒き灰へと変わっていく。《運命の歯車》ベルテクスフェンブレムが、ぎちりと回転すれば、エクエスの滅びは止まった。

奴《やつ》は瞬《また》く間《ま》に、その歯車を再生させる。ムクリと起き上がったエクエスは、余裕ぶった仕草で両腕を広げた。

「全力を出しても、私を仕留めきることはできなかったな、世界の異物よ。これで汝《なんじ》に、私を滅ぼす手段がないことは明らかになった」

「ほう。歯車だけあって、地べたを転がり回るのも秩序の範疇《はんちゅう》だったか。なかなかどうして、さすがに読めぬ」

ぎちり、ぎちり、と歯車が回った。苛立《いらだ》っているのか、その顔がカタカタと震えている。

「図に乗るな、矮小《わいしょう》な異物め。汝《なんじ》の力は、所詮この三面世界の恩恵を受けた紛《まが》い物《もの》にすぎない。本当の世界では、汝《なんじ》は全力を出すことすらかなわぬ」

「くはは。なにかと思えば泣き言か。ここでは敵《かな》わぬから出してくれと言いたいのなら、素直にそう言うことだ。そこに頭をつけば、聞いてやらぬこともない」

「優位に立っているつもりか？　汝《なんじ》の力は周りの環境に左右され、揺れ動く。秩序に支配されているということだ。そして、その秩序を支配しているのが、この私だ」

エクエスの全身に魔力が集う。

「この三面世界《魔王庭園》から、汝《なんじ》に力を与えている秩序を奪う」

歯車仕掛《じか》けの集合神は銅色の輝きに満ちていく。

「見るがいい、世界の異物よ。《運命の歯車》はとうに回り始めている。誰も彼も、この定めからは逃れられない。ベルテクスフェンブレムは汝《なんじ》に一つの運命を強制する」

《運命の歯車》が、褐色の光を撒《ま》き散《ち》らす。

「敗北だ」

三面世界のあらゆる場所に銅の歯車が埋め込まれる。空や地表、氷の街や森、山々の至るところで、その《運命の歯車》が回り始めた。

「汝《なんじ》が身動きひとつすれば、三面世界《魔王庭園》は創世の秩序ごと脆《もろ》く砕け散る。それこそが、ベルテクスフェンブレムがたった今定めた、決して逃れられず、決して覆《くつがえ》すことのできない運命だ」

異質な秩序が、俺を包み込んでいる。不気味な音を立てながら、《運命の歯車》が回っていた。大きくエクエスは両手を掲げた。

「《世界のために運命は回る《ベルド・ラーゼ・フエンブレム》》」

ぎち、ぎち、ぎち、と銅の歯車が音を立てる。ミーシャが創り出した三面世界の秩序を、それは無理矢理に歪《ゆが》めようとしていた。

「《運命の歯車》に圧《お》し潰されよ、世界の異物よ」

歯車の魔法陣が描かれ、連結した銅の車輪が回転する。激しく地表を砕きながら、それはみるみる巨大に膨れあがっていく。

「《神世歯車支配車輪《ボロス・ヘテロ・アーヴィス》》」

不気味な音を立てながら、氷の大地を砕き、銅の車輪がゆっくりと迫りくる。回転する毎《ごと》に巻き上がる褐色の火花が、三面世界を鮮やかに染め上げていく。神の車輪が、この身を轢《ひ》き裂かんとばかりに食い込もうとし、俺はそれを両手でわしづかみにしていた。

「──さあ、《運命の歯車》に従い、滅びのときだ。創造神の創りし、仮初めの世界よ」

エクエスが勝利を確信したかのように言った。俺はそのまま《神世歯車支配車輪《ボロス・ヘテロ・アーヴィス》》を叩《たた》き落とし、思いきり踏み潰した。

大地を揺るがすほどの激しい音が響く。

《魔王庭園》は──滅びていない。

「……な……」

一歩、俺はエクエスへ向かって足を踏み出す。

「………………な…………ぜ…………………?」

呆然《ぼうぜん》とエクエスは呟《つぶや》く。

「……なぜ……歩いている……？　《世界のために運命は回る《ベルド・ラーゼ・フエンブレム》》の只中《ただなか》を……」

「《魔王庭園》でならば、この魔眼《め》を多少開けるのでな」

言いながら、まっすぐ奴《やつ》へ歩いていく。俺の左眼《ひだりめ》は、滅紫に染まっており、その深淵《しんえん》に闇十字が浮かんでいた。

《混滅の魔眼《こんめつのまがん》》である。それが、《世界のために運命は回る《ベルド・ラーゼ・フエンブレム》》の秩序を滅ぼしていた。

「我が眼前では、すべてが滅ぶ。秩序も、理《ことわり》も、貴様もだ、エクエス」

「……そんな秩序は存在しない……」

歯車の神眼《め》を驚愕《きょうがく》に染め、奴《やつ》は混乱したように言葉をこぼす。

「……いかなる魔眼を使おうと、すでに運命は定められたのだ。汝《なんじ》がなにをする前に、《世界《ベル》のために運命は回る《ド・ラーゼ・フエンブレム》》が発動し、《魔王庭園》は滅び去る……」

「その《世界のために運命は回る《ベルド・ラーゼ・フエンブレム》》の理を滅ぼしたと言っている」

「……滅ぼせるはずがない。遅い早いではなく、運命は先に決まっているのだ。たとえ創世より前の過去に遡って力を発揮しようと、《運命の歯車》はそれより先に《魔王庭園》を滅ぼす……」

「くはは。秩序を盲信するあまり、目の前で起きていることが信じられぬか？　その穴の空いた歯車の神眼《め》で、もっとよく深淵《しんえん》を覗《のぞ》け」

俺はピタリと足を止める。

「運命を定めたお前と、理を滅ぼした俺。二つの力は矛盾した。ゆえに俺が勝ったのだ」

軽く足を上げ、大地を踏みしめる。その瞬間、地表に埋め込まれていた銅の歯車が皆一斉に砕け散った。

「矛盾とは混沌《こんとん》、すなわち俺の懐《ふところ》だ」

《混滅の魔眼》と滅ぼすべき理が矛盾したならば、俺が一方的に勝つ。

単純な話だ。事象を一つに定めなければならない理に対して、それが起きなければよい《混滅の魔眼》の方が遙《はる》かに有利である。その上矛盾は、《混滅の魔眼》の力に変わる。再び俺が一歩を刻むと、時間の歯車を回転させ、エクエスが目の前に現れた。

「《神世歯車支配《ボロス・ヘテロ》──》」

エクエスは至近距離で滅びの魔法を叩《たた》き込《こ》もうとしたが、しかし俺の《根源死殺《ベブズド》》の指先が、先に奴《やつ》の土手っ腹をぶち抜いた。

「……グ、ギ、ギィッ……!!」

「矛盾も飲めぬ杓子《しゃくし》定規《じょうぎ》な歯車が、俺の運命を勝手に定められると思ったか」

§57.【配下に捧ぐ、魔王の行進】

エクエスの歯車が回転し、その両腕が俺の肩をぐっとつかむ。

奴《やつ》は地面に足を踏ん張り、銅色の魔力を噴出する。火花を散らせながら時間の歯車と上限の歯車が回転すれば、僅かに俺の体が持ち上がった。

「ほう。まだそんな力が残っていたか」

「……認めよう。世界の異物よ。汝《なんじ》はこれまで世界に飲み込まれた、どの不適合者よりも強い……」

神体に亀裂が入るほど高速で歯車を回し、エクエスは俺の体を完全に持ち上げた。

「だが、汝《なんじ》の弱点は依然としてここにある」

歯車の足が、思いきり地面を蹴った。上限の歯車の力を時間の歯車で加速し、まさに光の矢と化して、俺を抱えたエクエスは球体を成す無数の歯車、ベルテクスフェンブレムへ突っ込んでいく。

「あの《運命の歯車》こそ、すなわち絶望。それに飲み込まれれば世界とて轢《ひ》き裂かれる」

「なるほど。振り払えば、お前はそのままあの歯車に突っ込む。お前が轢《ひ》き裂かれれば、秩序が消失し、世界は滅びるというわけだ」

エクエスの体に《四界牆壁《ベノ・イエヴン》》を展開してやれば、奴《やつ》は得意気に言う。

「そうだ。結局は同じことだ。汝《なんじ》は世界を守らなければならない。世界《わたし》を守り、絶望の歯車に噛《か》み砕《くだ》かれるがいい、矮小《わいしょう》なる異物よっ‼」

直後、《運命の歯車》ベルテクスフェンブレムへ、俺とエクエスは突っ込んだ。耳を劈《つんざ》くようなけたたましい音が鳴り響き、魔力の粒子が激しく散った。

「ギ、ギギッ、ギハハハハっ！」

錆《さ》びた音を響かせ、エクエスが笑う。奴《やつ》が飲み込まれぬよう庇《かば》ってやったため、俺だけがベルテクスフェンブレムに飲まれ、その無数の歯車の歯がこの身に食い込んでいた。

「理解したか、アノス・ヴォルディゴード。世界は今日も正しく回る。絶望とともに。今のお前はまさしく歯車の異物にすぎない」

「……確かにな」

ぎちぎち、と嘲笑《あざわら》うように歯車の音が響いた。

「《世界のために運命は回る《ベルド・ラーゼ・フエンブレム》》」

エクエスが自らの歯車を回転させ、俺の体に食い込んだ《運命の歯車》を勢いよく回す。五体に《運命の歯車》の強大な力がかけられ、ブチンッとなにか肝心なものが切れた音がした。

莫大《ばくだい》な魔力がふっと消失していく。

「…………か…………な…………………………」

この身を巻き込もうとした《運命の歯車》が数個、混入した異物の存在に耐えかねたようにぶち切られ、ガラガラと地面へ落下した。

「……………馬…………鹿…………な……それは…………その歯車は…………絶望を回す、運命…………」

「よく回っているようだ」

俺は近くにあった巨大な歯車をぐっと手でつかみ、止めた。

「お前の絶望がな」

ギギギギギッと行き場のない力により、ベルテクスフェンブレム全体が軋《きし》む音が聞こえる。

連動する歯車という歯車が、異音を放ちながらみるみる止まっていく。

「……なにを、手にしているのか、わかっているのか……世界の異物よ……」

「この歯車のおもちゃのことか？」

止めた歯車を、僅かに逆向きに回す。

「やめ……ろ……！　今すぐ、その愚かな手を放せ……！　ベルテクスフェンブレムは、世界の運命を回している……それを壊せば、汝《なんじ》が愛する世界も無事にはすまない……」

「お前は自分の矛盾に気がついているか、エクエス？」

奴《やつ》はベルテクスフェンブレムの軋《きし》む音に、カタカタと震えながら、俺に視線を向ける。

「滅びへ向かうことこそ秩序だと宣《のたま》うお前が、なぜ世界の滅びをそんなにも恐れている？」

巨大な歯車仕掛《じか》けの球体にミシミシと無数の亀裂が走った。

「……やめ、ろ……」

「この《運命の歯車》が回り続ければ、やがて世界は滅びるのだろう？　遅いか早いかの違いしかあるまい？」

行き場のない力が、歯車という歯車にかかり、絶望がベルテクスフェンブレムに襲いかかる。

「……やめろっ……！」

「動くな」

腕に力をいれてやれば、飛びかかろうとしたエクエスがピタリと止まる。

「滅ぼす気なら、もっと上手《うま》いやり方があったはずだ。なぜ火露を奪うなどという回りくどいやり方をした？」

「ちっぽけな異物には、計り知ることはできない。世界がただ秩序通りに回った結果にすぎないのだ」

「なんのための秩序だ？　なぜそんな秩序に決めた？　なんのために？」

ますます歯車には亀裂が走る。ベルテクスフェンブレム全体が、ガタガタと不穏な音を立て始めた。

「腕一本で壊れるおもちゃを作るのに、そんなにも火露が必要か？　奪った火露が、ここにすべてあるようには思えぬ」

魔眼を向け、奴《やつ》を見据える。

「……汝《なんじ》の望む答えなど存在しない。火露は《運命の歯車》を維持するためにすでに消費された。言ったはずだ。世界は適合者を求めている。そのための緩やかな滅び、そのための絶望だ」

「適合者とはなんだ？」

「進化の証《あかし》だ。数多《あまた》の滅びを繰り返し、適合者を迎えた世界は進化するのだ」

「進化してどうなる？」

「猿が人間のことを理解できるか？　世界《わたし》はまだ進化していない」

歯車の神眼《め》にて、奴《やつ》はこちらをじっと睨《にら》んでくる。

「正直に話せば、手を放してやろう」

《契約《ゼクト》》の言葉を飛ばす。奴《やつ》は調印の言葉を返した。

「私の言葉に疑問を抱くのは汝《なんじ》が生ある者だからだ。世界はただそうであるがゆえに、そうである。進化を求めるがゆえに、進化を求める。世界になぜを問うとは愚かなことだ。すべては秩序が定めた通りだ、矮小《わいしょう》な異物よ」

「ふむ。よくわかった」

滅紫に染まった左眼《ひだりめ》に闇十字が浮かぶ。《混滅の魔眼》を放ちながら、俺はつかんだ歯車にぐっと力を入れる。

「正真正銘、お前は歯車のようだな」

勢いよく、俺は歯車を反対に回す。突如、逆向きの力を加えられ、噛《か》み合《あ》っていた歯車同士が反発するように音を立てて、ガタガタと崩壊を始める。

「ばっ……!?　……あ…………ぁ……あ……」

あまりのことに思考がまとまらなかったか、エクエスは言葉にならぬ声を上げた。

「……な……な……なんの真似《まね》だっ……!?」

「契約通り手を放した。順方向が絶望の車輪を回すのだろう。ならば、逆に回せば希望に変わると思ってな」

「……なん……そんな……そんな愚鈍で、蒙昧《もうまい》な思考が……そんな秩序があるわけが――」

エクエスは、その歯車の神眼《め》を丸くする。けたたましい音を立てて、《運命の歯車》は一部逆向きに回り始めている。無論、無理な力が加わったため、その半数ほどが砕け、折れ、切断され、ガラガラと地表に落下していた。

「くははっ。半分残ったか。そら、次々回すぞ」

俺は飛び上がり、残った巨大な歯車をぐっとつかむ。慌てふためいたようにエクエスが追ってきた。

「――世界の異物よ。汝《なんじ》は自分がなにをしているかわかっているのかっ……!?」

限界以上に自ら歯車を高速で回転させ、エクエスは火花のように散る銅色の魔力を拳に乗せた。

「ちょうどいい」

突き出された拳をよけて、俺はエクエスの腕をつかんだ。

「回すのを手伝え」

「やめ――」

奴《やつ》の魔力に俺の魔力を上乗せし、その拳を思いきり歯車に向かって突き出させた。殴りつけられた《運命の歯車》が逆向きに回転を始め、向かい合う力にて周囲の歯車に亀裂が走り、ぶち切られるように崩落していく。

「なかなかどうして、やはり回すのはお手の物だな、エクエス」

「……蒙昧《もうまい》な異物めっ！　その《混滅の魔眼》では、絶望を希望に変えることなどできないっ!!　汝《なんじ》は滅ぼすことしかできぬ存在っ！　絶望は混沌《こんとん》とし、そして滅ぶっ！　それでなにが救えるっ⁉　《運命の歯車》が消え去れば、世界もまた滅びゆぐぼほぉぉっ……!!」

エクエスを思いきり蹴り飛ばし、その威力にて離れた位置にあった歯車を逆向きに回転させる。同じく噛《か》み合《あ》った歯車に亀裂が走り、ガラガラと破壊されていく。

《運命の歯車》を跳ね返っては、戻ってきた奴《やつ》の頭をわしづかみにして受け止めた。最早《もはや》、ベルテクスフェンブレム自体がボロボロのため、歯車に巻き込まれたにもかかわらず、エクエスは健在だ。

「……愚か、な……正常な、思考を、持て……歯車を、壊せば……歯車で、回る、世界もまた……」

「皆、平和のために命をかけた。ここに来るまでに、何人滅んだか知っているか？」

バギンッと頭の歯車を突き破り、俺の指がめり込んだ。

「やむを得ぬ戦いだと思っていた。憎悪《ぞうお》が憎悪《ぞうお》を呼び、俺たちは殺し合った。避けられぬ悲劇の中、それでも平和を求め、皆散っていったのだ。本当に悪い者など、どこにもいないのだと。

俺たちは分かり合えるはずと、確かに信じながら」

奴《やつ》の体に《四界牆壁《ベノ・イエヴン》》を纏《まと》わせ、片手でその頭を持ち上げる。

「お前が元凶だ。お前と、このつまらぬ歯車のおもちゃが、我が配下の運命を弄び、我が民の絶望を嘲笑《あざわら》い、命まで奪った。父も母も死んだ。戻らぬ者もいる。たとえ戻ったとて、あの悲劇が、あの苦しみが、あの理不尽な戦いが消えてなくなるわけではない」

ぐっと右手に力を入れる。

「お前の神眼《め》には見えぬのだろうな。彼らは必死に生きたぞ。俺に後を託し、皆死んでいった。俺は報いなければならぬ。これを、こんなものを、ここに放置しておくことなどできぬ。希望にならぬ運命なら、いっそ滅びよ。なにもかも」

投げ飛ばしたエクエスは、閃光《せんこう》の如《ごと》く飛来しては《運命の歯車》の中を幾度となく跳ね返り、その歯車という歯車を逆向きに回転させる。

ベルテクスフェンブレムが、ボロボロと崩壊していく。

もっと早く。

もっと以前に辿《たど》り着《つ》いていれば――

もっと多くの者が、我が傍《かたわ》らで笑っていたはずだった。

「許せ。こんなつまらぬもののために、お前たちを犠牲にした」

《森羅万掌《イ・グネアス》》の手で、無数の歯車をぐっとつかむ。

それらすべてを、一気に逆に回した。

耳を劈《つんざ》くような破裂音が鳴り響き、粉々になった歯車の破片が飛び散った。

「……やめろ――」

エクエスがボロボロの体で両手を広げる。その五体に、かろうじて原形を留《とど》めたベルテクスフェンブレムの歯車が七つ、結合されていく。

「異物如《ごと》きが、手を出していいと思っているのか？　《運命の歯車》は、世界の根幹。虫のように湧いて出てくる魔族を幾億犠牲にしたとしても、比べものにならない。いいか？　汝《なんじ》らは世界の糧《かて》なのだ。世界を生かすために命があるのだ」

「歯車如《ごと》きが、我が配下を語るな」

奴《やつ》に接近し、その神体に右の拳を叩《たた》きつける。破片を撒《ま》き散《ち》らしながらぶっ飛んだ奴《やつ》は、地表に叩《たた》きつけられ、転がっていく。

「……ぎ、ぎ……」

ぎこちなく歯車を回しながら、エクエスは立ち上がり、俺がいる上空を睨《にら》んだ。十分に距離がとれたと判断したか、奴《やつ》は背後に光を放つ。現れたのは三角錐《さんかくすい》の門である。

「僅かな気の緩みが――」

ぎぃ、と音を立てて界門が開く。奥から漏れた神々《こうごう》しい光の向こう側に、地上の風景が映っていた。

「僅かな気の緩みが、絶望をもたらす。調子に乗りすぎたな、世界の異物よ。ここから、ただ去るだけで世界はまたいつも通りに回り始める。そう、粛々と、粛々と」

《混滅の魔眼》を軽く向ければ、バタンッと開いた界門が閉ざされた。

「…………馬……鹿…………な…………」

俺はゆるりと地表に下り、界門を視界に収める。エクエスへ向かって歩いていく中、奴《やつ》は扉を開けろとばかりに界門に手を叩《たた》きつけた。

「開け！」

手の平の歯車が回転し、魔法陣を描く。

「開けっ！　秩序に支配されし、門よ。運命よ、回れ！」

門は、開かない。

「回れ、回れ、世界よ」

体に結合したベルテクスフェンブレムを回し、すべての歯車を総動員させて、懇願するかの如《ごと》く奴《やつ》は言った。

「回れ」

ぎぃ、と音を立てて、界門が開き始める。ニヤリとエクエスが笑い、足を踏み出した瞬間、門は黒き炎に包まれ、灰と化した。

「…………か…………う…………ぁ…………」

一瞬、奴《やつ》の動きが完全に停止していた。

「絶望を味わう気分はどうだ、エクエス」

エクエスの背中から、その肩を優しくつかんだ。

「我が配下に課せられた理不尽は、こんなものではなかったぞ」

そのままエクエスを無造作につかみ上げ、思いきり投げ飛ばす。ベルテクスフェンブレムの残骸が積もった山に奴《やつ》は頭から突っ込み、歯車の破片を四散させた。

「そこがお前の墓場だ」

地面を蹴り、エクエスを追撃する。

「――のない」

ノイズ交じりの声が響く。

ベルテクスフェンブレムの残骸に巨大な魔法陣が構築されていた。

「――秩序を歪《ゆが》めたくはなかったが、仕方のないっ!!」

《運命の歯車》の破片や残骸が、エクエスの魔法陣によって再構築されていく。それは歯車を動力源に、車輪を刃とした、長く巨大な剣と化した。

「わかるか？　戦闘には適さない《運命の歯車》を武器に変えたのだ。汝《なんじ》はこれまで回っているだけの歯車を、ただ一方的に破壊していたにすぎないっ！」

《運命の歯車》が回転し、絶望の車輪が回る。

「車輪剣《しゃりんけん》ベルテクスフェンブレムッ!!」

奴《やつ》に押し迫った俺の身に、車輪剣が横薙《な》ぎに振るわれた。左腕で受け止めれば、血が勢いよく溢《あふ》れ出《だ》し、車輪が骨を削る。

「《運命の歯車》は回り、絶望が汝《なんじ》を斬り裂く。これが世界の示した意思だ、愚かなる異物よ！」

勝利を確信したように奴《やつ》は言う。

構わず、俺は前へ進んだ。

「《涅槃七歩征服《ギリエリアム・ナヴイエム》》」

魔法が発動した瞬間、禍々《まがまが》しい魔力が俺の全身に渦を巻く。

車輪剣が砕け散り、黒き灰と化した。

「……ばっ…………!?　……世、界の…………運命を剣に、変えてなお……灰、に…………」

《涅槃七歩征服《ギリエリアム・ナヴィエム》》は、根源で凝縮した滅びの魔力を一歩ごとに解放し、俺の力を瞬間的に底上げする。

エクエスへ向かい、足を踏み出した。

一歩目――

「運命などなければ、二千年前、俺とレイが勝者のいない死闘を繰り広げることはなかった」

《飛行《フレス》》の魔法にて、俺は飛んだ。その勢いのままエクスエスの神体に埋まった《運命の歯車》を指先で撫《な》でてやれば、いとも容易《たやす》く砕け散った。

「……なっ……ふ、《飛行《フレス》》の勢い、だけ、で――!?」

二歩目――

「秩序などなければ、エレオノールは戦うために生まれた我が子を、何度も看取《みと》ることはなかった」

《成長《クルスト》》で指先を縦に振り下ろせば、触れた箇所が常軌を逸した急成長を見せ、腐食する。真っ二つに両断されたようにエクエスの神体が割れ、《運命の歯車》が一つ砕け散った。

「……世界がぁ……腐るほどの、異常な成長だと――!?」

三歩目――

「歯車などなければ、シンとレノは死の別れに涙することはなかった」

二つに分かれたエクエスを、《拘束魔鎖《ギジエル》》が一つに縛りつける。魔力の鎖が世界の意思を拘束し、回転しようとした《運命の歯車》が一つ粉々に砕け散った。

「……動か……な……世界を、鎖でつなぎ止《と》める、などぉ……！」

四歩目──

「愚かな神がいなければ、ミサは偽《にせ》の魔王となり自らの信念を裏切ることはなかった」

奴《やつ》の耳元に手をやり、《音楽演奏《シニアル》》を響かせる。滅びの音が、エクエスの全身を揺さぶり、《運命の歯車》が一つ砕け散った。

「……馬鹿……な……音だけで……私……が……」

五歩目──

「世界の意思などなければ、アルカナは普通の少女でいられた」

《解錠《ディ》》の魔法にて、エクスの胸部を無理矢理こじ開ける。《運命の歯車》が一つ砕け散り、連結されている古びた木の車輪があらわになった。

「……なんだ……なぜ、開く……？　なぜ勝手に開いているのだっ？　やめ、や、めろ……それは……それだけ、は……」

六歩目──

「絶望などなければ、サーシャは滅びのお仕着せに泣くことはなく、ミーシャは優しい世界を見つめていられた」

《火炎《グレガ》》の魔法を、古びた木の車輪へ放つ。煌々《こうこう》と赤く炎上しながらも、その滅びの熱にてエクエスはどろりと溶けた。

「……私の……力が……溶け……る……世界の運命が、燃え……て…………」

七歩目──

「お前がいなければ、誰も彼も、意味もなき理不尽を強いられることはなかったのだ」

地べたに唯一残った歯車の頭蓋を踏み潰そうとしたが、俺は足を止める。

さすがの《魔王庭園》も限界だ。

《涅槃七歩征服《ギリエリアム・ナヴィエム》》を解除して、静かに足をついた。《火炎《グレガ》》の火が回り、周囲の残骸と化していた《運命の歯車》もまとめて完全に溶けている。虚《うつ》ろな神眼《め》で、脅《おび》えたようにエクエスは俺を見上げた。

「命乞いをしろ。俺の涙を誘う事情がないなら、己の罪を悔いるがよい。言葉を選べば、マシな末路を辿《たど》らせてやる」

「……わかっ……ているのか……？　異物が……世界の異物如《ごと》きが……私を、滅ぼせば……汝《なんじ》が守るべき世界は、滅び去る……」

ぐしゃり、と残った頭蓋を踏み潰す。

「〇点だ」

§ エピローグ　【世界の夜明け】

「アノスッ」

空からサーシャの声が響く。見上げれば、《創造の月》アーティエルトノアから、月光が降り注いだ。そこに、三人の人影が浮かぶ。ミーシャ、サーシャ、レイである。

「もう神界がもたないわっ……！　エクエスが滅んだから秩序が消えて、崩壊するのは時間の問題よっ！　早くどうにかしなきゃっ！」

「そう焦《あせ》るな。まだこいつはかろうじて生かしてある」

足を上げれば、そこに粉々になった歯車の残骸があった。

「どこがっ⁉」

「もっとよく深淵《しんえん》を覗《のぞ》け」

サーシャはその魔眼を残骸の根源へと向ける。すると、微《かす》かに呻《うめ》き声のようなものが聞こえてきた。

『……ぅ…………ぁ……ぁ…………』

「いわゆる、虫の息だ」

「……治せるってこと？」

「手遅れだな。俺の滅びの魔力をまともに食らった。時間の問題にすぎぬ」

「やっぱり、そうじゃないっ！」

今のやりとりはなんだったのか、といった風にサーシャが声を張り上げた。

「地上にも影響が及んでいる。四つに割れた大地は完全に離れた。数分で崩壊する」

ミーシャが言う。

「つまり、まだ時間はあるということだ。《想司総愛《ラー・センシア》》は？」

「魔法線は、どうにかつながっているよ」

レイが答え、急《せ》かすようにサーシャが声を上げた。

「どうするのっ？」

「滅びゆく世界を止める方法は一つしかあるまい。《源創の月蝕《げつしょく》》にて、この世界を創り変える」

「だって……」

サーシャが、ミーシャを振り向く。

「……そんなの、できるの？」

「《源創の月蝕《げつしょく》》は本来、わたしが滅ぶときに使える最後の創造。その光で、《魔王庭園》を創造できたのは《終滅の日蝕《にっしょく》》がすでにあったから」

淡々とミーシャは説明した。

「要するに《源創の月蝕《げつしょく》》とは、創造神が対となる滅びの力を発するとき、初めて使える権能だ。創造の秩序しか持たぬミリティアは、本来滅びの瞬間にしかそれを使うことができなかった」

滅びが近づくほどに、《創造の月》の魔力は高まっていく。その月は滅びの瞬間に、《破滅の太陽》と同種の力をも放つのだ。元はといえば、創造神と破壊神は表と裏。滅びに至るときには、その境がなくなるのだろう。

「それじゃ……？」

サーシャの問いに、俺はうなずく。

「お前たち姉妹が同時に存在できるようになった今、ミーシャが滅ばずとも《源創の月蝕《げつしょく》》は使える。破壊と創造を重ねればよい」

「それだけじゃ足りない」

「ミーシャの言う通り、破壊と創造を重ねれば《源創の月蝕《げっしょく》》にはなる。だが、創造神が滅びる際の莫大《ばくだい》な魔力は、さすがに得られぬ」

頑丈なだけの《魔王庭園》ならば創れるが、ここは人が暮らせる環境ではない。

「じゃ、《魔王軍《ガイズ》》でアノスの魔力を融通すれば？」

「普通の魔法ならばいざ知らず、それでは滅びに傾きすぎるな。《源創の月蝕《げっしょく》》は、創造神と破壊神、その秩序の整合がとれて初めて為《な》せる権能だ。他から借りてきた魔力では失敗する可能性が高い。自らの手に余るほどの魔力を得れば、なおのことだ」

サーシャが考え込むように頭に手をやった。

「……だけど、今のミーシャじゃ、わたしの力を足しても、この滅びかけの世界を創り直すほどの創世はできないわけでしょ？」

ぱちぱちとミーシャが瞬《まばた》きをする。

「材料を増やす？」

「……そうか。《想司総愛《ラー・センシア》》なら」

はっとしたようにレイは言った。

地底にて、《想司総愛《ラー・センシア》》は天蓋を支える柱にもなった。想《おも》いの魔力を創造神の力で創り直せば、地底が滅びるという秩序にも対抗することができたのだ。

ならば、十二分に世界を再構築する材料とできるだろう。《想司総愛《ラー・センシア》》は大地となり、空となり、森となり、山となり、新たな秩序となるだろう。残るはその規模の問題だ。

「世界からは秩序が消えかけ、大地も空も四つに裂かれている。終わりかけた世界に残存する魔力が乏しいからこそ、《源創の月蝕《げつしょく》》でも創り直せぬ。つまり、世界の魔力を増やしてやればよい。このまま滅びゆくのが世界に定められた秩序だとしても、愛と優しさはそれを覆《くつがえ》す」

レイはうなずく。

「すぐにみんなに伝えるよ。世界中に」

《思念通信《リークス》》にて、彼は世界に語りかける。

「ミーシャ。ついでにこいつも材料に足しておけ」

俺は、踏み潰した歯車の残骸を魔力で浮かす。

『……な……にを…………する……異物よ……？』

「ほう。まだ喋《しゃべ》れたか。先の命乞いで、お前の末路が決まってな。ちょうどいい。せめてどちらに転生したいか、選ばせてやろう」

『……転生……だと……？』

「世界が創り直されるなら、その歯車も転生するのが道理だ」

完全に溶けた《運命の歯車》に、俺は《創造建築《アイリス》》の魔法を使い、その形を整えていく。氷の地表に流れる川、そこに建てられたのはいくつもの水車小屋だ。その少し離れた位置にある丘には、数多くの風車が建てられた。

「さあ、エクエス、どちらがいい？」

歯車の残骸に触れ、俺の視界を共有してやった。

『……なんの……真似《まね》……だ？』

「くはは。鈍い奴《やつ》だ。お前の歯車には運命を回す力がある。主に絶望のな。それにより神が支配され、秩序が操られ、地上では戦火が絶えなかった。だが、絶望に干渉できるということは、絶望からも干渉されるということだ。羽根車に改造してやれば、絶望を受けて回転する動力となる。絶望が強くなればなるほど、それに対抗する希望の車輪を回すことができるだろう」

エクエスは絶句し、息を呑《の》むような声を漏らす。

「川に絶望の水が流れれば、水車はそれを受け回転し、力に変えることができる。丘に絶望の風が吹けば、風車はそれを受け回転し、やはり力に変えられる。絶望に立ち向かう力にな」

『……まさか……この私を……世界の意思を……ねじ曲げ、希望に変えると……いうのか……？』

「世界の意思？　なにを言っている」

残骸と化したそいつを握り、魔法陣を描く。

「お前はただの歯車だ。ならば、人の暮らしに役立てる羽根車に変えるのがよい。ついでにかまどにもなるか？　水車を回し、愛と優しさの麦を粉に変え、希望のパンを焼き上げよ」

『……やめ……ろ……私に……この世界に、希望など押しつけるな……』

「なに、すぐにそれが癖になってくる。素晴らしいぞ、平和は。愛と優しさに満ちた、牧歌的な水車か風車。《運命の歯車》などよりも、よほど人のためになる。これからお前は多くの笑顔に囲まれるのだ」

『……馬鹿な……滅ぼせ……異物よ……』

「お前の流儀だろう？　すぐに滅ぼさず、ゆっくりと滅びへ向かわせるのはな。心配せずとも、お前がこれまで絶望を回してきた分だけ希望を回せば自由にしてやる」

　俺は問う。

「さあ、水車と風車どちらがいい？」

『…………ぼしてくれ……』

「ん？」

　笑みをたたえ、俺は手の中の残骸に視線をやる。

「言いたいことがあるなら、はっきりと口にせよ」

　屈辱に耐えるような数秒の沈黙の後、エクエスは言った。

『……滅ぼしてくれ……私は世界の意思……人のために働く歯車などになるぐらいならば、いっそ……』

　無言で奴《やつ》を見据え、握った手に魔力を込めた。

「やめ――」

「人の祈りを、お前は聞き入れたことがあったか？」

《創造建築《アイリス》》の魔法を使い、エクエスの残骸を水車小屋に変えた。

「無駄口を叩《たた》かず、水車の如《ごと》く働け」

　エクスエス水車をじーっと見つめ、ミーシャが首をかしげる。

「水車でいい？」

「まあ、風車も必要か。かまども欲しい。他にもあれば損にはなるまい。歯車は腐るほどあることだ。俺の創造魔法では見てくれを変えるのみだが、お前ならば世界に役立つ運命の羽根車に創り変えることもできよう」

こくりとミーシャはうなずく。

「色々創る」

「でも、この歯車って火露が使われてるんじゃなかった？」

サーシャが疑問を浮かべる。

「心配するな。それは取り除く」

「自由にしてあげる」

ミーシャはそう言い、サーシャに手を伸ばす。二人はそっと両手をつないだ。

ミーシャの神眼《め》にはアーティエルトノアが、サーシャの神眼《め》にはサージエルドナーヴェがあり、月と太陽が見つめ合った。《魔王庭園》の空に浮かぶ《創造の月》と《破滅の太陽》が重なっていく。刻一刻と月が欠ける。

やがて、アーティエルトノアの皆既月蝕《げつしょく》が起こった。《源創の月蝕《げつしょく》》は赤銀の光を放ちながら、《魔王庭園》を優しく照らす。

「三面世界《創世天球《そうせいてんきゅう》》」

氷の世界が消えていく。地表や山々、森や街が消えていき、最後、空に浮かんでいた《源創の月蝕《げつしょく》》も消えた。

そこは、上下も左右も判然とせぬ一面が真白に染められた空。立っているのか、浮いているのかもはっきりとしない不思議な世界では、どこまでも白が続いていた。

「ここって……？」

　サーシャの問いに、ミーシャはこくりとうなずく。

「《源創の月蝕《げつしょく》》の中。《創世天球》は、世界を俯瞰《ふかん》する」

　足元にあった、白い世界が溶けていく。まるで雪のように、優しく、柔らかく。そうして、次第に眼下には、四つになって滅びゆく地上と崩壊寸前の神界が映っていた。

《源創の月蝕《げっしょく》》は今、神界と地上の空、どちらにも昇っている。俺たちはその中から、両方を俯瞰《ふかん》しているのだ。

「アノス」

　ミーシャは言った。

「どんな世界がいい？」

　俺は一瞬考え、だがすぐに思い直した。

「任せる」

　ミーシャは瞬《まばた》きをして、神眼《め》を丸くした。

「お前が願う世界こそがふさわしい」

　嬉《うれ》しそうに彼女ははにかみ、こくりとうなずいた。世界が優しくないと悔やみ続けた七億年間。この世界のことを誰よりも考え続けてきた創造神の少女は、以前にも増して優しく、希望に溢《あふ》れた世界を創るだろう。俺が今更、なにを言うまでもない。

「――ああ、だが、そうだな。贅沢《ぜいたく》を言うなら」

　ミーシャが小首をかしげる。

「愉快な遊び場があればいい」

「無茶言ってるわ……」

ミーシャと手をつなぎながら、サーシャがぼやく。呆《あき》れた視線が、俺に突き刺さった。

「がんばる」

赤銀の光が世界を照らす。

神界と地上が、美しい光で優しく染め上げられていく。

「アノス、みんなに」

レイが言い、真白の聖剣を掲げた。彼の魔法線につなげるように、俺も《想司総愛《ラー・センシア》》の術式を描く。手の中に、レイと同じく、真白の聖剣が現れた。

俺はゆるりと口を開く。

「聞こえるか？　世界の民よ」

《創世天球》から地上を俯瞰《ふかん》すれば、多くの者が俺の声に耳を傾けているのがわかった。

「我が名は、魔王アノス・ヴォルディゴード。世界の意思を自称する歯車の集合神エクエスは、俺の手に落ちた」

途端、耳を劈《つんざ》くばかりの声の豪雨が、《想司総愛《ラー・センシア》》の魔法線を通じて返ってくる。

勝ち鬨《どき》の声《こえ》、喜びの声、安堵《あんど》する声、様々な感情が入り交じり、涙する者もいた。世界が滅びゆく最中だというのに、誰も彼もが思いきり手を振り上げ、笑っている。

俺は、言葉を続けた。

「奴《やつ》は長きにわたり、この世界を支配していた。《運命の歯車》を回し、秩序を司《つかさど》り、俺たちに争いと絶望を強制した。世界の理は滅びへと傾いていた。すべてとは言わぬ。だが、多くの理不尽が奴《やつ》の手によるものだった。今回の戦いも、二千年前の大戦も、数多《あまた》の争いが、秩序という名の歯車が遠因だ」

力なき者には、気づくことすらかなわなかっただろう。ミリティアやディルフレッド、父セリス、そして俺の魔眼《め》すら欺いて、それは巧妙に隠されてきた。

神々の蒼穹《そうきゅう》――その深淵《しんえん》の底で、ようやく見つけた世界の瑕疵《かし》だ。平和はほんの些細《ささい》なことで崩れ去る。そして、その歯車は人知れず、僅かな整合を崩し、世界を戦火に飲み込み続けてきた。

「だが、この世界の民は、絶望などに負けはしなかった。歯車が回り、絶望の車輪に轢《ひ》き裂かれていく大地に、確かに希望の光があったのだ。それも、無数に」

壊れゆく世界が赤銀の光に照らされ、静寂に満ちていた。

「アゼシオンの勇議会。そして勇者学院の勇者たちよ」

ミッドヘイズにいるレドリアーノたちと、ガイラディーテにいるエミリアたちが、空を眺めているのが見えた。

「よくぞエクエスに立ち向かう決断をしてくれた。お前たちの勇気がなくば、ミッドヘイズへの救援は間に合わなかった。二千年前、ただ争うしかなかったアゼシオンが、魔族であるエミリアを真に勇議会の一員と認め、我が国ディルヘイドのために立ってくれたことは、言葉で言い表せぬ感慨がある。心より感謝を示そう」

「……礼を言うのは、わたしたちの方です、魔王アノス」

レドリアーノが言う。

「おかげで半端《はんぱ》もんの俺らも、ちったぁ勇者らしいことができたことだしよ」

そうラオスが続き、ハイネが口を開く。

「ていうか、ちょっと頑張って、おいしいところをもらっただけだよね」

彼らなりの照れ隠しなのだろう。その表情は、誇らしげだ。

「また学院別対抗試験でも興じたいものだな」

ははは、とレドリアーノたちは乾いた笑みを見せる。

「それだけはやめておきます」

「エミリア」

円卓の議場で窓の外を眺めていた彼女が反応し、ディルヘイドの作法に従うように跪《ひざまず》く。仕事だと言わんばかりのすまし顔に、俺は告げた。

「お前を誇りに思う」

彼女の肩が、僅かに震える。

「円卓の議場に刻まれた血の《契約《ゼクト》》を、俺は生涯忘れぬだろう。お前は、お前以外の誰にもできぬことを成し遂げたのだ。大義であった」

「……光栄に存じます……」

世界中に聞こえているからか、堅い口調でエミリアは答える。儀礼的なはずのその顔に、けれども一筋の涙が伝った。彼女自身、それに驚いているようでもあった。

「アハルトヘルンの母レノ。そして噂《うわさ》と伝承により生じた数多《あまた》無数の精霊たちよ」

ミッドヘイズにいるシンはすでに跪《ひざまず》いており、レノはその傍《かたわ》らで空に向かって手を振っていた。その背後に沢山の精霊たちと、それからミサの姿が見える。

「争いを好まぬアハルトヘルンの民を戦に駆り出してすまぬ。精霊の救援により、我が配下の危機を救うことができた。ありがとう」

「私の夫と娘の故郷だからね、この国は。それに精霊たちは噂《うわさ》と伝承で生まれるんだから、世界中の人々が危機だっていうなら、いつだって駆けつけるよ」

晴れやかにレノは笑う。

「シン」

「は」

跪《ひざまず》いたまま、シンは短く声を発した。

「よく守った。よくレイの背を押した。お前の忠義に、俺はいつも救われている」

「もったいなきお言葉です、我が君」

頭を垂れ、感極まったような声で、シンは言った。

「アガハの剣帝ディードリッヒ、王妃ナフタ。そしてアガハ竜騎士団の精鋭たちよ」

ミッドヘイズで《創造の月蝕《げつしょく》》を眺める騎士たちは、剣を胸の中心に持ってきて、アガハ式の敬礼を行う。

「アガハの竜騎士団なくば、ミッドヘイズの空は暗闇に支配されたままだっただろう。お前たちの剣は、ディルヘイドの未来を切り開いてくれた」

「いいえ、魔王アノス。これはあなたがナフタに見せてくれた未来です。あの日、救われた我が国は、今日この理想へ至るのが必然だったのです」

ナフタが笑う。

「きっと」

そんなあやふやな言葉を最後につけ足して。

「魔王や。またいつぞやのように、酒を酌《く》み交《か》わそうぞ」

ディードリッヒは言う。

「魔王聖歌隊の歌を肴《さかな》にな」

豪放に彼は笑った。

「そいつはたまらんぜ」

「ジオルダルの教皇ゴルロアナ。そして、ジオルダル教団の信徒たちよ」

彼らは祈りを捧《ささ》げるように手を組みながら、跪《ひざまず》いている。

「神を信仰するお前たちが、エクエスを偽物《にせもの》と断じてくれたからこそ、地底の竜人たちの不安も消えた。地上でも迷わず戦えた者は少なくないだろう。お前たちの神とお前たちの信仰に、心より敬意を表する」

ゴルロアナはゆるりと顔を上げ、その曇りなき眼《め》で月を見上げた。

「魔王アノス。あなたが神を信じることはないのでしょう。ですが、その言葉の奥に、私は天啓を見ました。神は時折、人の口を借りて我らに意思をお示しになります。あなたが時折口にする言葉にこそ、もしかすれば真なる神の意思が込められているのかもしれません」

「くはは。からかうのはよせ。そんな上等なものではないぞ」

「あなたがそうおっしゃるのならば、未だ私の迷いは深いのでしょうね」

ゴルロアナは微笑《ほほえ》みを見せ、また祈るように目を閉じた。

「ガデイシオラの背理神にして、我が妹アルカナ。そして、ともに戦った禁兵たちよ」

意識を取り戻したばかりなのだろう。大地に仰向けになりながら、アルカナはぼーっと《源創の月蝕《げつしょく》》に視線を向けている。その周囲には、ガデイシオラの禁兵たちがいた。

「我が国ディルヘイドの危機に、よく戻った。よく駆けつけてくれた。お前たちが間に合わねば、《思念通信《リークス》》が使えず、世界中の人々の想《おも》いは分断されたままだっただろう」

「……わたしは、役に立てただろうか……？」

「俺の妹の名に恥じぬ、見事な戦いだった」

それを聞き、アルカナは微笑《ほほえ》む。

「嬉《うれ》しいと思っているのだろう、わたしは」

「四邪王族。エールドメード、イージェス、カイヒラム、ギリシリス」

魔王学院の敷地《しきち》にて、彼らは思い思いに空を見上げている。

「反りが合わぬことも多いが、ディルヘイドの危機には必ず駆けつけてくると思っていたぞ。よくエクエスの目論見《もくろみ》を打破してくれた。二千年前からの戦友に、心より感謝を」

「汝《なんじ》に礼を言われる筋合いなどな――ワンッ！」

口を開いたギリシリスがたちまち熾死王に犬にされて、尻尾を振る。ワンワンと吠《ほ》える奴《やつ》は、なかなかどうして、喜んでいるようにしか見えない。

「さてさて、礼などいらないが、代わりに一つ聞かせてもらおうではないか」

杖《つえ》に両手を置き、エールドメードが問う。

「居残りの言葉で、この熾死王の心が動くと思っていたか？　それとも、他に打つ手があったのか？」

「なに、お前の愛国心の深さを信じたまでだ」

一瞬虚を突かれたような顔をした後、ニヤリ、とエールドメードは愉快そうに笑った。

「いやいや、なるほどなるほど。そういうことだったか。このオレの中に、まさかこんな愛国心が眠っていたとは、まったくまったく、自分でも気がつかなかった」

「世界の面前で猿芝居はその辺りにしておくことよ」

イージェスが言う。

「これまでと同じ、ただの成り行きよ。たまたま目的が一致したまでのこと」

「俺様の故郷を守っただけだ」

カイヒラムとイージェスは二人並び、彼ららしい笑みにて返礼をくれた。

「エレオノール」

神々の蒼穹《そうきゅう》にて、ゼシアとともにぼんやりと月蝕《げっしょく》を眺める彼女に俺は言った。

「お前がいなければ、神界と地上の連絡は途絶えていた。俺たちの生命線をよくぞつなげ、その身を削ってよく維持し続けた」

エレオノールがピッと人差し指を立てる。くすくすと笑いながら、彼女は言った。

「魔王様の仰《おお》せのままにだぞ」

すると、ゼシアがじとっと空を見つめる。

「……ゼシアは……お褒めの言葉……ありますか……？」

「よく母を守り抜いた。お前と、そして地上にいるお前の姉たちは、勇敢に、絆《きずな》をもって戦った。全員、大義であった」

ゼシアは嬉《うれ》しそうに頬を緩ませ、背伸びをするように跪《ひざまず》く。地上にいる姉たちも、なにやら集まり、喜びを示すように跪《ひざまず》いていた。

「魔王聖歌隊」

ガイラディーテ近郊に作られた舞台の上で、彼女たちは跪《ひざまず》いている。

「エレン。ジェシカ。マイア。ノノ。シア。ヒムカ。カーサ。シェリア」

一人一人その名を呼ぶ度、彼女たちの体が震える。

「お前たちの歌が、ミーシャとサーシャに埋め込まれた秩序の歯車を打ち砕いた。今回もまた、一段と胸に響く、素晴らしい歌だった」

「「「ありがたき幸せです、アノス様」」」

声を揃《そろ》えて、彼女たちは言った。

「そして、なによりも」

大きな感謝を込めて、俺は語りかける。

「この世界に生きるすべての人々よ。一人一人に絶望を振り払うほどの力がなくとも、手を取り合い、心を重ね、巨大な理不尽に立ち向かった。終滅の光を想《おも》いの力にて打ち消したお前たちこそが世界の希望――運命を弄ぶエクエスではなく、お前たち一人一人がこの世界の意思なのだ」

世界中の人々が、赤銀に輝く月蝕《げっしょく》を見上げている。皆、誇らしげで、優しく、愛に溢《あふ》れた顔をしていた。

「最後の仕上げだ。《源創の月蝕《げつしょく》》が、新たな世界を創造する。《運命の歯車》はもういらぬ。絶望や理不尽は沢山だ。次の世界は、ここに生きる人々すべての愛と優しさにて生まれ変わり、そして希望とともに回り始める。世界をエクエスの支配から解放し、お前たち一人一人が形創るのだ」

地響きがした。

優しく、温かく、どこまでも遠くへ伝わる——それは世界の胎動だった。

「さあ、歌え。新しい世界の夜明けだ」

音楽が流れ始める。

優しい歌声とともに、世界中から、純白の光が立ち上っていく。

それは四つに分断された大地をつなげるように、幾本もの橋をかけ、世界中を包み込む。

赤と銀の光が、優しく差し込んだ。

アーティエルトノアの月明かりが《想司総愛《ラー・センシア》》と混ざり、なにもかもが愛と優しさで生まれ変わる。

取り戻した無数の火露が、蛍のように輝き出した。《想司総愛《ラー・センシア》》の白き光が、火露をそっと包み込む。

それらは新しい秩序を創っていく。

最初に生まれた生命は、樹理四神。生誕神ウェンゼル、深化神ディルフレッド、終焉神アナヘム、転変神ギェテナロス。

彼らは目映《まばゆ》い光に包まれながら、次々と生まれ変わる無数の神々たちとともに、新しい神界へと帰っていく。

「今度はもっと優しい世界に」

ミーシャが言った。

「今度はもっと笑顔の世界に」

サーシャが言った。

俺とレイは視線を交わし、笑みを交わして、互いが手にした真白の剣を重ね合う。

《想司総愛《ラー・センシア》》の光が一段と大きく瞬《またた》き、すべてが創世の光にて生まれ変わる。

この世界が、転生していくのだ。

緑溢《あふ》れる大地と、青々とした海が見えた。

夜が明けるように、太陽が昇っていく。

歌が聞こえた。

平和を示す、世界《おれたち》の歌が。

——憎しみよりも、愛が強いよ。

——俺たちはわかりあえるはずと、希望を未来に託した。

——守るために剣をとったんだ。血に汚れていく手は、命を握っていた。

——綺麗事《きれいごと》のない世界に打ちのめされ。

——願っても願っても、悲しみはただ増えていくばかり。

――二千年の想《おも》いが、きっと、世界を変えてくれるはず。
――そう、信じていた。

――二千年、待った。お前と笑い合うために。
――二千年、待った。お前と手を取り合うために。
――もうまもなく夜は明けるよ。
――孤独な眠りから、魔王は目を覚ます。
――どうか、どうか、願ったのは一つだけ。
――目映《まばゆ》い朝日を、俺に見せてくれ。
――どうか、どうか、願ったのは一つだけ。

――世界が愛に満ちるように。

了

あとがき

この言葉は本当に何度も使ってきたのですが、十章には書きたかったエピソードが沢山ありました。これまでの章で各キャラが歩んできた道がある種一つの到達点につながっていた瞬間を描きたいと思い、§33.【血の契約】や§51.【最期《さいご》の魔法】、またその他のエピソードを書き上げました。

前巻でも書きましたように本作の集大成といったお話にしたく、これまでアノスと出会った人々が彼と出会ったことでどのように変わったのか、そういったことを見せられたらいいのではないかと思いました。

最初に出会ったときとは見違えるように変わった人もいれば、愚直に一歩一歩を進んできた人もおり、また今まさになにかが変わろうとしている人もいます。

彼らは皆一度は大きな理不尽にぶつかった人たちばかりです。地上に未曾有の危機が訪れたとき、いったいどのように動くのか。力のある人も、力のない人も、みんなが精一杯、自分の大事なもののために奮闘している。この世界に生きる一人一人が出す答えを書きたかったのかもしれない、と書き上げた今、そんな風に思います。お楽しみいただけたなら、これほど嬉《うれ》しいことはありません。

最終巻のようなお話を意識して書いたのですが、本作の物語はまだ続きます。次章からはあの男が残した言葉が関わってくる新展開となりますので、楽しみにお待ちいただけましたら嬉《うれ》しく思います。

さて、今回もイラストレーターのしずまよしのり先生には大変素晴らしいイラストを描いていただきました。表紙は上下巻で一枚のイラストになるように描かれているのですが、二つ並べると本当に良《い》いのです。ありがとうございます。

また担当編集の吉岡《よしおか》様には大変お世話になりました。ありがとうございます。

そして、最後にはなりますが、ここまでお読みくださいました読者の皆様に心からお礼を申し上げます。本当にありがとうございます。

次章から大海原に飛び出すアノスたちの物語を心を込めて書いて参りますので、これからもお付き合いをいただけましたら嬉《うれ》しいです。

二〇二一年八月四日　秋《しゅう》

◉秋著作リスト

「魔王学院の不適合者 ～史上最強の魔王の始祖、転生して子孫たちの学校へ通う～ 1～10〈下〉」（電撃文庫）

本書に対するご意見、ご感想をお寄せください。

ファンレターあて先
〒 102-8177　東京都千代田区富士見 2-13-3
電撃文庫編集部
「秋先生」係
「しずまよしのり先生」係

本書はインターネット上に掲載されていたものに加筆、修正しています。

電撃文庫

魔王学院《まおうがくいん》の不適合者《ふてきごうしゃ》 10〈下〉

～史上最強《しじょうさいきょう》の魔王《まおう》の始祖《しそ》、転生《てんせい》して子孫《しそん》たちの学校《がっこう》へ通《かよ》う～

秋《しゅう》

2021年10月10日　初版発行

発行者	青柳昌行
発行	株式会社KADOKAWA 〒102-8177　東京都千代田区富士見2-13-3 0570-002-301（ナビダイヤル）
装丁者	荻窪裕司（META＋MANIERA）
印刷	株式会社暁印刷
製本	株式会社暁印刷

●お問い合わせ
https://www.kadokawa.co.jp/（「お問い合わせ」へお進みください）
※内容によっては、お答えできない場合があります。
※サポートは日本国内のみとさせていただきます。
※ Japanese text only

※定価はカバーに表示してあります。

ISBN978-4-04-913939-6　C0193　Printed in Japan

電撃文庫　https://dengekibunko.jp/

電撃文庫創刊に際して

文庫は、我が国にとどまらず、世界の書籍の流れのなかで〝小さな巨人〟としての地位を築いてきた。古今東西の名著を、廉価で手に入りやすい形で提供してきたからこそ、人は文庫を自分の師として、また青春の想い出として、語りついできたのである。

その源を、文化的にはドイツのレクラム文庫に求めるにせよ、規模の上でイギリスのペンギンブックスに求めるにせよ、いま文庫は知識人の層の多様化に従って、ますますその意義を大きくしていると言ってよい。

文庫出版の意味するものは、激動の現代のみならず将来にわたって、大きくなることはあっても、小さくなることはないだろう。

「電撃文庫」は、そのように多様化した対象に応え、歴史に耐えうる作品を収録するのはもちろん、新しい世紀を迎えるにあたって、既成の枠をこえる新鮮で強烈なアイ・オープナーたりたい。

その特異さ故に、この存在は、かつて文庫がはじめて出版世界に登場したときと、同じ戸惑いを読書人に与えるかもしれない。

しかし、〈Changing Times,Changing Publishing〉時代は変わって、出版も変わる。時を重ねるなかで、精神の糧として、心の一隅を占めるものとして、次なる文化の担い手の若者たちに確かな評価を得られると信じて、ここに「電撃文庫」を出版する。

1993年6月10日
角川歴彦

電撃文庫DIGEST　10月の新刊

発売日2021年10月8日

ソードアート・オンライン26
ユナイタル・リングV

【著】川原 礫　【イラスト】abec

セントラル・カセドラルでキリトを待っていたのは、二度と会えないはずの人々だった。彼女たちを目覚めさせるため、そして《アンダーワールド》に迫る悪意の正体を突き止めるため、キリトは惑星アドミナを目指す。

魔王学院の不適合者10〈下〉
～史上最強の魔王の始祖、転生して子孫たちの学校へ通う～

【著】秋　【イラスト】しずまよしのり

"世界の意思"を詐称する敵によって破滅の炎に包まれようとする地上の危機に、現れた救援もまた"世界の意思"――？？　第十章《神々の蒼穹》編、完結!!

ヘヴィーオブジェクト　人が人を滅ぼす日(下)

【著】鎌池和馬　【イラスト】凪良

世界崩壊へのトリガーは引かれてしまった。クリーンな戦争が覆され、人類史上最悪の世界大戦が始まった。世界の未来に、そして己の在り方に葛藤を抱くオブジェクト設計士見習いのクウェンサーが選んだ戦いとは……。

豚のレバーは加熱しろ(5回目)

【著】逆井卓馬　【イラスト】遠坂あさぎ

願望が具現化するという裏側の空間、深世界。王朝の始祖が残した手掛かりをもとにその不思議な世界へと潜入した豚たちは、王都奪還の作戦を決行する。そこではなぜかジェスが巨乳に。これはいったい誰の願望……？

隣のクーデレラを甘やかしたら、ウチの合鍵を渡すことになった3

【著】雪仁　【イラスト】かがちさく

高校生の夏臣と隣室に住む美少女、ユイはお互いへの好意をついに自覚する。だが落ち着く暇もなく、福引で温泉旅行のペア券を当ててしまう。一緒に行きたい相手はすぐ隣にいるのだが、簡単に言い出せるわけもなく――

ホヅミ先生と茉莉くんと。
Day.3 青い日向で咲いた白の花

【著】葉月 文　【イラスト】DSマイル

出版社が主催する夏のイベントの準備に奔走する双夜。その会場で"君と"シリーズのヒロイン・日向葵のコスプレを茉莉にお願いできないかという話が持ち上がり――!?

新作　シャインポスト
ねえ知ってた？　私を絶対アイドルにするための、ごく普通で当たり前な、とびっきりの魔法

【著】駱駝　【イラスト】ブリキ

中々ファンが増えないアイドルユニット『TiNgS』の春·杏夏·理王のために事務所が用意したのは最強マネージャー、日生直輝。だが、実際に現れた彼はまるでやる気がなく……？少女達が目指す絶対アイドルへの物語、此処に開幕!

新作　琴崎さんがみてる
～俺の隣で百合カップルを観察する限界お嬢様～

【著】五十嵐雄策　【イラスト】佐倉おりこ
【原案】弘前 龍

クラスで男子は俺一人。普通ならハーレム万歳となるんだろうけど。「はぁああああああ、尊いですわ……！」幼馴染の琴崎さんと二人。息を潜めて百合カップルを観察する。それが俺の……俺たちのライフワークだ。

新作　彼なんかより、私のほうがいいでしょ？

【著】アサクラネル　【イラスト】さわやか鮫肌

「好きな人ができたみたい……」。幼馴染の堀宮音々の言葉に、水沢鹿乃は愕然とする。ゆるふわで家庭的、気もよく利く彼女に、好きな男ができた？　こうなったら、男と付き合う前に、私のものにしちゃわないと！

新作　死なないセレンの昼と夜
―世界の終わり、旅する吸血鬼―

【著】早見慎司　【イラスト】尾崎ドミノ

「きょうは、死ぬには向いていない日ですから」人類は衰退し、枯れた大地に細々と生きる時代。吸血鬼・セレンは旅をしながら移動式カフェを営んでいる。黄昏の時代、終わらない旅の中で永遠の少女が出逢う人々は。

はたらく魔王さま!
Satoshi Wagahara
Illustration ■ Oniku
和ケ原聡司
イラスト ■ 029
魔王城は六畳一間!?

ソードアートオンライン
SWORD ART ONLINE
川原 礫
イラスト/abec
「これは、ゲームであっても遊びではない」
《黒の剣士》キリトの活躍を描く
究極のヒロイック・サーガ!
電撃文庫

アクセル・ワールド
川原 礫
イラスト／HIMA
accel World
もっと早く……
《加速》したくはないか、少年。
第15回電撃小説大賞《大賞》受賞作!
最強のカタルシスで贈る
近未来青春エンタテイメント!
電撃文庫